붉은 나무의 언어

류이경 소설집

붉은 나무의 언어

누군가 '소설 쓰고 있네'하면 '거짓말 하고 있네'라고 이해하기도 하는 세상에서 나는 단편소설을 열 편이나 묶어 책으로 펴낸다. 소설을 거짓으로 아는 사람이라면 굴비처럼 엮은 거짓 이야기가 한 두릅쯤 되는구나, 라고 생각하면 될 것이다.

있을 수 없는 일이라 해서 사실이 아니라고 말할 수 없다. 세상에는 믿기지 않는 일이 너무 많은 까닭이다. 그런 일이 일어나면 나는 궁금해진다. 냄새라도 날까 싶은지 쉬쉬하며 묻는 세상에서 나는 그 뒤가 더 궁금해지는 것이다. 무슨 일일까. 왜 그랬을까. 너무한 건 아닐까. 이렇게 하면 좋았을 텐데. 그렇게 상상해서 쓴 글이고 보니 나의 글은 온통 질문이고, 항변이다.

나이는 세월이 지나 더하는 것이 아니라 세상일에 무관심할 때 더해지는 것 같다. 그러다 점점 어떠한 일에도 놀라지 않는 경지에 이르게 될 것이다. 그건 귀 막고 눈을 감는 일. 나라 안팎이 아무리 시끄러워도 무엇 하나 궁금하지 않은 사람인 것이다. 그것을 사람이 사는 거라고 볼 수 있을까.

나는 나에게 주문한다. 세상을 보자, 뒤도 보고 바닥도 보자. 자세히 들여다보자, 웃고, 울고, 놀라고, 분노하고. 그리고 글로 쓰자, 하고.

2022년 가을
류이경

|해설|

붉은 나무의 언어

붉은 나무의 언어

1

투욱, 꽃다발이 아래로 떨어졌다. 깊이가 2미터쯤 되어 보이는 구덩이 어느 한 곳을 겨냥해 던졌지만, 그것은 생각보다 비켜 떨어졌고 꽃받침에서 떨어져 나온 꽃잎 몇 개가 밥알처럼 흩어졌다. 우산을 받쳐 든 사람들이 구덩이 주변으로 모이기 시작했다. 말쑥하게 차려 입은 그들은 조심스럽게 발을 내딛고 있었지만 신발은 이미 진흙 투성이었다.

국화를 가져온 것은 정말 다행이었다. 수십 년 만에 존재를 드러낸 그들 앞에 한 다발씩 꽃을 놓고 싶었지만, 이제 막 세상에 모습을 다시 보이는 그곳에서 한 사람 한 사람 구별해 내기란 어려운 일이었다. 사람들이 구덩이 가장자리로 빙 둘러서자, 밑에서 우비를 입고 이리저리 움직이던 사람이 고개를 들었다. 표정이 굳어 있었다. 모 대학의 고고학 교수이며 이번 발굴의 책임을 맡고 있다는 그는 잠시 그간의 발굴 과정과 현재의 상황을 설명하기 시작했다.

– 이것은 대퇴골이고, 이것은 골반뼈 그리고 이것은 갈비뼈입니다.

옆에 있는 이것은 갈비뼈처럼 보이지만 나무의 뿌리입니다. 하나 둘 셋 넷, 보이죠? 여기에 오른쪽 갈비뼈 두 개가 부러져 있습니다. 그리고 여기는 대퇴골과 늑골이 위아래로 포개져 있는데요. 주인은 서로 다를 겁니다. 여기쯤 늑골 주인의 두개골이 있어야 하는데 보이지 않습니다. 이쪽에도 뭔가 보이죠? 정강이뼈인 것 같은데 나머지는 아직 땅속에 있습니다.

장갑 낀 손으로 하나하나 가리키며 설명하던 그가 고개를 들고 오른팔을 번쩍 들어 올렸다.

- 이 좁은 곳에서도 발굴한 것이 꽤 많은데, 이쪽에서 저쪽까지 다 발굴하게 되면 엄청난 유골이 나올 겁니다. 희생자를 모두 7천 명 정도 예상합니다만, 그만한 시신을 다 묻으려면 여기서 저 산 아래까지는 묻어야 했을 겁니다. 이 산과 밭 사이에 도랑이나 둑이 있지 않았나 싶은데요. 거기서 학살과 매장이 함께 이뤄진 것 같습니다. 아직 얼마나 많은 유해가 있는지 정확한 것은 모르지만, 이렇게 그동안 나돌던 소문이 사실이란 것을 확인했으니 앞으로 모두 발굴할 날이 올 거라고 믿습니다. 여기서 발굴한 유품은 천막 아래에 따로 전시해 놓았으니 잠시 후 보기로 하구요. 여기를 다시 덮기 전에 사진 찍을 분은 저쪽 계단으로 내려오시고, 가까이서 좀 더 보고 싶은 분은 그 뒤에 내려오시면 됩니다. 비가 와서 계단이 아주 미끄러우니까 조심해서 내려오세요.

구덩이 한쪽 흙 계단이 반들거렸다. 카메라를 맨 사람이 먼저 내려가자 그 뒤로 서너 명이 더 따라 내려갔다. 뼈인지 나무뿌리인지 설명해주지 않았더라면 어쩌면 나는 누렇게 흙빛을 닮은 유골을 제대로 구별하지 못했거나, 했다 해도 두개골이나 겨우 알아봤을 것이다. 비 때문에 유골이 박혀 있는 붉은 흙바닥에 물이 고이기 시작했다. 수십 년 만에 자신의 존재를 알리게 된 유골들이 이제야 그 비통함을 눈물로 쏟아내는 것 같았다.

함께 온 이 선배가 우산을 내 쪽으로 기울이며 말했다.

- 뭘 그리 정신없이 보고 있어? 저기 천막으로 가 보자.

- 일부만 파고도 저렇게 많은 유골이 나왔는데, 이왕 시작한 거 저 산 밑까지 다 발굴하면 안 되는 거예요?

그러자 선배는 근처에 있는 한 건물을 가리켰다.

- 여기가 사유지거든. 이 근처가 모두 저 교회 땅이래. 여기를 발굴하려고 전부터 목사하고 얘기했는데 씨알도 안 먹혔대. 빨갱이 편드는 사람도 다 빨갱이라고. 이렇게 조금이라도 발굴한 것도 저번에 당선된 구청장이 도와줘서 겨우 한 거야. 확인 후에 원상복구 하기로 했다니까 그렇게 해줘야지.

- 그렇다고 이렇게 된 마당에 다시 묻을 수는 없잖아요?

- 좋은 날이 올 거야. 양민 학살터라는 무성한 소문이, 소문이 아닌 게 됐으니.

- 그런 날이 정말 올까요? 이대로 영영 덮으려는 사람도 많을 텐데.

- 아마 저 교회 지을 때도 유골이 나왔을 텐데 어떻게 했는지 모르겠네.

천막으로 발을 옮기며 힐끗 교회를 돌아보았다. 뾰족 지붕이 커다란 십자가를 이고 있었다. 건물 아래 얼기설기 얽혀있는 유골 사이로 질퍽한 시멘트가 촘촘히 메워지는 것이 그려졌다.

하얀 천막 아래 기다란 탁자에는 유골과 유품이 가지런히 놓여 있었다. 좀 전에 보았던 그곳에서 발굴한 것이었다. 뼈는 흰색일 거라는 내 생각과 달리 두개골과 금니 그리고 안경과 도장도 유골과 같은 갈색이었다. 교수가 유품 중 혁대를 가리켰다.

- 이것은 당시에 흔했던 것이 아닙니다. 그 시절에 허리띠는 헝겊으로 만든 끈이 대부분이었는데, 이걸 했으니 아마 이 사람은 상당한 위치에 있었던 사람 같습니다. 또 금이빨도 마찬가지고, 여기 이 인장도 그렇습니다. 흔했던 목도장이 아니고 뿔도장이잖습니까?

점점 흙으로 돌아가려는 그것들을 보는 사이 어디선가 꺽꺽 소리가 들려왔다. 소리를 좇아 발돋움을 하자 사람들 속에서 눈물을 닦는 키 작은 할머니가 보였다. 유족인 듯했다.

행사가 끝나고 식사 장소를 안내하는 사람을 따라 모두 근처에 있는 식당으로 갔다. 늦은 점심상 앞에서 각자 공깃밥을 기다리고 있을 때, 길게 붙여진 식탁 끝자락에서 누군가 일어섰다. 정말 고맙다며 천천히 허리를 굽히는 사람은 좀 전 발굴 현장에서 눈물을 닦던 할머니였다. 떨리는 목소리는 그녀의 가녀린 몸만큼이나 작고 힘이 없었다. 어릴 적 식구가 둘러앉은 밥상 앞에서 수저를 든 채 끌려 나가던 아버지의 모습이 지금도 눈에 선하다며, 이제라도 유족이라는 말을 할 수 있게 되어 너무나 감사하다고 했다. 끊어질 듯 이어지는 말소리는 바글거리는 찌게 소리에 잠겨 힘들게 밥상 위를 건너왔다. 어쩌면 그녀는 밥상을 볼 때마다 그 일이 떠올랐을 것이다. 끓고 있는 찌개처럼 바글거렸을 가슴을 억누르느라 머리가 일찍 세어 버린 것일까. 속을 태우며 숨어서 울어야 했다는 백발의 그녀는 거듭 허리를 굽혔다. 나무의 뿌리가 움켜쥔 유골까지 찾으려면 지금보다 더 땅 주인을 설득해야 할 것 같지만, 나는 그녀의 얼굴에서 그동안 옥죄고 있던 사슬 하나가 느슨해지는 것을 보았다.

2

그해 여름, 아내와 열 살짜리 딸 동미와 처제 그리고 처제가 늘 데리고 다니는 고양이 본과 함께 휴가를 갔다. 어떠한 고생도 마다하지 않겠다는 세 여자와 함께 하는 한, 나는 망설일 게 없었다. 일부러 목적지도 정하지 않았다. 발 닿는 대로 깊은 산속에서 텐트를 치고 시원하게 2박 3일 쉬었다 오고 싶었다.

덕유산을 비켜 거창과 함양 사이의 산속이라면 기대할 만한 곳이 많이 있었다. 일부러 구불구불한 국도를 따라 안의면에서 황석산 쪽으로 한참을 들어갔다. 산 아래 외딴집 옆 작은 공터에 차를 세웠다. 그 집의 바깥마당인지도 몰랐다. 막다른 길까지 들어온 자동차를 나무가 보듬듯 늘어진 가지 하나가 지붕 위에 걸쳐졌다.

우리는 배낭을 메거나 양손 가득 짐을 든 채 후끈한 열기 속으로 들어갔다. 외딴집 앞을 지나 조금만 둑을 따라가면 바로 산으로 올라갈 수 있을 것 같았다. 지은 지 오래되어 보이는 그 집에는 누군가 살고 있는 듯 수건 하나가 빨랫줄에 걸려 있었다. 이런 곳에도 사람이 살까 생각하며 막 대문 앞을 지날 때, 마침 밖으로 나오던 노인과 마주쳤다. 흠칫 놀란 우리와 달리 그는 다짜고짜 들고 있던 지팡이를 들어 방금 그가 나온 집 뒷산과 조금 먼 산을 가리키며 큰소리로 말했다.

  - 볼 것두 없는디, 여기는 뭐하러 온 겨? 이쪽은 가지 말어. 놀려거든 저어기 저 산에 가.

  위험하니 가지 말라는 것인지, 간다면 가만두지 않겠다는 것인지, 노인이 더 이상 자세한 설명도 없이 집으로 쑥 들어가는 바람에 나는 눈썹과 어깨를 추켜올리며 아내와 눈을 마주 보았다. 그는 처음부터 우리를 지켜보고 있었던 모양이었다.

  - 저기가 다 저 할아버지 산이라도 된다는 건가? 설마. 깨끗하고 좋아 보이는데 그냥 가 보자.

  아내의 말에 동미와 처제도 그러자고 했다. 뭔지 모르게 찜찜했지만 우리는 잠시 서성이던 걸음을 재촉하며 노인이 처음 가리켰던 산으로 향했다. 조용한 오지에서의 외지인은 무엇을 해도 불청객일 터였다.

  산으로 들어서자마자 숲은 그동안 내가 알았던 그 어떤 숲 보다 훨씬 더 우거져 있었는데 산책로는커녕 사람 하나 지나갈 만한 오솔길조차 제대로 나 있지 않았다.

  - 우와, 이렇게 좋은 곳이 있다니. 횡재한 기분이네.

  한참을 오르다 계곡 물소리가 들리는, 솔숲 아래 아담한 빈터를 찾았다. 땀을 닦을 겨를도 없이 우리는 곧바로 텐트를 쳤다. 내친김에 이어 점심으로 라면을 끓였고, 먹자마자 우리는 누가 먼저랄 것도 없이 돗자리에 누웠다. 커다란 배낭을 메고 길도 제대로 나지 않은 산을 오르는 일은 평소 에어컨 바람으로 길들여진 몸을 녹초로 만들기에 충분했다. 끼니를 해결한 우리는 더위로 지쳐 있던 심신을 무방비 상태로 놓아 버렸다. 피곤과 식곤증을 한동안 잠으로 달래고 나서야 마음이 차분해졌다. 그렇게 하루가 다 지나가는 듯 했다.

- 예정된 2박 3일 중 하루를 아무것도 하지 않고 이렇게 보내야 해? 안되지, 안 돼.

- 나도.

동미의 말에 가장 먼저 찬성한 것은 처제였다. 원룸에서 초등학생들과 피아노를 치는 일이 얼마나 갑갑했을까. 좀처럼 외출할 기회가 없었던 그녀도 모처럼의 휴가를 이렇게 보내고 싶지는 않다고 했다.

- 해 저물면 숲에서 뭐가 나올지 몰라. 아마 멧돼지도 있을 걸?

겁을 주는 게 좋을지 모르지만 세 여자의 안전은 전적으로 내 책임이었다. 모처럼의 산속 여름밤을 그냥 보내기에는 나도 좀 아깝긴 했다. 동미는 처제의 지지를 받아 금방이라도 숲속으로 달려갈 기세였다. 숲의 저녁은 금세 어두워졌다.

- 알고 보면 짐승보다 사람이 더 무서운 거야.

라디오가 함께 붙어 있는 랜턴을 만지작거리던 동미가 일어섰다.

- 같이 가자. 방학 숙제하기 딱이잖아.

- 맞아. 사슴벌레나 장수풍뎅이 같은 곤충들은 진이 흐르는 참나무 등걸에 모이거든.

이어 처제가 한마디 하자 아내도 맞장구를 쳤다. 한껏 모험심리가 발동한 동미를 말리기에는 이미 늦은 것 같았다.

나는 각자 쥐고 있는 랜턴의 끈을 손목에 감고 서로 흩어지지 않도록 붙어 있으라고 일렀다. 혹여 무슨 일이라도 생길까 걱정인 나와 달리 동미와 처제는 처음으로 가는 밤의 숲 나들이가 얼마나 즐거운지 최근 유행하고 있는 가요를 연신 흥얼거렸다.

캠프를 나선 지 얼마 되지 않아 푸르스름한 빛이 멀리서 움직였다.

– 도깨비불 아냐?

이상하긴 했지만 내가 농담처럼 던진 말에 아내와 처제가 기겁을 했다. 그 바람에 놀란 본이 처제의 손에서 달아났는데 도깨비를 아는지 모르는지 동미는 뭐가 무섭냐며 앞으로 나아갔다.

– 도, 도, 도… 동미야, 가지 마!

어느 틈에 내 팔에 매달린 아내가 잔뜩 겁먹은 소리를 했지만 동미는 벌써 그쪽으로 발을 내딛고 있었다. 또래에 비해 유난히 호기심이 많은 애였다.

– 쟤가 겁도 없이…

동미를 앞세울 수 없어 아내의 손을 놓고 그쪽으로 가자 동미는 종 모양의 하얀 꽃을 코에 대고 있었다.

– 뭐야? 더덕꽃인가?

– 꽃이 빛을 냈던 게 아니잖아.

아내가 다가오며 속삭이자 앞에서 야옹 소리가 났다.

– 저기 파란 불.

푸른빛은 너울너울 움직이더니 순간 어둠 속으로 사라져 버렸다.

- 형부, 방금 본 거 진짜 도깨비불은 아니겠죠?

- 몰라. 얼른 본이나 찾아. 가서 일찍 자자.

- 본, 본아.

니아옹, 처제의 목소리를 들었는지 고양이가 근처에서 다시 울었다. 불을 비추자 파랗고 작은 두 불이 몇 걸음 앞에 두고 주춤주춤 물러섰다. 다가가면 물러서고 다가가면 물러서기를 반복한 끝에 처제는 겨우 본을 붙잡았다.

가슴에 고양이를 품은 처제가 어린아이 달래듯 중얼거리며 이쪽으로 다가왔다. 그때였다. 갑자기 비명과 함께 처제가 넘어졌다. 아니, 넘어진 게 아니라 어딘가에 몸이 반이나 빠졌다. 놀란 아내와 동미가 이어 비명을 지르며 부둥켜안았다. 다리가 후들거렸다. 하지만 그대로 있을 수는 없었다.

- 괜찮아?

구덩이에 빠진 것이니 겁낼 거 없다고 말하는 나도 무척이나 떨렸다.

내 손을 잡고 빠져나온 처제는 다치지 않았지만 텐트로 돌아오는 내내 훌쩍거렸다.

3

해는 이미 산 위에 올라 있었다. 먼저 일어난 아내는 밥을 하는 중이었고, 처제는 휴대폰을 잃어버렸다며 울상을 지었다. 어젯밤 구덩이에 빠질 때 휴대폰을 떨어뜨린 모양이었다.

 - 아침 먹고 찾으러 가면 돼.

김치찌개에 넣은 라면 사리를 젓가락으로 건져 올리며 말하자, 처제는 라면이 불어 국물이 없어질 때까지 내내 구덩이에 빠질 때의 그 공포에 대해 이야기했다. 꼭 땅속에서 뭔가 잡아당기는 것 같았다고.

밥을 다 먹기도 전에 처제는 휴대폰을 찾으러 가자고 보챘다. 서둘러 식사를 마친 우리는 모자를 쓰고 어제의 그 구덩이를 찾아 길을 나섰다.

해가 다시 이글거렸다. 밤에 이리저리 헤매느라 멀게 느껴졌던 그곳은 우리의 캠프와 가까웠다. 모두들 처제의 휴대폰에 전화를 걸어 보았지만, 전화기가 꺼져 있다는 메시지만 돌아왔다.

휴대폰의 생김새를 떠올리며 이리저리 헤매던 우리는 어느 순간 모두 제자리에 얼어붙고 말았다. 무언가를 본 것이 아니고 있었던 뭔가가 없어진 까닭이었다. 분명 거기엔 구덩이가 있어야 했다. 그런데 어쩐 일인지 그곳은 이미 흙으로 말끔히 메워져 있는 게 아닌가. 붉은 흙 위에는 방금 작업을 끝낸 것처럼 삽 자국까지 선명했다.

 - 어? 이걸 왜 메웠지? 누가 왔었나?

 - 아 몰라. 내 휴대폰도 묻힌 거면 어떻게 해?

 - 뭘 묻은 거라면 작업하는 소리가 났을 텐데 우리는 왜 몰랐지?

 - 뭘 암매장했나?

 - 그럼 경찰에 신고해야 하는 거 아냐?

서로 꼬리에 꼬리를 무는 말을 하고 있을 때, 동미가 어디론가 전화를 했다. 경찰서지요? 하지만 또박또박 전하는 동미의 말에 반응이 별로 없어 보였다. 누가 봐도 어린애의 신고여서 장난일지 모른다는 전제가 깔린 것 같았다.

― 아니라니까요? 제가 땅을 왜 파요?

답답해하며 재차 설명하는 동미 손에서 전화기를 받아든 나는 천천히 보충설명을 했다.

― 얼마 전 30대 여자가 실종됐다고 뉴스에서 난리던데, 여기 묻혀 있으면 어쩝니까? 시민이 신고했는데 경찰이 그냥 넘어가면 뉴스에 나갈지도 몰라요. 이거 장난 아닙니다. 혹시, 이 사건으로 특진할 기회가 있을지 모르겠네요. 산속이지만 별로 멀지 않으니까 빨리 오십시요. 산 밑에 할아버지 혼자 사는 외딴집이 있는 거 아시죠? 그 뒤쪽으로 올라오시면 됩니다. 텐트 쳐 있는 데서 조금 더 위로 오세요.

처제가 엄지를 치켜세웠다.

기다리다 지쳐 돌아가려고 할 때쯤 경찰 한 명과 의경 둘이 나타났다. 다들 얼굴이 빨갛게 달아올랐고 근무복이 땀으로 젖어 몸에 붙어 있었다. 반갑기도 하고 미안한 생각도 들어 휴대폰 이야기는 하지 않은 채 실종자 암매장터라면 큰일이지 않느냐며 걱정스런 표정을 지었다.

그들은 올라오자마자 나무 그늘 아래에 주저앉았다. 한동안 숨을 고른 경찰은 내 이름과 전화번호를 확인한 뒤 아까 통화한 내용을 한 번 더 반복하게 했으며 새로 메워진 곳을 사진 찍고 손바닥이 빨갛게 코팅된 목장갑을 나누어 꼈다. 허리춤에 손을 얹은 경찰이 의경에게 턱을 들어 불룩하게 다져진 붉은 흙더미를 가리키자 삽질 같은 건 한 번도 해보지 않았을 것 같은 앳된 의경 둘이 마주 보며 삽을 바삐 움직였다.

너무 더워 도둑도 쉴 것만 같은 한적한 시골 뒷산에서 이게 뭔 짓인가 싶은지, 셋은 불만스런 표정으로 한동안 구덩이를 팠고, 우리는 적당히 떨어진 거리에서 그들의 삽질을 구경하고 있었다.

- 속담 맞춰 봐 이모. 호랑이는 죽으면 가죽을 남기고 사람이 죽으면?

- 이름.

- 땡, 휴대폰.

시간이 흐르자 긴장이 풀렸는지 동미가 속담 얘기를 하며 큭큭거렸다. 누가 시비라도 걸면 한바탕 오지게 화풀이라도 해댈 것 같은 무더위 속에서, 땀 흘리며 삽질하던 그들이 우리를 돌아보자 처제가 동미의 입술에 검지손가락을 세웠다. 아니나 다를까 땅을 어느 정도 파고 나자 땀으로 범벅이 된 그들은 신경질적인 말투로 우리에게 돌아가라고 말했다. 할 수 없이 우리는 돌아가는 척이라도 해야 했다.

어제 지나갔던 길을 다시 찾아보기로 했다. 어쩌면 그 구덩이가 아닌 다른 곳에 휴대폰을 떨어뜨렸을지 모를 일이다. 움직일 때마다 햇볕과 그늘의 온도차가 엄청났다. 주춤주춤 그늘을 찾아가며 움직이고 있을 때 발밑에 뭔가가 밟혔다. 운동화 밑으로 느껴지는 평평한 느낌으로 보아 돌 같지는 않았다. 휴대폰이었다. 소리를 지르며 펄쩍펄쩍 뛰는 처제를 보고 아내가 검지를 입술에 갖다 대었다.

우리는 텐트로 돌아가려다가 다시 구덩이 근처의 나무 그늘에 모여 앉았다. 구덩이 안에 있을 줄 알았던 휴대폰은 찾았지만 그곳이 메워진 이유가 궁금하기만 했다. 땅을 파던 사람들도 쉬는 중이었다.

- 우리 어떡하지? 아무것도 나오지 않으면 경찰이 우릴 가만둘까?

이때 아내의 걱정스런 말이 끝나기 전에 갑자기 쩌렁쩌렁한 목소리가 산을 울렸다.

- 여기서 뭣들 하는 것이여. 산을 이렇게 다 파헤쳐 놓으면 워쩌자는 거여.

모두의 이목을 집중시킨 소리의 주인은 바로 우리가 어제 보았던 노인이었다.

영문도 모르고 벼락같이 야단을 맞은 경찰들이 몸을 일으켰다.

- 조사 중입니다. 누가 여기에 뭘 묻은 것 같다고 신고가 들어와서요.

- 큰비가 온다잖여. 산비얄에 구멍이 숭숭 뚫려서 내가 다 메워놨더니만 이걸 다 파헤쳐 놨네. 어서 그거 다시 메워 놔. 산사태 나서 내 집 덮치면 전부 책임질 거여?

이어 노인은 지팡이가 우리를 가리켰다.

- 그러구 거기. 내가 어제 뭐랬어. 이쪽으로 올라가지 말라고 했잖어. 쯧쯧, 요즘 것들은 통 어른 말을 안 듣는다니께. 밤에도 시끄럽게 난리를 치지 않나. 으이구.

노인의 출현으로 모든 게 밝혀졌고, 경찰은 우리를 멍하니 쳐다보았다. 노인의 감독 아래 붉게 드러난 흙덩이가 다시 구덩이 속으로 들어갔고 그 위에 다시 삽자국과 발자국 여러 개가 포개졌다.

4

뜨거운 햇살이 조금 누그러들었다. 아내는 더위가 조금이라도 덜할 때 동미 숙제를 봐줘야 한다며 사진 찍기에 바빴다. 알고 보면 약초일 수도 있겠지만, 부엽토를 파헤쳐 뭔지도 모르는 식물을 캐고 송진 흐르는 나무 옆에 서서 사진을 찍기도 했다.

그만하면 방학 숙제는 되었다 싶었는지 아내는 백숙에 넣겠다며 능이버섯을 찾아다녔다. 능이의 생김에 대해 아내가 설명하자 먹어봤을 리 없는 동미도 찾아 나섰다. 버섯 무늬야 멋지다 할 수 있겠지만, 특유의 향이나 맛을 보면 아마도 멀찌감치 도망가 버릴 동미는 신이 나 노래까지 부르고 다녔다.

누르스름한 몸에 진한 점이 있는 버섯을 생각하며 나무 사이를 천천히 걸었다. 점박아, 점박아. 바둑이 노래를 점박이로 바꿔 부르는 딸의 목소리가 바로 옆 참나무 밑에서 들렸다가 먼 바위 쪽으로 옮겨갔다. 버섯 한 조각 따지 못한다 해도 이렇게 맑은 공기를 마시고 한가로이 사는 게 제일 아닐까 싶었다. 이 느낌 그대로 작품 하나 건져볼까 생각하며 나무 위를 올려다보았다. 하늘이 조금 어두워 보였다.

굽은 나무에 걸터앉아 눈을 감았다. 풀벌레 소리를 들으며 한창 시심을 끌어올리던 나는 외마디 비명에 눈을 떴다. 목소리로 보아 처제 아니면 아내였다. 가슴이 철렁 내려앉아 달려간 곳에 아내가 넋 나간 듯 땅바닥에 주저앉아 있었다.

- 나무 밑에 버섯이 있어서 능이인 줄 알고 손을 내밀었더니 뱀이 쑥 나오잖아.

- 물렸어?

물린 것은 아니라고 했다. 다만 심장이 멎는 줄 알았다고.

텐트로 돌아와 저녁을 준비했다. 능이버섯은 고사하고 먹어도 탈 없을 느타리 하나 찾지 못한 우리는 벌어진 닭 가슴에 반토막짜리 인삼과 대추 몇 알만을 안겼다. 그렇게 끓인 삼계탕으로 저녁을 먹고 얼마 있다가 잠에 들던 우리는 요란한 천둥소리에 잠에서 깼다.

비가 오나? 와도 지나가는 비겠지. 괜찮을 거야. 하지만 아니었다. 처음에는 몇 방울로 그치는가 싶더니 빗줄기가 차츰 굵어졌다. 얼른 하산해야 할 것 같았다. 서둘러 텐트를 걷고 짐을 쌌다.

급히 내려오다가 다들 한두 번씩 미끄러지고 넘어졌다. 옷이 흙투성이가 되든 말든 다치지만 않으면 되었다. 거의 다 내려갈 즈음 비는 조금 꺼끔해지긴 했지만, 하늘은 다시 두어 번 번개를 내리꽂았다.

투둑투둑, 나뭇잎 때리는 빗소리가 격렬해지더니 앞이 거의 보이지 않았다. 이대로 가는 건 무리였다. 빗속에 노인의 집이 보였다.

- 계십니까?

빗소리가 목소리를 삼켜 한참 동안 주인을 불렀다. 노인이 살고 있다는 것은 알지만 지금 저 안에 있는지 알 수는 없었다.

- 뉘시오?

다행히 노인이 있었다. 등도 밝히지 않고 마루에 선 그는 안 봐도 알겠다는 듯 혀를 끌끌 차다가 방 하나를 내주었다.

- 오늘 여기서 자고 가는 거야?

- 그렇게 하라고 할아버지가 방을 내주셨잖아.

산 위에서 봤던 노인의 노기는 없어 보였다. 방은 고추를 말리던 곳인 듯 매콤한 기운이 돌았지만 이런 날 마른 잠을 잘 수 있다는 것만으로도 우리는 행운이었다.

5

비는 밤새 내렸다. 아침 일찍 아내는 남의 집 부엌을 들락거리며 하나 남은 닭을 삶았다. 마트에서 생닭과 언 닭을 샀던 아내가 새삼 대단해 보였다. 노인에게 그것으로나마 신세를 갚으려는 것이어서 고스란히 죽 가운데에서 건진 닭 한 마리가 노인 그릇에 담겼다. 우리는 인삼 향이 나는 죽을 앞에 놓고 마루에 둘러앉았다.

- 덕분에 오랜만에 고기 맛을 보네그려. 그래, 산에서 버섯이라도 좀 딴 겨?

- 아니요. 뱀이 있어서 버섯은커녕 도망 다니기 바빴어요.

- 버섯 딴다고 돌아 댕기다가 뱀에 물리는 사람 많어. 능이하고 뱀하고 무늬가 비슷허거든. 그러고 산에 갈 때는 꼭 지팡이를 들고 가야 하는 거여. 힘들어서 짚고 가라는 게 아니라 땅바닥을 쿵쿵 두드리면서 가야 하는 거라구. 그래야 거기 있던 뱀이 도망가거든.

화만 내는 사람인 줄 알았던 그가 조곤조곤 말하는 것이 고마워 나는 줄곧 고개를 끄덕여 보였다.

노인은 아침을 먹은 뒤 근처를 한 바퀴 둘러보고 온다며 밖으로 나

25

갔다. 삽을 들고 가는 노인의 뒷모습에서 아버지의 모습이 보였다. 고향에서 비가 많이 올 때마다 아버지는 삽을 들고 나갔는데, 그때마다 물꼬를 보러 간다고 했던 것이다.

우리는 짐을 싸 놓고 노인이 돌아오기를 기다렸다. 말없이 떠나올 수는 없는 일이었다. 끝말잇기도 지루해지기 시작했지만 그는 금방 돌아오지 않았다. 코끼리, 리스본, 본드, 드럼, 럼주, 주둥이…함석지붕을 두드리는 빗소리가 커져서 우리의 목소리도 조금씩 커졌다. 드디어 노인이 왔고 우리는 일어섰다.

- 짊어진 거 내려놔. 저 앞에 있는 다리에 물이 넘쳐서 아무도 못 가.

놀라는 우리에게 노인은 비가 멈추고 시간이 좀 지나면 건널 수 있을 테니 기다렸다 가라고 했다. 마루에 앉은 노인이 중얼거렸다.

- 그러나 저러나 비가 이렇게 오면 안 되는디. 다 쓸려내려 갈 것인디.

요즘 막 익기 시작하는 고추가 비에 쓸려 갈까봐 걱정인 모양이었다.

- 고추 농사지으세요?

- 고추도 문제지만 흙이 쓸려 나간다니께….

냇물은 쉽게 줄어들지 않았고, 우리는 어쩔 수 없이 하루를 더 있기로 했다.

새벽쯤 되었을까. 참을 수 없는 요의에 잠을 깼다. 누운 채 화장실 갈 걱정을 하며 참고 있던 내게 쇠 부딪는 소리가 들려왔다. 여전히 함석지붕 때리는 빗소리는 잦아들지 않았고, 밖에서는 노인이 우비를 입은 채 움직이고 있었다.

- 어디 가시게요?

- 다 떠내려가게 생겼어.

　노인은 뭔가를 더 챙기는 듯 헛간을 뒤졌다. 혼자 사는 노인의 일 년 농사가 빗물에 다 쓸려 가면 어쩌나 걱정이 되었다. 노인은 포대 자루 같은 걸 둘둘 말아 들었다. 빗속에 서 있는 노인을 보니 모른척할 수도 없어 배낭에서 우비를 꺼내 입고 장갑을 꼈다. 노인이 만류했지만 그래도 농사꾼 자식이니 도움이 될 거라며 따라나섰다.

　말없이 노인의 뒤를 따랐다. 푸른빛이 도는 랜턴을 들고 노인은 산으로 올라갔다. 고추밭이 산에 있나 보다 하며 따라간 곳은 바로 어제 우리가 있었던 그곳이었다. 경찰이 파고 다시 매운 곳이었는데 모습은 그때와 많이 달랐다. 구덩이는 벌써 넓게 패였고 이미 많은 흙이 아래로 쓸려 가고 없었다. 빗속에서 노인이 나를 돌아보았다.

　- 예까지 나를 도우러 온 거 맞지? 자세한 건 나중에 말해줄 것이니께 내가 자루를 주면 잘 받아 둬.

　고추밭을 생각하는 나를 두고 노인이 구덩이로 들어갔다. 구덩이에는 언뜻 고구마 같기도 하고 칡뿌리 같은 것이 불쑥불쑥 나와 있었다. 흙 속에 나무뿌리와 유골이 엉켜 있던 골령골의 기억이 스쳐 지나갔다. 이따금 번쩍이는 번개가 바삐 움직이는 노인을 비췄다. 밑에서 힘들게 삽질하는 일은 젊은 내가 해야 할 것 같았지만 노인은 고집스럽게 나를 위에 있게 했다. 이쪽저쪽 바삐 움직이던 노인은 자루가 가득 차면 나를 불렀다.

　- 이봐, 게 있어?

　구덩이 옆에서 나는 그렇게 자루 몇 개를 받아 올렸다. 노인은 타고

난 일꾼 같았다. 다른 곳에 자루를 옮길 때도 등이 눌려 이리저리 옮겨 매던 나와 달리 노인은 마치 자루와 한 몸처럼 움직였다. 조심혀. 자루를 내려놓을 때마다 노인이 주의를 주었다. 커다란 바위로 자루를 모두 옮겨 놓자 노인이 나를 옆에 앉게 했다.

　- 고마워, 힘들지?

　- 뭘 캐신 겁니까? 칡이면 무거울 텐데 별로 무겁지 않은데요?

노인이 말했다. 얘기 하나 해주겠다고. 꿈보다 더 꿈같은 이야기를. 그리고 긴 한숨을 쉬더니 오래전 일이라는 말로 이야기를 시작했다.

6

그때 난 군인이었어. 열여섯이었던가. 다 아는 사실이지만 밀고 밀리던 국군과 인민군 사이에서 잘잘못을 따지는 건 우스운 일이여. 모두가 미쳤으니께. 그 전쟁은 아무도 이긴 쪽이 없었지.

그날도 이런 여름이었지. 무쟈게 더웠으니께. 전날 우리 부대원 몇 명이 당했어. 어떤 사람이 빨갱이 있다고 신고해서 갔는디 그만…. 아무도 믿을 수 없는 세상이었지. 누가 말만 걸어도 죽이고 싶게 더운 날이었는디, 다른 부대에서 빨갱이를 잡아 놓고 우리한테 뒤를 맡기고 갔어. 가 보니 굴속에 다 가둬 놨더라고. 그때 원 없이 총을 쐈어. 그래도 소대장은 분이 풀리지 않았는지 아직 살아있는 놈이 기어 나올 수 있으니께 아예 입구를 막으라고 혔어. 근디 말여. 돌을 쌓는데 안에서 피 묻은 손이 쑥 나오드라고. 자기는 아무것도 모르고 여기도 왜 왔는지 모른다고, 또 어떤 애는 자기는 P대학생이라며 살려 달라는 거여. 그 옆에도 산 사람이 더 있드라고. 자기는 그냥 농사짓다 가 청양 어디에서 끌려 왔다는디, 이름이 유가라나 뭐라나. 제발 살려 달라고 내 손을 붙잡는디. 나는 기절하는 줄 알았다니께. 내 옆에서 소대장이 갈겨버리더라고. 빨갱이 말 믿으면 안 된다고.

나는 논산이 고향이여. 전쟁이 끝나고 나중에 집에 가니께 아버지 가 돌아가셨드라고. 면서기셨는디, 빨갱이가 면사무소 습격했을 때 거기 계셨다는구먼. 아버지는 빨갱이에게 돌아가시구. 나는 빨갱이를 죽였구, 그것도 많이 죽여서 복수한 것이라고 생각했지. 모든 게 잊어 지는가 싶었을 적에 어떤 책을 읽었는디 이상한 생각이 들더라고. 인 민군은 멀쩡한 양민을 국군 앞잽이라고 죽였고, 국군은 빨갱이 앞잽 이라고 죽였다 하드라고. 옛날에 우리 부대가 죽인 빨갱이들이 죄 없 는 양민이 아니었나 하는 생각이 조금씩 들기 시작했어. 그래서 동굴 에서 죽어가며 말했던 사람이 진짜로 P대학교에 다녔는지 찾아봤지. 아, 근데 글씨 그것이 진짜더라구. 슬슬 증거들이 나오는디, 홀어머 니 모시고 공부 잘하던 수재였드만…. 나중에 실종자 명단이 얼추 나 왔는디, 다들 똑똑하고 잘난 사람들이었더라구. 같은 부대원들이 이 사실을 아는지 모르는지. 연락은 통 안 해 봤어두 알기는 알겄지. 나 중에 우리 소대장은 진짜 잘 나갔어. 공직에서 올라갈 수 있는 데까 지는 다 올라갔지 아마. 암튼 다들 한 자리씩 했더라고. 전부 나보다 나이가 많았으니께 지금 살아 있으믄 못 돼도 구십은 넘었을 것이여. 죽은 사람도 있을 것이구. 나이가 이렇게 들었는디두 어째 그때 일이 더 훤하게 떠오르는지 알다가도 모르겠다니께. 요즘은 통 잠이 안 와. 불에 올려놓은 밥 냄비도 새까맣게 태울 정도로 깜빡혀두 그 일은 어제 일 같다니께. 지운다고 지워지는 게 아니여.

내가 회사 다니다가 정년퇴직을 하고 이곳에 간다고 하니께 식구들이 말리고 난리가 났어. 나이 들면 병원 옆에서 살아야 한다나. 건강허니께 남은 날은 공기 좋은 곳에서 살겠다고 하니 나중에는 말리지 않더라구. 옛날에는 여기도 사람이 참 많이 살았었는디, 다시 오니 다 없어졌어. 산에서 그런 일이 있고 나서 다 죽은 건지 떠난 건지….

여기서 벌어진 일은 아무도 모르는 일이여. 수십 년이 지난 이제 와 알면 또 뭐 할 것이여. 일 년에 한 번씩 제사를 지내고 유골이 유실되지 않도록 잘 모시는 게 내 일이여. 지난 장마에 한 무더기 유골이 쓸려 갈라고 혀서 잘 모셔 놨는디, 어제는 경찰까지 와서 난리를 치지 않나. 비가 많이 오면 잘 봐야 한다니께. 어이, 내 말 듣고 있는 겨?

놀라운 얘기를 들으며 옛날이야기를 듣는 아이처럼 고분고분 앉아 있기 불편했다.

- 그럼 나중에 억울한 죽음을 확인하고서도 가만히 계셨단 말씀이세요? 어디든 알렸어야죠. 그동안 그 가족들은 얼마나 힘들었겠어요. 빨갱이 자식이라고 빨간 줄 쳐져서 취직도 못했잖아요.

- 안됐지만 다 지난 일이여.

- 수습한 유해는 어떻게 하실 겁니까?

- 날이 개면 다시 묻을 거여. 이제 와 세상에 알리는 건 정말 부질 없는 짓이라니께. 다 지난 일여. 어쨌든 나 죽을 때까지 이렇게 살라 네. 내가 살인자요, 했다가는 내 자식들은 뭐가 되겄어. 또 이름 날리 믄서 잘 나갔던 우리 부대원 허고 그 자손은 뭐가 되고? 다 내로라하 는 사람들일 것인디. 어디 나를 가만 두겄어? 나는 시끄러운 건 딱 질 색이여.

- 그렇다고 언제까지 이렇게 묻어둘 수는 없잖습니까?

- 좋은 날이 오겄지. 자식도 만나고 형제도 만나고 한도 풀 날이. 자, 이제 비가 그쳤으니 이만 내려가자구.

나는 쉽게 일어나지지 않았다. 이 악몽을 어쩌면 좋단 말인가. 노인 은 이런 나의 마음을 꿰뚫었는지 그만 꿈을 깨라고 했다. 모든 것은 꿈이라고. 무섭도록 쏘아보는 그의 눈을 마주 보기 두려웠다.

노인의 집에 도착하자 아내가 마루에 앉아있었다. 어디 다녀오냐는 말에, 노인은 나를 보며 밭에서 물꼬를 트고 오는 중이라고 했다. 나 도 고개를 끄덕였다. 노인이 어디론가 전화를 걸었다. 구형 접이식 휴 대폰이었다. 그는 물에 잠긴 다리가 보이려면 한나절은 더 기다려야 한다고 했다.

노인은 맛난 것을 대접받았으니 이번엔 대접해야 한다며 산나물밥 을 했다. 나물이 섞인 그것은 쌉쌀했지만 괜찮았다. 동미는 밥상 앞 에서 이거라도 찍어야 한다며 사진을 찍고 나물을 골라 아내그릇에 놓았다. 그리고 TV프로에 나오는 '자연인' 같다며 노인과 함께 인증 사진을 찍었다.

　- 잘들 가시게. 내년 휴가 때 오면 만날 수 있을라나. 그때까지 내가 살아 있을지 모르겠네, 그랴.

　벌써 두 해가 지났다. 마음은 그곳을 맴돌았으나 다시 그곳을 찾지는 않았다. 그러다 한국전쟁 당시 집단학살지 유해발굴이 있다는 뉴스와 함께 자원봉사단 모집 기사를 보았다. 그렇게 나는 열흘 동안 산내 골령골 발굴현장에 머물렀다.

나무는 날 때부터 말을 배웠다
뿌리가 움켜쥔 또 다른 뿌리의 자음과 모음을 익히고
지독한 가뭄에도 푸른 옹알이를 했다

바람이 휘도는 계곡
말하는 숲이 생겨나면서부터
사람들은 금줄을 치고 먼 길로 돌아갔다

김이박최강…
뿌리가 일러주는 글자는 흐느낌이 쓰는 이름
어쩌다 드러난 유골이 고향을 들먹일 때면
아직 음절인 것들은 서둘러 말이 되었다
나는 논매던 이가요
나는 밥 먹다가 온 김가라오
나는 공부하다가 잡혀온 학생이라오

가만히 있으면 들린다
우우, 그들은 제복차림이었소
나의 이웃이었고 당신의 이웃이오
여기 동생도 있고 친구도 있소 우우

늙은 자손이 앳된 아비를 찾는 숲
붉은 시치미 달고 우는 가슴에
독풀처럼 솟은 아비 어미의 이름들

여린 바람에도 말하는 숲이
거기 살아 있었다

　모처에 보낸 시를 두고 누군가 잘 읽었다며 연락을 해왔다. 꼭 한 번 만나고 싶다고. 그 물음에 나는 한참을 망설였다. 뭐라고 말해야 하나. 그러시라 대답하기 전까지 정말 많은 사람들의 얼굴이 떠올랐다. 노인의 얼굴은 물론이고, 산중에서 살려 달라고 애원하는 앳된 청년과 농사꾼, 그리고 시민단체와 기자들까지. 나는 깊은 숨을 내쉰 뒤, 전에 보낸 원고를 다시 읽어 보았다.

푸드 댐퍼

푸드댐퍼
(Food damper)

손가락은 분명히 1970년을 누르려 했던 것인데 9를 6으로 잘못 짚었다. 모니터에 1670과 관련된 정보가 자르르 깔렸다. 뒤집힌 글자를 애써 바로 세우지 않았다. 손가락 하나의 실수로 문득 찾아간 1670년, 그러니까 지금으로부터 350여 년 전이었다. 30년을 한 세대로 본다면 약 11명의 할아버지가 이 땅에 왔다가 백골이 되어 흙으로 돌아갔을 시간이었다. 지구가 삼백마흔일곱 번을 돌았고, 강산은 못 변해도 약 서른네 번은 변했다. 왜적 때문에 임금이 의주로 도망을 간 적도 있었는데 그때가 1592년이었으니, 조정에서 당파 싸움만 하다가 세상을 망쳐놓을 때 태어난 아이는 어느덧 여든의 노인이 되었을 시간이었다.

1670년. 거기서 내가 본 서울은, 그러니까 그때 한성에서는 이런 일도 있었다라고 말하라면⋯ 정말 입이 떨어지지 않았다. 나는 싱크홀에 빠져버린 것 같았다. 마우스를 움직이자 스윽, 모니터에 지옥이 나타났다. 빛이 꺼진 세상. 어둠 속에서 밟고 있는 물체들이 살아 벌레처럼 꿈틀거렸다. 아니다. 내가 문장으로 살핀 내용을 차분히 생각하기도 전에, 1670년의 세상이 그렇다는 것을 알아차린 것이었다.

경신대기근. 봄부터 가뭄이 지진으로 이어졌고, 폭우가 폭설이 되고, 논밭은 그냥 텅 비어 있었다. 인근 산에는 벗겨 먹을 나무껍질조차 남아있지 않았다. 손톱만 한 곡기라도 입에 넣으려는 사람들이 퀭한 눈으로 느릿느릿 저자거리를 돌아다녔다. 곡성조차 내기 힘든 집에서 내다 버린 가마니 속 물건을 두고 여러 사람들이 좀비처럼 몰려들었다. 그게 무엇인지 서로 물어보거나 궁금해하는 것 같지 않았다. 모두 말없이 다가갈 뿐이었다. 그들은 익숙한 듯 잠시 가마니를 가운데 두고 빙 둘러 서 있었다. 피부는 누르스름했고 옷은 더러웠으며 낯빛은 어두웠다. 하나같이 마르고 초점 없는 눈을 가진 그들 중 누군가 가마니 가까이 손을 뻗었다. 그러자 그것을 신호라도 삼았는지 둘러서 있던 사람들은 순식간에 가마니에 다가갔다. 가마니는 강력한 자력을 갖고 있었다. 쇳가루 속에 들어간 자석처럼 순식간에 사람들이 달라붙었다. 옆 사람을 밀치고 밀려난 사람은 다른 사람을 밀치며 가마니에 붙어 있으려 발버둥을 쳤다.

의자에 깊숙이 몸을 묻었던 나는 화면 가까이 얼굴을 가져갔다. 그게 뭔지 궁금했다. 저게 뭐야. 그리고 한참 후 자력이 다했는지 사람들이 하나둘 떨어져 나갔다. 돌아가는 그들의 손과 얼굴, 옷자락이 저마다 피로 물들어 있었다. 마지막으로 붙어 있던 몇 명이 떨어져 나갔다. 어둡던 화면이 점점 가운데부터 밝아지고 서서히 나는 그 속으로 빨려 들어갔다. 쿵, 갑자기 배경음악과 함께 화면 가득 사람의 형상이 보였다. 붉은 피가 묻은 채 뼈만 있는 사람. 아니 시체. 뼈만 있는 것을 시체라고 불러도 되는 건가. 초등학교 다닐 때 늘 과학실 한켠에 서 있던 골격모형도가 생각났다.

허억, 누군가 등을 만지는 바람에 놀랐다. 새미였다. 휴 한숨을 내쉬며 의자 깊숙이 몸을 묻었다. 실제를 근거로 한 영화라지만 저럴 수는 없는 것이다. 더군다나 우리나라에서 일어난 일이라니.

– 이번엔 좀비 영화야?

– 간 떨어질 뻔했잖아.

– 정신 차려. 좀비는 영화에나 있는 거야. 뭐가 무섭다구.

– 아냐, 이거 봐.

나는 화면을 돌려 처음을 보여주고 성큼성큼 건너 나도 미처 보지 못한 마지막 장면을 함께 보았다.

– 어때 대단하지. 저건 우리의 과거이자 미래야. 아무리 그래도 그렇지 식인종도 아니고 어떻게 인육까지 먹을 수 있을까?

– 나 죽으면 오빠가 먹어.

새미는 계속 실실거렸다. 실제 있었다는 경신대기근에 대한 자막이 모니터 위로 줄줄이 올라가도 눈 하나 찡그리지 않았다. 도무지 진지한 구석은 찾아볼 수 없는 애였다.

– 그때는 그때고 지금은 지금이야. 나도 배고프다고. 오빠 뜯어 먹기 전에 맛난 거 먹으러 가자. 내가 한턱 쏠게.

평소 심각한 모습을 보이지 않던 새미는 오늘은 특별히 더 신이 나 있었다. 새미는 나와 같은 학교를 다니고 있는 학생이자 나의 룸메이트이다. 같은 학교라고 하지만 사실 우린 학교 이름만 같을 뿐이지 만날 기회가 거의 없었다. 새미는 학부학생이고 나는 주로 연구실에서 살다시피 하는 대학원생이었던 것이다. 어느 날부터 나를 따라다니다가 다짜고짜 이 원룸에서 함께 살겠다고 한 것이다. 남학생들한테 인기 많다는 애가 여자에게 별다른 관심도 없는 나를 택한 이유를 물어봤었다. 똑똑한 남자가 좋아. 그게 새미의 대답이었지만 예전부터 친구들은 나에게 범생이라고 했다. 생활비 반부담, 사생활 자유, 둘 중 한 사람이라도 싫어지면 언제라도 계약종료. 그리고 이 모든 것은 다른 사람에게 비밀로 하기. 이게 새미의 조건이었다. 나를 어떻게 알았냐는 말에 새미는 방송에서 잠깐 봤다고 했다. 작년부터 담당교수와 함께 우리 연구팀은 대체식품을 연구하고 있었다. 그때 하얀 가운을 입고 연구실에 있는 내가 잠깐 소개된 적이 있었는데 그때 보았다고 했다.

- 빨리 와. 이 누님이 쏠 때 감사합니다, 하고 얼른 따라오셔.

다섯 살 어린 새미는 늘 명랑했다. 범생이 인생 최대의 횡재였으므로 반말이든 애 취급이든 나는 상관없었다. 언제나 늘씬한 몸매에만 관심이 많던 애가 오늘따라 한턱을 쏜다니 겨우 샐러드바나 데리고 가는 것은 아닌지 궁금했다.

새미는 내가 보기엔 전과 다를 바 없는 허리가 더 가늘어졌다며 핫팬츠에 쫄티를 입고 기다리고 있었다. 핫팬츠 아래 하얀 허벅지가 다

보였다. 우리가 도착한 곳은 고깃집이었다. 새미는 익숙하게 모듬회 작은 것과 등심을 주문했다.

  - 횟집처럼 모듬회도 있네. 야, 우리 학생이야. 이거 장난 아닐 텐데.

  - 이 누님이 쏜다니까. 그동안 풀만 먹었더니 허덕증이 나서 그래. 걱정 마 오빠. 마침 돈도 생겼고 그동안 못 먹어서 그런지 빙빙 돌아.

  식당의 실내는 한여름 바깥 온도와 많이 달랐다. 바깥은 불빛에 끓어올랐고 실내는 서늘했다. 테이블마다 숯불이 이글거리고 에어컨 은 쉴 새 없이 냉기를 뿜어내고 있었다.

  회가 나왔다. 모듬이라 그런지 색과 질감이 조금씩 달랐다. 날것들 이 조금씩 놓인 하얀 접시 위에서 금방이라도 꿈틀거릴 것 같은 생간 을 입에 넣은 새미가 어깨를 잠깐 올렸다 내려놓았다. 다시 또 하나 입에 넣으며 아직도 자기 입에 꽂힌 나의 시선을 느꼈는지 오물거리던 입을 갑자기 크게 벌렸다. 시뻘겠다. 입속은 온통 피로 가득했고 아 직 씹히지 않는 핏덩이가 몇 조각이 남아 있었다. 구미호 같으니라구. 얼른 고개를 숙였다.

  - 먹어 볼래? 맛있어. 아, 해봐.

  간을 한 점 들어 올린 새미의 젓가락이 아래로 내리깐 내 눈앞에 어른거렸다. 고개를 돌리자 뒤따라온 젓가락에 차갑고도 말랑한 것 이 입술에 닿았다. 훅, 날것의 비린내가 났다. 화가 조금 났지만 새미 의 팔을 밀치고 핏덩이를 간신히 물렸다. 입을 닦은 물수건 귀퉁이가 꽃잎처럼 붉어졌다. 핏덩어리보다 더 선명하고 밝은 피. 그 화사한 피 에 자꾸 눈이 가서 물수건의 피가 보이지 않도록 돌돌 말아 상 아래로 내려놓았다.

재밌어 죽겠다는 듯 숨넘어가게 웃던 새미가 어느새 또 생간을 입에 넣었다. 너무 우스워 도저히 입을 다물지 못하겠는지 입꼬리에 피가 찔끔 새어 나왔다. 앞뒤 사정을 빼고 누군가 이 순간을 본다면 피를 토하며 괴로워하는 모습이라 할지도 모를 일이다.

내 몸이 땀구멍마다 일제히 땀을 내어놓았다. 두 견갑골 사이부터 허리께로 흘러내린 땀이 바지 허리춤에 모여 축축했다. 새미가 재밌어 하는 일을 하지 않기로 하고 달궈진 불판에 얼른 고기를 얹었다. 누군가 소고기는 불판 위에서 색이 변하면 바로 먹어야 한다고 했지만 나는 앞뒤가 노릇해질 때까지 구웠다. 부추 위에 고기 한 점을 올려 입에 넣자 새미가 말했다.

- 아이 참내. 소고기를 그렇게 구우면 맛이 없어. 잘 봐.

새미는 불판 위에서 고기의 색깔이 허옇게 변하자마자 제 입에 넣었다. 몇 번 씹지도 않고 꼴깍 넘기더니 얼른 또 생간을 입에 넣었다. 구미호 같으니라구. 새미가 내 얼굴을 응시하고 있었다. 일자로 길게 늘인 내 입 밖으로 소리가 빠져나간 줄 알고 깜짝 놀랐다. 새미는 또 제 어금니 위에 핏덩이를 올려놓고 나를 빤히 보며 씹어댔다. 혀가 입 속을 휘젓는 동안 그 어떤 맛에 심취해 있는 새미의 눈이 웃는 듯 가늘어지곤 했다. 이따금 이빨 부딪는 소리가 났다.

- 으음, 고소해.

위가 제 주머니를 소화하지 않듯 이빨을 비켜간 혀가 어떤 맛을 전하고 있었다. 문득 혀를 씹어도 저렇게 많은 피는 나올 것 같지는 않았다. 아까 보았던 영화의 한 장면이 스쳤다. 가마니 속의 시체까지 꺼내 주린 속을 채웠던 사람들이. 지금도 빵빵하게 배를 채워야 하는 지구인들이. 기다려라. 내가 외쳐 줄 것이다. 세상 사람들이여, 이제 그렇게 씹어대지 않아도 좋은 세상이 왔소. 먹어대느라 더 이상 시간을 허비하지 마시오. 벌써부터 인터뷰할 생각을 하니 미소가 저절로 흘러나왔다. 지금 하고 있는 연구가 성공적으로 끝나야 할 텐데. 그것도 빨리. 제발. 젠장.

모처럼 생고기를 먹어서 기운이 나는지 새미는 이른 저녁부터 나를 침대에 붙들어 두었다. 평소 칼로리 소비 대상으로 운동했던 스텝퍼나 훌라후프 대신 나를 택했다. 요가인지 묘기인지 온갖 포즈로 나를 갖고 놀았다. 침대 위에서 긴 운동을 마친 새미가 드디어 잠이 들었다. 배가 고팠다. 식성 좋고 식탐 많은 새미는 아까 제가 산 것의 대부분을 먹어댔다. 더 이상 못 먹겠다고 남긴 밥은 된장찌개와 함께 내가 먹었다. 겨우 그렇게 채운 배는 한밤이 되자 정말 고팠다.

가방 속에서 알약 하나를 입에 넣었다. 영화를 보면 덜할까. 더구나 밥맛 떨어지는 저런 영화는 지금 보기 딱 좋을 것 같았다.

침대에 누워 아까 대충보고 넘어간 뒷부분을 다시 화면에 띄웠다. 나물을 많이 먹어서 서양 사람보다 길다는 장을 채우기 위하여 사투가 벌어지고 있었다. 끔찍했지만 제일 편한 자세로 영화 속으로 빠져들어갔다.

가마니 속에서 시체를 꺼내 뜯어먹는 모습을 보고는 꿈쩍을 할 수가 없었다. 나무로 된 뒷문 사이로 내다보던 광경에 다리 힘이 풀릴 지경이었다. 하지만 벌떼처럼 몰렸다 사라진 사람들을 들키지 않고 자세히 볼 수 있었다. 바로 우리 집 뒷문에서 불과 몇 미터 되지 않은 곳이었다. 그들이 돌아간 뒤 긴장이 풀렸는지 그 자리에 그만 주저앉고 말았다. 그들은 짐승 같았다. 사람이기를 포기한 사람들. 만약, 나라에서 군량미라도 풀지 않고 이대로만 간다면 자신보다 약한 사람들을 잡아먹는 것은 시간 문제였다. 단단히 걸어 잠근 뒷문에 등을 기대고 앉아 있는 내 손을 누군가 잡아 당겼다. 새미였다.

- 여기 있었네. 여긴 지옥이야. 내가 이러려고 시집온 건 아닌데. 죽지 않을 만큼 먹는 것도 하루 이틀이지. 진짜 못살겠다. 감옥도 아니고. 울 집에 가고 싶어.

아직도 사태파악이 안된 새미는 자꾸 짜증을 부렸다. 충청도에서 갓 시집온 뒤 갑자기 닥친 이 기근을 아직도 이해하지 못하고 있었다. 좀 전에 보았던 광경을 직접 보았다면 쏙 들어갈 소리였다.

- 네 집에 가도 똑같아. 세상 어디나 이 지경이라구. 문이 열리는 순간 밖에 있는 사람들이 가만 둘 것 같아? 우리 집 곳간은 금방 털릴걸?

대기근이 한창인 지금, 세상에는 먹을 것이 아무것도 남아있지 않았다. 살아남은 동네 사람마저 얼마 되지 않은 것 같았다. 하지만 몇몇 큰 양반집에는 커다란 곳간이 있었고 대부분은 가득 차 있었다. 이런 기근을 예상하지 않았더라도 많은 식솔들이 일 년간은 충분히 먹어야 했기 때문이다. 나라에서는 이 기회에 오랑캐가 넘어오지 않을까 걱정이었고 한편으로는 군량미를 보호하기 위하여 안간힘을 썼다. 우리집도 곳간을 지키기 위해 밤낮으로 노비를 세워 놓았다. 대문뿐 아니라 담장을 따라 노비들이 일정한 간격을 두고 지키게 했다. 그래도 고기는 굽지 않았다. 고기 굽는 냄새가 담을 넘는 것은 어찌해도 막을 수 없으므로 최소한의 밥으로 허기를 면하기로 했다. 다행히 넓은 집안에는 텃밭과 깊은 우물이 있었다. 밖에서 수개월간 비가 내리지 않아도 마르지 않는 우물이었다.

이 어려운 시기가 언제까지 가게 될지 아무도 모르는 일이었지만 이 집의 나리이며 내 아버지의 명령은 곧 이 작은 나라의 법이 되었다. 만약 이 법을 어기게 되면 특별히 다른 형벌은 없다. 그냥 추방되는 것이다. 굶어 죽으라는 것과 같은 말이었다. 구멍으로 보이는 세상 풍경은 나 혼자만 보고 있지 않았다. 담장이나 문을 지키는 노비의 생생한 장면은 눈에 담아 입으로 전달되었다. 곳간을 지키는 노비나 안채에 있는 여종에게도 전해졌으며 안방이나 사랑채의 최고 통수권자인 아버지에게도 전해졌다. 아버지는 단호했다. 이 안에서 음식 냄새를 내지 않고 마을사람들과 충돌하지 않으며 이 고비를 넘기려 했다. 웃음소리나 사람답게 사는 모습을 절대 보여도 안 되었다. 이상한 일이었다. 사람이 살지 않는 듯 조용히 지내기는 어려운 일이었지만 그 어느 때보다 잘 지켜졌다. 한번 정해진 이 법은 노비들 스스로 앞장서 지키고 다른 노비를 견제하기도 했다. 양반이든 노비든 울안에 있는 사람들은 바깥세상으로부터 살아남기 위해 하나로 뭉쳤다.

그런데 이런 상황에 새미는 자기 집에 가고 싶다니 철이 없어도 한참 없는 소릴 하는 것이었다. 어쩌면 여기보다 그곳이 더 심할지도 모르는데 말이다.

　며칠이 하루 같고 하루도 며칠 같았다. 담장 안에 고여 있는 시간 속에서 우울한 기운은 좀처럼 집을 떠나지 않았다. 그날 아침은 특히 더했다. 내가 갔을 때 그 기운은 마당 한가운데에 모여 있었다. 대청마루에 아버지가 앉아있었고 집사가 댓돌 옆에 서 있었으며 마당에는 머슴 하나가 다른 머슴 손에 잡혀 있었다. 어릴 때 형처럼 나를 보살펴준 돌쇠였다. 얼마 전 돌쇠는 삼돌이가 이쁜이를 너무 귀찮게 해서 날이 좋아지면 바로 혼인하기로 했다고 했었다. 이쁜이는 새미가 시집올 때 함께 데려온 몸종이었다. 나도 축하한다고 한 게 며칠 전인데 뭔 일인지 궁금했다.

　- 대감마님 지난밤 저것이 쌀을 훔쳐 밖에 있는 제 애미 애비에게 갖다 주고 오는 걸 붙잡았습니다.

　- 마님, 살려주세요. 부모님 생사를 알 수 없게 된 지 너무 오래되어 궁금해서 다녀왔습니다. 쌀을 훔친 것은 제가 죽을 때까지 일해서 갚겠으니 제발 살려 주세요.

　- 집에 가 보니 어떻더냐?

　- 어린 동생들은 굶주려서 벌써 죽었고 부모님만 겨우 살았는데 살았다고 볼 수도 없었습니다. 겨우 숨만 붙어 있어서 급히 미음만 끓여주고 돌아왔습니다.

여종들이 앞치마로 눈물을 훔치고 있었고 이쁜이는 돌쇠 뒤에 주저앉아 있었다. 아직도 멱살을 잡고 있는 삼돌이가 큰소리로 말했다.

- 우리 모두를 위험에 빠뜨렸습니다요. 이 집에 곡식이 많다는 것을 알면 밖에 있는 사람들이 떼로 몰려올 텐데 큰일입니다요.

- 흠.

아버지가 아무 말을 못하자 돌쇠는 두리번거리다 나와 눈을 마주쳤다. 나를 찾고 있었던 모양이었다. 나는 아무 말도 하지 못했다. 아버지는 담장을 지키는 머슴에게 요즘 바깥세상이 어떠냐고 물어 보았다.

- 요즘 길거리 지나는 사람들은 줄었지만 가끔 지나가는 사람들이 눈에 띠게 달라 보입니다. 늙은이나 어린애들은 보이지 않고 젊은이들만 몇 명씩 몰려다닙니다.

힘없는 사람들은 이미 다 죽었단 말이었다. 여기저기 탄식이 들려왔다. 삼돌이는 돌쇠를 문밖으로 내보내야 할 이유와 도둑질의 죄도 물어야 한다고 한 번 더 말했다. 아버지도 고민하는 것 같았다. 어려서 들어와 잔뼈가 굵을 때까지 함께 살던 성실한 머슴이었다. 결국 매는 면하고 밖으로 나가게 되었다. 나는 이쁜이를 시켜 갖고 갈 수 있는 곡식을 돌쇠의 몸에 숨겨 가져갈 수 있게 해 주었다. 돌쇠는 어떤 결심을 했는지 어차피 잘된 일이라고 했다. 집에서 돌아오는 길에 발이 떨어지지 않았는데 이제 맘 놓고 부모님을 보살피겠다고 했다. 나가는 그를 위해 두툼한 옷을 주었다. 그것은 속에 두른 기다란 쌀

자루를 감추기에도 좋았다. 그날 밤 돌쇠는 뒷문을 통해 밖으로 내보내졌다. 다 죽었어도 젊은이만 살아남았다는 것에 모두 희망을 갖고 있었지만, 삼돌이만큼은 밖의 사람들과 함께 돌쇠가 언제 쳐들어올지 모른다며 분해했다. 나는 돌쇠란 이름처럼 무사히 지내다 만나기를 바랐다.

새미는 방에 누워서도 잠이 오지 않는 모양이었다.

- 젊은이들만 살아남았다는 게 무슨 뜻일까?

- 다른 사람들은 굶어 죽었다는 말이지.

- 잡아먹은 게 아니고?

근처 어느 양반집의 곳간이 털렸다고 했다. 가끔 동정을 살피느라 밖에 나다니던 머슴 말에 의하면 몰려다니는 사람들의 숫자가 많아 곳간은 금방 털렸다고 했다. 걱정이 되었다. 우리집 곳간은 아직도 많은 곡식이 있었다. 그간 모두 최소한으로만 먹으며 아꼈던 것이다. 아버지는 앞으로 몇 년을 버텨야 할지 모른다며 철저한 곡식 관리를 지시했다.

2년 동안 온갖 종류의 재앙이 고루 지나가고 날은 점점 평온했던 예전으로 돌아갔다. 많은 사람들이 굶어죽고 홍수로 집이 쓸려 나갔지만 우리 집은 무사했다. 아직도 곳간에는 묵은 벼가 남아 있었고 식솔들도 모두 남아 있었다. 엄격한 법 아래 살아남은 사람들은 모두 아버지의 덕이라고 했다.

대문이 열렸다. 오랫동안 닫혀 있던 빗장이 풀린 것이다. 이제는 우리 곳간을 지키지 않아도 될 만큼 밖의 사람들도 두려운 존재가 아니었다. 그들도 마찬가지인 것 같았다. 더 이상 우리의 곳간이 탐나지 않는 것이다. 돌쇠는 더 건장한 사내가 되어 이쁜이를 데려갔고 새로 일군 산비탈 논에 농사를 지을 거라고 했다.

마을에서 살아남은 사람들은 폐허 위에 집을 짓고 씨를 뿌렸다. 우리집도 농사를 짓기 위해 소작농을 찾아다녔다. 하지만 아무도 우리의 농사를 지으려 하지 않았고, 말조차 함께 나누지 않으려 했다.

전에 내린 폭우 때문인지 곳간의 벼들은 전부 썩어 있었고 새미는 자꾸만 먹을 것을 찾았다. 재앙은 바깥세상에서 우리 집으로 옮겨왔다. 마침 비가 내려 모심기에 적당했지만 마을 사람들은 우리 논만 비켜가며 모를 심었다. 우리의 기름진 논들이 놀게 되었다. 곳간이 열린 것이 소문이라도 난 듯 쥐가 들끓었다. 새미는 쥐를 잡아 내게 한 점 먹이려 했다. 뚝뚝, 뻘건 피가 내 가슴팍에 떨어지고 있었고 살점 하나가 내 입에 막 닿으려 했다. 힘주어 입을 닫고 고개를 흔들자 붉은 살점 뒤로 미소 짓는 새미의 얼굴이 보였다.

외마디 비명을 지르며 일어났다. 모니터에는 화면보호 나비 그림이 이곳저곳 날아다니고 있었다. 등이 축축하고 기분이 나빴다. 내가 비명을 질렀는데도 새미는 몸을 둥글게 말고 꿈쩍도 하지 않았다. 휴일 아침이었지만 연구실로 가야 했다. 수퍼푸드를 개발하기 위한 우리 연구팀은 긴 명절 연휴에도 쉬지 않았다. 누구라도 한명은 연구실에 있어야 했다.

선배와 교대하기로 한 시간이 얼마 남지 않았다. 온몸에 끈적이는 땀을 씻으며 거울에 비친 몸이 최근 들어 부쩍 불어나 보였다. 서둘러 집을 나왔다. 새벽 공기는 언제나 서늘했다. 전철역으로 걸으며 막바지에 들어간 우리의 실험을 생각했다. 조만간 끝이 날 연구였다. 정말 기대가 되는 일이어서 잘만 되면 대박 나는 일은 식은 죽 먹기다. 딱 한 알로 영양과 포만감을 느낄 수 있다는 것. 환상의 수퍼푸드. 그것은 어마어마한 일이지만 아직 발표 단계는 아니다. 스마트폰이 많은 일을 한 것처럼 우리의 수퍼푸드는 더 큰 일을 하게 될 것이다. 연구실에는 선배가 기다리고 있었다. 나보다 덩치가 큰 선배였다.

– 왔냐? 요즘 이 쥐새끼들이 잠을 안 자네. 몸은 좋아지는데 왜 자꾸 설쳐대는지 모르겠어. 짜식들이 말야, 불을 끄나 안 끄나 똑같다니까. 어이구야, 피곤하다. 나도 죽겠네. 간다. 수고해라.

선배의 폼 나는 몸매가 문밖으로 사라졌다. 운동을 따로 하지 않으면서도 근육이 잘 발달한 선배가 부러웠다. 선배는 서른이 넘었는데도 여태 싱글이다. 몇 번인가 소개팅을 했는데도 번번이 세 번 이상 만남을 이어가지 못했다. 평균키의 남자보다 더 큰 키에 근육질의 남자를 왜 이리 가만 놔두는지 여자들의 심리는 알다가도 모를 일이었다.

하루를 시작하는 열쇠가 커피라도 되는 듯 습관적으로 커피를 내렸다. 깔때기 모양의 거름종이에서 똑똑 떨어지던 커피가 더 이상 떨어지지 않을 때까지 멍하니 바라보았다. 커피는 이미 제 향으로 연구실을 가득 채우고 있었다. 언제 맡아도 향이 좋고, 쏩쓸한 맛도 그만이던 것이 왠지 먹고 싶지 않았다. 커피를 놔두고 실내를 한 바퀴 돌았다. 선배 말처럼 철창 안의 실험쥐들은 쉬지 않고 돌아다니고 있었는데 시계는 벌써 아침 줄 시간이었다.

─ 얘들아, 아침 먹자.

나는 하얀 먹이를 준비했다. 일지에 적힌 대로 스포이드에 쭉 빨아 올리고 일일이 녀석들 입에 넣어 주었다. 정해진 용량대로 먹여야 하므로 목구멍에 가깝게 입안 깊숙이 넣어주지 않으면 안 되었다. 한 놈씩 쥔 손바닥 안에서 버둥거리는 것이 앙증맞고 귀여웠다. 쬐끄만 살굿빛 발이 참새 발 같기도 하고 병아리 발 같기도 했다.

녀석들에게 아침을 먹이느라 한 바퀴를 돌고나니 시간이 꽤 지났다. 집에서 나오기 전 알약 하나를 먹은 것이 전부인데 배는 그다지 고프지 않았다. 그 약은 교대했던 선배가 전에 준 것이다. 왜소한 체구의 내가 이 연구에 합류하자마자 애정 그득한 눈의 선배가 그랬다. 그런 몰골로는 이 연구실에서 살아남기 힘들다나 뭐라나. 덕분에 나는 힘들이지 않고 특별한 식이요법도 하지 않으며 근육을 키울 수 있게 되었다. 아직 선배에 비해서는 비교할 수 없지만 얼마 가지 않아 선배처럼 볼륨 있는 몸매를 갖게 될 것이다. 그런 선배를 만난 건 행운이었다.

피곤했다. 간밤에 제대로 잠을 자지 못해 눈까지 뻑뻑했다. 접이용 소파를 펼치고 누워 쥐들을 바라보았다. 쥐들은 건강해 보였다. 녀석들이 너무 뽈뽈거리고 쏘다녀서 근육이 생긴 건 아닐까 하는 생각도 잠깐 스쳤지만 역시 김 교수가 개발한 이 수퍼푸드는 최고인 게 틀림없었다. 학회에 이 연구를 발표한다면 김 교수는 물론이고 함께 하고 있는 선배와 나도 미래가 보장되고도 남을 것이다. 그러기 위해서는 참아야지. 주야간 교대로 연구실에 있느라 힘들긴 하지만 참아야 하는 거지. 나른한 게 그대로 삼십분만 있으면 개운할 것 같았다. 간밤에 잠을 좀 못 잤다고 아무 때나 자면 안 되지. 눈꺼풀이 무거워도 참을 수밖에.

바각바각 어디선가 긁는 소리가 들렸다. 쥐들은 사방에서 이를 갈고 있었다. 눈싸움할 때처럼 주먹만 하게 뭉쳐 놓은 눈뭉치 같기도 하고, 뜨개질하다가 놓친 흰 실 뭉치가 바닥을 구르는 것 같기도 하다. 녀석들이 철창을 어떻게 탈출했는지 책상 밑이나 의자 밑을 돌아다니고 있었다. 헉, 큰일 났다. 김 교수와 선배가 알면 나는 죽음이다. 으악.

소파에 잠깐 누웠는데 꿈을 꾼 것 같았다. 쪽잠을 자면서 꿈까지 꾸다니. 요즘 꿈은 너무 실감이 난다. 그래서 그런지 자고 나도 개운하지 않다. 일어나 스트레칭을 하고 커피를 마셨다. 막바지에 오른 이 연구가 실패하면 내 인생도 끝장이다. 정신을 바짝 차려야만 산다. 이런 생각이 가득한 채 컴퓨터 앞에 앉았다. 수퍼푸드와 관련한 정보를 찾아보니, 인류가 지금처럼 산다면 언젠가는 동물들의 배설물로 인하여 멸망할 수 있다, 그러니 채식을 해야 한다는 발상으로 식물

줄기세포로 단백질을 생산하기도 하고, 어떤 곳은 식품에 곤충을 넣어 가공하기도 한다. 인간의 속을 채우려는 연구는 그것 말고도 이미 여러 건이 있었다. 하지만 지금 우리가 하는 이런 획기적인 연구는 아직 없다. 적어도 여태 발표한 것을 보면. 그렇지만 모를 일이다. 혹시 우리 팀처럼 진행 중인 곳이 또 있는지는. 쥐들은 배설물도 거의 없다. 게다가 쥐 특유의 냄새도 나지 않았다. 어쨌든 우리는 이 엄청난 일을 누구보다 먼저 발표해야만 하는 것이다. 그간 실험쥐를 관찰하고 기록한 무수히 많은 자료 속에 오늘 나의 것도 넣어 두었다. 선배와 교대하기 전 나는 쥐들에게 수퍼푸드를 먹이느라 배가 많이 고프다는 것도 잊고 말았다.

집에 들어가자마자 새미가 폴짝, 내 품에 안겼다. 또 고기가 먹고 싶어서 자기가 사왔다며 속성으로 차린 식탁에서 고기를 몇 점 내 입에 넣어 주었다. 그냥 입에 넣어 주는 것을 받아먹었는데 입에서 살살 녹았다. 새미는 겉만 살짝 익힌 거라고 했다. 세상에, 내가 익지도 않은 고기를 먹다니. 놀라웠지만 이미 목구멍으로 넘긴 후였다. 종일 먹은 게 없었다는 걸 그제야 알았다.

새미는 식탁에서 일어나 곧바로 침대로 갔다. 허기지던 차에 너무 먹어 속이 부대꼈지만 새미는 내 옆에 붙어서 떨어질 줄을 몰랐다. 그러다 깜빡 선배가 준 알약을 잊을 뻔했다. 일어나 얼른 한 알을 삼켰다. 운동도 하지 않고 근육을 키운다는 건 노력 없이 성적을 올리는 것과 같다는 생각이 들었다. 그렇더라도 나는 근육을 키우고 싶다.

근육에 진짜와 가짜가 어디 있단 말인가. 성적이란 반드시 노력해야 하는 것은 아니다. 사르르 포만감이 어느새 눈꺼풀을 감기고 있었다.

인터뷰 요청을 하는 전화를 받느라 정신이 없다. 선배와 나는 세계 각국에서 보내는 이메일과 전화 내용을 일일이 김 교수에게 보고했다. 과연 우리가 발표한 연구에 세상의 모든 사람이 주목했다. 김 교수는 선배와 나를 인류 공헌에 크게 이바지했다고 치켜세웠다. 덕분에 나는 함부로 나다닐 수 없을 정도로 기자들이 몰려왔다. 파파라치처럼 어딜 가도 따라다녀서 여간 귀찮은 게 아니었다. 제발 좀 내버려 두세요, 하며 팔을 뻗었는데 새미가 침대에서 바닥으로 굴렀다. 꿈인지 생시인지 갈수록 헷갈렸다.

팬츠만 입고 거울 앞에 섰다. 이제 근육이 많이 생겨서 아주 만족스러웠다. 기분 좋은 아침이었다. 벌써 연구실로 가야 할 시간이 되었다. 다람쥐 쳇바퀴는 내가 도는 것같이 일상이 매일매일 똑같았다. 서둘러 현관문을 열고 나갔다가 다시 들어갔다. 알약 하나 먹는 것을 잊을 뻔했다.

선배와 교대하는 시간에 늦지 않게 도착했다. 선배는 집으로 갈 채비를 다 갖춘 채 컴퓨터 앞에 앉아있었다. 우리의 연구는 다 끝났지만 실험쥐들은 계속 돌봐야만 했다. 이미 연구 자료는 김 교수에게 다 보고했다. 선배와 나는 김 교수의 다른 지시가 있을 때까지 기다려야 했다. 그는 그동안 연구비를 지원해준 미국의 어느 기업에 다녀오겠다며 며칠 전 출국한 상태였다. 조만간 선배와 나도 김 교수를 따라 미국에 가게 될 것이다.

선배는 더 우람해진 몸매를 모니터에 바짝 밀착시키며 나를 불렀다.

- 이거 뭐지? 재수야 이리 와 봐.

선배가 크게 띠운 모니터에 김 교수가 있었다. 학회지에 실린 사진이었는데 그 말고도 다수의 미국인도 함께 있었다. 선배와 나의 모습도 있을까 싶어 찾아보았지만 보이지 않았다. 그가 발표한 논문 제목이 보였다. 'SfKP-2가 남성에게 미치는 영향'

선배와 나는 서로 바라보았다.

- 이상하네. SfKP-2 이거 오타 아냐?

- SfKP-1인데.

저명한 학술지에 이런 오타가 있다니. 깐깐하기로 소문난 김 교수가 이런 실수를 다 하다니. 우린 걱정이 되었다. 선배와 함께 영문으로 발표된 것을 일일이 읽어 보았다. 그리고 우린 아무 말도 할 수 없었다. 논문에는 연구실에 있는 실험쥐 얘기 같은 것은 어디에도 없었다. 인류의 생존과 슈퍼푸드의 개발 필요성, 그리고 그것이 인간에게 미치는 영향에 대해 장황하리만치 적혀 있었다. 그 외에 근육이 어떻게 발달하고 변화하는지 자세히 나와 있었다. 차후 해결해야 할 과제로 신경정신병적 불안 요소가 발견되었지만 복용 용량으로 조절이 가능하다고 했다. 실험군은 A와 B로 표기되어 있었다.

실험군 A : 32살 남자. 독신, 키169센치, 몸무게 55킬로그램, 여자 앞에서 말을 더듬음

실험군 B : 30살 남자. 독신, 키171센치, 몸무게 57킬로그램, 암고양이를 키움(이름; 샘)

B는 내가 처음 이 연구에 합류했을 때의 모습이었다. 달달 손이 떨렸다. 모니터 속 김 교수는 흰 가운을 입은 외국인들과 함께 이쪽을 보며 웃고 있었다. 이어 선배가 캐비닛에서 커다란 약통을 꺼내 바닥에 팽개쳤다. 큰소리를 치며 팔을 휘휘 내둘렀지만 무슨 말인지 알 수는 없었다. 윙윙, 그 소리가 선배가 내는 것인지 내가 내는 것인지도 구별하기 어려웠다.

너를 기억해

너를 기억해

딱, 쟤까지만. 버스정류장을 막 출발하려던 나는 빽빽한 차 안의 승객들에게 무언의 말을 던지며 차를 세웠다. 팔랑팔랑 뛰어오는 학생이 백미러에 들어왔기 때문이다. 이미 차안에는 직장인과 학생들로 만원이었지만 학창시절 내내 버스 통학을 했던 나는 간발의 차이로 버스를 놓친 그 허탈한 기분을 너무나도 잘 알고 있었다.

커다란 가방을 매고 뛰어오던 여학생이 버스 앞으로 다가와 발 하나를 올려놓는다. 그런데 뭔가 좀 이상하다. 촌분이 아까운 이때, 감사하다는 인사와 함께 서둘러 버스에 올라야 하는 이 학생은 잠시 머뭇거리더니 아예 뒤로 물러선 것이다. 귀 볼을 살짝 덮는 단발머리에 헐렁한 교복으로 보아 이제 막 중학생이 된 것 같다. 뭐야 기껏 기다려줬더니, 버스번호를 잘못 봤나? 아주 가끔 버스 번호를 잘 못 알고 타는 사람들이 있기는 하다.

운전석 뒤에 서 있던 남학생 하나가 냅다 소리를 지른다. 야, 잘 보고 다녀. 나는 소리친 남학생을 힐끗 쳐다보며 좀 전의 엷은 미소를 보인다. 몇 초의 짧은 시간이지만 이런 일을 반복하다 보면 정거장마다 정해진 버스 도착시간에 늦을 수밖에 없다. 까칠한 시민의 고발정신으로 언젠가 회사의 동료 하나는 경위서를 썼고 사장은 사과문을 내걸었다. 서둘러 문을 닫고 출발한다. 하지만 채 몇 미터도 가지 못한 채 브레이크를 밟는다. 아, 지은이.

*

지은이가 만 세 살 되던 해 아내는 처음 가출을 했다. 그날 이후 나는 아이들에게서 환하게 웃는 모습을 볼 수 없었다. 그렇게 웃음을 가져간 아내의 가출은 두 번 더 있었고 마지막에는 모두에게 벽을 남겼다. 아이들은 조용했다. 언제나 말이 없었고, 밥 먹을 때조차 달그락거리는 소리도 내지 않았다. 보이지 않는 벽은 견고했다. 맛있으니 많이 먹으라거나 더 달라는 말은 오가지 않았다. 큰애들이 막내에게 엄마를 찾지 말라고 시켰을까. 아직 어린 막내는 엄마를 찾을 만도 하였지만 적어도 내 앞에서는 한 번도 찾지 않았다. 지은의 그런 모습은 나를 더 아프게 했다.

아내는 세 번째 가출 이후 다시 돌아오지 않았다. 돌아오면 가만두지 않으리라, 아무리 애원하더라도 절대 받아주지 않으리라 생각했다. 나와 애들의 앞날이 캄캄했지만 어떻게 해서든 마음을 다잡아야 했다. 막내 지은을 위해 시간을 더 내야 했고, 애들 가슴속 엄마 자리에 무엇이든 채워야 했다. 그러기 위해서는 시내버스를 운전하기 위해 전처럼 새벽에 출근하거나 자정이 가까운 한밤에 퇴근할 수는 없었다. 다행히 사정을 들은 회사에서는 그동안 수년째 해오던 교대근

59

무를 내가 편한 시간에 할 수 있도록 조정해 주었다. 새벽근무는 대신 오후 근무만 하기로 한 것이었다. 늦은 밤 퇴근하는 것이 다소 걱정이 되었지만, 지은의 어린이집 선생님들과 제 언니 오빠 품을 오가다보면 자연스레 제 엄마의 품도 잊을 게 분명했다.

어린이집의 담임은 지은을 데려다주는 나에게 정부에서 지원받을 수 있는 각종 정보를 전해 주었다. 내가 알지 못하는 이런저런 혜택을 받을 수 있도록 서류를 떼어 오라 하는가 하면 어떤 때에는 신발과 옷이 든 종이가방을 건네주기도 했다. 그녀는 조카가 입던 것이고 이제는 작아서 못 입는 거라고 했지만 나는 어렴풋이 짐작이 갔다. 다른 아이들이 입던 옷을 얻은 것이라는 것을. 나의 월급으로는 쉽게 사줄 수 없는 유명 메이커가 붙어 있던 그것들은 모두 잘 손질되어 있었다. 가끔 앞자락에 빠지지 않은 얼룩이 있는 것도 있었지만 지은은 알지 못했다.

다섯 살이 되는 지은의 생일이 다가왔다. 늘 남의 옷을 입히는 것이 마음에 걸렸던 나는 지은의 새 원피스를 사기로 했다. 오래전부터 생각한 일이어서 꽤 괜찮아 보이는 아동복 전문점도 이미 눈여겨 봐두었다. 그곳은 겉만 봐도 정말 고급스러웠다. 시내의 한복판을 지날 때마다 운전석에서 내려다보이는 매장의 쇼윈도를 습관처럼 보게 된 곳인데 어린이 마네킹 한 쌍이 일주일 간격으로 외출복을 바꿔 입고 있었다. 횡단보도를 꽉 채울 듯이 사람들의 행렬이 지나는 이삼십초 동안 나의 머릿속에선 마네킹에 걸려 있는 옷을 지은에게 입혀 보곤 했다. 지은에게 한 번은 꼭 진짜 새 옷을 입히고 싶었다. 잠자리 날개 같은 분홍원피스를 입은 지은을 상상만 하고 있으면 넋 놓고 뭐하는 거냐고 소리치는 승객의 호통 따위는 죄송하다는 웃음으로 쉽게 넘길 수 있었다.

시간을 내어 찾아간 가게는 겉보기와 다르게 의외로 넓었다. 울긋불긋하게 꾸민 흔한 아동복 매장이 아니었다. 천정의 샹들리에에 빛이 무채색 대리석의 벽과 바닥에서 부서졌고 고여 있는 공기마저도 무거웠다. 성인복 매장에서 아동복을 취급하는 것만 같았다. 어쩌면 아이가 입을 옷이지만 구입하는 사람은 성인이므로 구매자의 눈높이에 맞춘 것이 당연한 것인지도 몰랐다.

하지만 나는 매장에 들어간 지 오 분도 되지 않아 밖으로 나오고 말았다. 옷 좀 볼게요 하며 들어간 가게에서 종업원으로 보이는 젊은 여자는 멀찍이 눈빛만으로 나를 보고 있었다. 버스에서 내려다본 통유리 앞 작은 마네킹에게로 다가갔다. 입혀 있는 옷을 보며 슬그머니 가격표를 찾느라 이쪽저쪽 살펴보자 멀찍이 일거수일투족을 감시하던 여자가 천천히 다가왔다. 인형 옷처럼 예쁜 원피스는 내가 입고 간 외투 가격보다 대략 열 배 정도 비쌌다. 흐뭇한 표정과 한편으론 무심한 척 슬며시 가격표를 제자리에 놓았지만 나도 모르게 벌어진 입은 쉽게 다물어지지 않았다. 손이 자꾸만 뒤통수로 올라갔고 종업원이 너 같은 인간은 꿈도 꾸면 안 된다는 따가운 레이저를 몸 구석구석에 쏘아대는 바람에 가만히 있는 것도 불편했다. 어른보다 천도 덜 들어가는 아이 옷이 왜 그렇게 비싼 것인지 도무지 알 수 없었다. 매장을 나오며 혀를 찼지만 내가 들어올 때처럼 종업원은 아무 말도 하지 않았다. 그녀에게 나는 손님이 아니었다.

*

지은이가 초등학교에 들어간 후 다시 교대근무를 하게 되었다. 오전 근무로 새벽에 출근할 때면 중학생인 큰딸이 학교까지 데려다 주었다. 학교가 끝나면 지은은 바로 근처의 지역 아동센터로 갔다. 그곳은 아내가 다녔던 교회에서 운영하는 곳이어서 근무하는 사회복지사나 도우미들도 거의 지은을 알고 있었다. 숙제도 봐 주고 간식도 주었으며, 이른 저녁밥을 먹고 난 뒤에 제 언니가 데리러 가면 되었다. 그러나 공휴일이 따로 없는 나의 일과 토요일이나 일요일에 제 언니나 오빠가 집에 없을 때가 문제였다. 아동센터도 열지 않는 그런 날이면 나는 지은이를 데리고 함께 출근을 했다.

남들이 어떻게 볼지 짐작은 하지만 지은과 함께 출근하는 날이면 만감이 교차했다. 같이 있는 것은 좋지만 이건 좀 아니다 싶기도 했다. 버스를 타고 차창 너머 지나가는 풍경을 신기하게 바라보는 지은을 나는 룸미러로 지켜보았다. 버스는 시발점에서 종점까지 한 시간 반이나 되는 거리를 오갔는데, 자리에 앉은 지 30분쯤 지나면 버스는 언제나 흔들침대처럼 지은을 재우곤 했다. 종점에 도착하면 마지막 손님의 뒤를 따라 내려 매점에서 빵과 우유를 사고 지은을 깨워 먹였다. 지은의 구겨진 몸을 일으켜 화장실에 함께 다녀오고 커피라도 한 잔 마시고 나면 다시 종점을 향해 가야 했다. 종점에서 종점까지. 여전히 창밖을 바라보다가 한참 후 다시 잠이 들어 젖혀지는 지은의 머리를 옆에 서 있는 아주머니들은 반듯하게 잡아 주었다. 하지만 언제나 자신의 딸처럼 생각하는 아주머니가 옆에 있는 것은 아니었다.

종일 전방의 신호등과 룸미러로 시선을 옮겨가며 종점을 생각했다. 이제 시작하는 아이를 싣고 버스를 몰고 가는, 만신창이가 되지 않으려 발버둥치는 나의 종점은 어디일까. 저 아이를 안전한 종점으로 잘 데려갈 수 있을까. 의자 등받이에서 떨어져 꺾인 저 머리를 반듯하게 고여야 하는데, 누구든 저 머리를 세워야 하는데, 아니 집에 눕혀야 하는데……. 자정이 다 되도록 버스 의자에 앉아 잠이 들어야만 하는 지은을 보면 아내가 떠오른다.

*

아내는 내가 울산에서 회사를 다닐 때 친구의 소개로 만나 한 달 만에 결혼한 사람이었다. 땅딸막한 키에 특별히 예쁘지는 않았지만 순박한 것이 마음에 들었고 무엇보다 어른들에게 공손한 것이 좋았다. 신혼살림은 자취하던 나의 단칸방에서 시작했다. 최대한 비용을 줄이고 적금을 들어 살림을 넓히자는, 미처 말하지 못하는 내 맘을 다 알고 있는 것처럼 아내는 슈퍼마켓에서 야채코너를 맡아 일을 했다. 통장으로 들어오는 내 월급은 그대로 두고, 자신이 일해서 버는 것으로 생활비를 감당했다. 내 친구들이나 근처 사는 동네 아주머니들은 요즘 세상에 저렇게 참한 사람이 어딨냐며 복덩이라고 했다. 밤마다 부은 다리를 베개 위로 올리고 잠이 든 아내의 얼굴을 볼 때마다 나 역시 아내는 복덩이가 확실하다고 생각했다. 아내를 위해서라도 나는 무슨 일이든 열심히 하기로 했고 몸이 부서져라 일을 하면 세상에 안 될 일은 없어 보였다.

조금씩 통장의 잔고가 늘어나는 재미에 빠져버린 아내가 평생 살아갈 계획까지 짜 놓고 앞으로 십 년 안에는 우리도 아파트를 마련할 수 있을 것 같다며 웃음이 떠나지 않던 즈음, 뉴스에서 조금씩 구조 조정이란 말이 나오기 시작했다. 하지만 그런 말은 먼 나라 이야기 같기만 했다. 당시 내가 다니던 회사는 탄탄하기로 소문난 자동차 부품 회사였던 것이다. 하지만 그건 티비 개그 코너에 나올 정도로 날마다 매스컴에 오르더니 순식간에 전국을 덮고 말았다. 세모에서 네모 혹은 원형으로 바꾸는 도형 같은 그것이, 아득히 나에게서 먼 것으로만 알았던 그것은 단순히 아메바처럼 모양이 바뀌는 게 아니었다. 도형 안에 다른 도형을 넣고 남은 가장자리를 잘라낸 다음, 그 속에 다른 도형을 넣고 또 잘라내는 것이었다. 가장자리에서 자주 모서리로만 남았던 나는 결국 잘려 나가고 말았다. 그것만은 절대 안 돼 하던 그것이 내게도 일어났다. 무엇이든 열심히 하면 될 거라는 나의 생각은 빗나갔고 성실과 성공은 서로 무관했다. 배신감에 분해서 어쩔 줄 몰랐지만 마냥 그대로 있을 수는 없었다. 뭐라도 해야 했다.

갖고 있는 전부를 털어 야채가게를 열었다. 아내의 경험을 믿고 시작했지만 가게 월세 내기에 급급했다. 무르고 썩어 나가는 것을 빼면 겨우 월세 낼 만큼만 남았는데 우린 손님 오는 것을 기다리는 대신 달리 할 수 있는 일이 없었다. 고민 끝에 빨리 소비해야 하는 생물

장사 대신 자그마한 김밥집을 열었다. 주문받으면 그때그때 할 수 있으니 재고가 나지 않아 좋을 것 같았다. 역시 처음 두어 달은 괜찮았다. 하지만 누구나 다 아는 김밥 체인점이 멀지 않은 곳에 생기고 말았다. 넓이로 보나 인테리어로 보나 우리 가게와는 비교가 되지 않았다. 그래도 맛과 친절로 몇 달 더 버티던 나는 매출이 오르지 않는 것이 꼭 새로 생긴 김밥 체인점 때문만이 아닌 것을 알았다. 경제가 서고 만 것이었다. 구조조정으로 밀려난 많은 사람들은 비교적 하기 쉬운 식당을 차렸고 몇 달을 못 넘겨 폐업하기도 했다. 만나는 사람마다 입버릇처럼 말하는 불경기가 본격적으로 서민들을 파고들었다.

함께 퇴직했던 예전 동료들과는 퇴직 이후에도 계속 연락을 하고 있었다. 무슨 의열단이라도 되는 것처럼 한때 힘을 합쳐 싸워보자고 했었지만 거의가 가장인 그들은 먹여야 할 가족을 두고 싸움에 전념하기엔 모두들 형편이 말이 아니었다. 임시직으로 취직을 하거나 일용직이라도 일을 해야만 했던 것이다.

그중 나는 운이 좋았다. 대형운전면허가 있고 군복무 중 내내 트럭을 운전했던 운전병 경력이 있어서인지 전직 상사는 어느 버스회사 구인 정보를 알려주며 추천서를 써 주었다. 결근 한 번 없이 열심히 일한 사람을 퇴직자 명단에 올릴 수밖에 없어서 많이 미안했다고 했다. 나는 퇴사 이후 그간의 시간이 생각나 어린애처럼 그 앞에서 눈물을 찔끔거리며 몇 번이나 허리를 굽혔다. 정말 고마웠다. 입사 초기 남들보다 일찍 출근해서 청소를 하다가 서너 번 마주쳤던 상사였다. 그동안 동글게 오그라졌던 어깨가 한순간에 쫙 펴지는 것 같았다. 다시 일할 수 있는 직장이 생기다니, 다시 고정된 수입이 들어올 수 있다니. 그 소식을 아내에게 먼저 알렸다. 믿기지 않았다. 장사를 하려는 생각은 미련 없이, 아니, 한 점 후회 없이 탈탈 털어 버렸다.

자란 곳은 아니지만 청춘을 다 보내고 정도 많이 들었던 그곳을 두 아이와 만삭인 아내를 데리고 떠나왔다. 아내는 내가 취직이 된 것이 잘 됐다고는 하지만 그리 좋아하는 것 같지 않았다. 자신의 고향에서 멀어지는 것 특히, 늘 병치레를 하는 장모 곁에서 멀어져도 한참 멀어지는 것을 못내 아쉬워했다. 나는 모르는 척했다. 조금이라도 엄마를 보살피고 싶은 마음을 이해 못할 바는 아니지만, 하루가 다르게 자라는 두 아이와 이제 곧 태어날 셋째를 생각하면 우리에게 그것은 사치였다. 결혼해서 자식들과 함께 살아가기도 버거운데 따로 사는 부모에게 자식노릇까지 한다는 것은.

이사를 온 지 얼마 되지 않아 지은이가 태어났다. 농촌에서는 부지깽이도 거든다는 농사철이었는데 나는 버스노선을 익히느라 여념이 없었다. 성실하다는 상사의 추천장을 생각해야 했고, 오랫동안 자영업으로 고달팠던 때를 기억하고 싶지도 않았다. 출산하고도 아내는 멀리 울산의 아픈 장모나 농사일에 묻혀 사는 어머니에게 산후조리를 기대할 수 없었다. 출산 소식을 전해들은 어머니는 그랬다. 옛날에는 일하다 애 낳고 바로 또 일했어. 나도 마찬가지야. 애 난 게 뭐 대수냐.

내가 수화기를 들고 있었지만 어머니 목소리가 워낙 큰 탓에 옆에 있는 아내가 들을까 염려스러웠다. 전화를 끊으며 아내에게는 울 어머니도 많이 아파서 못 온다고 했다. 결국 나와 큰애들의 손을 빌리며 아내는 집에서 산후조리를 했다. 다 큰 아이 둘을 두고 산후조리원에도 갈 수 없었지만, 사실 아이들이 문제라기보다 돈이 문제였다. 2주 동안 내야 하는 돈은 내 월급과 맞먹었다.

몸조리 기간이 어느 정도 지난 뒤에도 아내는 밖에 나가지 않았다. 물론 아는 사람도 없었겠지만 집 주변이 궁금하지도 않은 것 같았다. 근처에는 교회가 있었는데 그들은 틈만 나면 초인종을 눌러댔다. 문을 열어주지 않으면 전도지를 문틈에 끼워놓곤 했는데 언젠가부터 그것이 집안 여기저기에서 보였다. 그러다 일하는 게 타고난 사람처럼 늘 집안을 쓸고 닦던 아내가 하던 일을 다 마친 듯 어느 날인가 외출을 하기 시작했다.

유난히 사회성이 없는 아내는 모르는 누군가가 뭘 물어보면 선뜻 대답도 잘하지 못하던 사람이었다. 그런 아내가 교회를 다니기 시작한 것이다. 속을 알 수 없이 무표정이었던 아내의 얼굴이 조금 밝아졌다. 교회를 다니면서 그동안 우울했던 마음이 치료가 되는가 보았다. 일요일이면 좋은 외출복을 고르는 모습도 좋아 보였고 교대 근무를 하느라 늘 볼 수는 없었지만 지은을 가슴에 안은 채 아이들과 교회에 가는 모습도 보기 좋았다.

*

아내가 교회의 부흥회에 초대했다. 한 명 이상 꼭 데려가야 하는데 아는 사람이 없어서 난처하다고. 티비에도 나오는 유명한 목사가 강사로 초빙된 꽤 큰 행사인가 보았다. 마침 시간도 낼 수 있어서 흔쾌히 그러겠다고 했다. 그날 일찍부터 교회의 주차장은 만원이었고 근처 도로마다 차들로 넘쳐났다. 여러 명이 빨간 경광봉을 흔들며 교통정리를 하고 있었고 십여 명의 여자들이 한복을 입고 입구에서 손님들을 맞았다. 우리가 교회로 들어가자 보는 사람마다 어서 오세요 성도님 하며 아내에게 허리를 굽혔다. 문득 아내가 이런 대우를 어디에서 받아 봤을까, 허리를 저리 굽히지 않더라도 웃으며 반갑게 손을 잡아주던 곳이 있기는 했던가, 잠시 옛 생각을 뒤적이는 사이에 아내는 나를 소개했고 얼떨결에 함께 환대를 받았다..그렇게 교회에 들어서면서부터 여러 명과 인사를 나누는 아내의 얼굴엔 내내 미소가 떠날 줄을 몰랐다.

뒷줄에 앉아서 인천의 큰 교회의 목사라고 소개한 사람을 보았다. 환갑 전후로 보이는 그는 재밌는 강연이 유명해서 자칭 유명인사라고 했다. 그가 강단에 오르자 환호성이 들렸다. 앉을자리가 없을 정도로 모인 사람들은 대부분은 여자들이었는데 강연에 심취해 웃거나 울기도 하였고 특별 기도시간에는 쓰러지기까지 했다. 쓰러진 사람이 서너 명이나 되었다. 누구라도 얼른 달려가 구호조치를 해야 할 것만 같았지만 그들은 기절한 사람들을 그대로 놔두었다. 곳곳에서 훌쩍거리는 소리도 들렸고 낮은 기계음처럼 웅얼거리기도 하고 알아듣지도 못할 빠른 소리도 들렸다. 학교 다닐 때 암송시험 직전의 모습 같았으며, 어릴 적 장터에서 듣던 약장수의 말소리 같기도 했다. 흘낏 옆을 보니 모르는 사람이 머리를 흔들며 중얼거렸다. 눈을 감고 기도 하는 아내는 눈물 콧물로 범벅이 된 얼굴로 뭔가를 중얼거렸다. 결국 견딜 수 없는 심란함에 슬그머니 뒷문으로 빠져 나왔다.

잠시 밖을 서성이다 돌아간 집에서 아이들은 자고 있었다. 아내는 새벽 한시가 넘어서 돌아왔다. 어떻게 기도하는 중간에 나올 수 있느냐, 처음 온 신도들에게 기도를 해준다 했는데 왜 먼저 왔느냐, 먼 데서 모셔온 강사에 대한 예의가 전혀 없는 사람이라고 크게 떠들었다. 아내는 흥분해 있었다. 여태껏 내 말에 반박을 하거나 비난하는 말을 하지 않던 아내는 이미 다른 사람이었다. 더 이상 순박하고 순종적이던 예전의 아내가 아니었다. 결국 이불을 쓰고 누운 아내는 나에게 무식하다며 베개를 들고 방을 나갔다. 뻐꾸기 탁란이 생각났다. 새로운 것이 들어와 있던 것을 강하게 밀어내는 뻐꾸기가.

다른 사람과 출퇴근이 다른 나는 종종 혼자서 밥을 먹거나 남들이 일하는 낮에도 잠을 자야 했다. 이따금 나의 출근복과 아이들의 교복이 빨래 바구니에서 나왔고 구깃구깃하고 냄새나는 것을 급히 다려 입고 나가는 때도 있었다. 아내가 교회를 다니면서 무거웠던 집안 분위기가 좀 나아지던 때라 시간이 더 지나면 제대로 자리가 잡히리라 생각했다.

아내는 활기가 넘쳤다. 외출을 위해 머리와 옷매무새에 유난히 신경을 썼고 말이 많아졌다. 교회 옆으로 이사를 왔던 게 실수였다. 교인들은 우울했던 아내를 밖으로 끌어내 활동적인 새사람으로 만들기에 성공했다. 얇고 촉촉한 표피에 믿음이라는 더께를 씌우고 그것을 벗으면 표피가 마른다는 것을 우물 안 개구리는 잘 받아 들였고 낯선 곳에 쉽게 젖어 들어갔다.

　아내는 새벽예배와 철야예배, 거기에 교회의 모든 대소사에도 참여하고 있었다. 이월이 되면 장을 담가야 했고 시월이면 김장준비를 해야 했다. 여름성경학교니 뭐니 하며 아이들 간식도 도맡아 했고, 교인이 단체로 기도원에라도 가는 날이면 이삼일 먹을 밥을 밥솥에 가득 해 놓고 떠나버렸다. 명절이 되어도 나는 일을 해야 했고 아내는 교회에서 교인들과 함께 지냈다.

*

　평소 지병이 있던 아버지의 병세가 더 심해졌다는 연락을 받고 아내에게 다녀오라고 했다. 흔쾌히 그러마 했던 아내를 어느 거리에서 보았다. 말끔하게 차려입은 아내가 행인들에게 전도지를 나눠주고 있었던 것이다.

　자정쯤 퇴근하고 한참이 지난 후 아내는 피곤한 모습으로 들어왔다. 여태 철야기도를 했다고 했다. 낮에 아버지한테 다녀왔냐고 물으니 기도하면 나으니 갈 필요 없다고 했다. 속에서 불같은 게 끓어올랐다. 아내가 옷을 갈아입는 동안 핸드백을 거꾸로 들고 흔들었다. 성경책이 쿵하며 방바닥에 떨어졌고 교회 전도지와 사탕 두 알씩 포장한 전도용품 몇 개가 떨어졌다. 성경책을 들어 지퍼를 열고 양쪽으로 펼치고 힘껏 잡아 당겨도 찢어지지 않았다. 마태복음이란 큰 글씨 아래 깨알 같은 글씨가 보였다. 몇 장씩 손에 잡히는 대로 찢어 던지자 종이뭉치가 금세 수북하게 쌓였다. 순식간에 해치웠다. 달려온 아내가 사탄, 마귀, 악마를 들먹이며 길길이 날뛰었고 나는 악마라면 그건 바로 아내라고 생각했다.

이후 아내가 가출을 했고 수소문 후 교인의 집에서 아내를 데려왔다. 하지만 얼마 지나지 않아 또 가출을 하고 말았다. 교회로 찾아가 목사에게 도움을 청했고 목사의 설득으로 공주의 어느 기도원에서 아내를 데려올 수 있었다. 아내는 목사님 말처럼 앞으로 열심히 살 테니 서류상 이혼을 해 달라고 했다. 국가의 도움도 받고 가계에 좀 도움도 될 거라고. 나는 가족이 함께 사는데 필요한 것이라면 목숨도 내놓을 수 있었기에 아내가 내미는 서류에 도장을 찍었다. 그리고 한 달쯤 지난 뒤 아내는 가출했다. 아이가 셋이고 더구나 막내는 너무 어려서 한창 어미의 손이 필요함에도 가출을 했다. 악마가 분명했다. 이를 악물었다. 두 번의 가출을 할 때만 해도 아이들한테는 엄마를 데려올 테니 걱정 말라고 했었다. 그렇게 들어왔다가 다시 나가고 결국 두 번째 돌아온 지 얼마 안 되어 또 나가고 보니 보이면 죽여도 시원치 않을 것 같았다. 아이들에게는 앞으로 우리끼리 더 열심히 살고 엄마 몫까지 다 잘할 테니 걱정 말라고 달래었지만 정작 아이들보다는 내 속의 나를 달래야 했다. 아무리 마음을 다잡아도 속은 여전히 끓었다.

겉으로 보아 아이들은 별로 달라지지 않았다. 그동안 있었던 일로 보아 올 것이 왔구나 하는 눈치였다. 아침이면 묵묵히 시리얼을 우유에 말아 먹고 학교에 갔고 교복이나 실내화도 스스로 빨았다. 중학교 다니는 첫째와 둘째는 그런대로 괜찮았으나 어린 막내는 절대적으로 손이 필요했다. 다행히 우리 사정을 다 아는 지역아동센터는 가끔 아이를 데리러 가는 나에게 김치를 싸주기도 했고 연필이나 노트를 주기도 했다. 중국산 김치든 무엇이든 좋았다. 김치가 있으니 집에서 라면이라도 끓이면 애들이랑 같이 먹을 수 있어서 좋았다. 차로 삼십분 거리에 부모님이 살지만 아내가 집을 나간 후 우리 집에는 한 번도 오지 않았다. 나중에 물어 안 일이지만 집에 오면 속이 터질 것 같아서 일부러 오지 않았다고 했다. 눈에 안 보이면 잊힌다는 말을 아들과 손주를 대상으로 실천에 옮긴 거였다. 그것도 가장 힘이 들었던 때에 말이다. 나는 어린이집 재롱잔치나 학교의 학예회에도 부모님에게 알리지 않았으며 애들 졸업식도 알리지 않았다. 씩씩하게 잘 자란 애들을 보고 자랑스럽게 여기거나 흐뭇한 마음을 누리는 건 부모님에겐 부당한 기쁨이었다.

*

　지은이를 차에 태우고 오후 근무를 하던 날이었다. 마지막 코스인 종점에 다다랐다. 차 안에는 룸미러 안에서 제일 잘 보이는 좌석에 아직도 자고 있는 지은이와 뒷자리의 남녀 한 쌍이 남았다. 그들은 내리려다가 아이가 혼자서 자고 있는 것을 보고 어디론가 전화를 했다. 종점에 차를 멈추고 일어서며 그쪽으로 다가가니 그 연인들은 아이를 누가 버린 것 같아서 경찰에 전화를 했다고 했다. 경찰이 올 때까지 자기들도 차에 함께 있겠다며 가지 않았다. 아이는 내 딸이고 지금 데려갈 거라 했지만 두 사람은 그 앞을 가로막아 섰다. 어린 여자 아이를 운전기사가 맘대로 데려가도록 내버려둘 수는 없다는 거였다. 고맙기도 하고 부끄럽기도했다.

잠시 후 경찰이 도착하자 나는 핸드폰에 있는 아이 사진과 나의 신원을 확인해 주었다. 여전히 지은은 웅크린 채 잠에 빠져 있었다. 그들이 돌아가고 지은이와 둘이 남았다. 옆에 쪼그리고 앉아 가슴에 꼭 안아보았다. 품에 폭 들어오는 지은을 안고 있자 목이 메고 콧등이 시큰해졌다. 잠시 그렇게 있다가 일어섰다. 한밤중이라 그런지 깊이 잠이 들었던 지은이는 잠결에도 내 목에 팔을 감았다. 콩콩거리는 작은 심장이 내 가슴에 얹혔다. 지금보다 더한 일이 생기더라도 우리는 이렇게 맞대고 살아야 한다고 나직이 속삭였다.

자정 가까운 시간에 아이를 안고 집으로 오는 길은 아무리 다짐을 해도 생각은 한 곳으로 흘렀다. 빠드득 이빨 가는 소리가 났다. 아프도록 어금니에 힘을 주면 눈물샘이 자극을 받는 것일까. 흐르는 눈물을 주먹으로 닦아냈다.

지은을 방에 눕히고 오래된 앨범을 꺼냈다. 결혼 앨범이었다. 통통하고 귀엽게 보였던 아내의 사진을 한동안 들여다보다 앨범에서 사진을 떼어 식탁에 놓았다. 하얀 웨딩드레스와 면사포를 쓰고 나와 팔짱을 낀 예식 사진이었다. 아이 필통에서 커터 칼을 꺼내왔다. 웃으면 살짝 반달 같던 아내의 눈을 반달처럼 도려냈다. 사진을 들어 불빛에 비춰보자 구멍 난 눈에서 빛이 새어 나왔다. 안광을 품고 달려드는 악마 같았다. 다시 아내의 모습을 다 도려냈다. 천천히 나에게 걸친 팔과 손까지 모두. 다시 사진을 들어 올리자 나의 옆구리에도 깊은 칼자국이 보였다.

언젠가 처가에 간 적이 있었다. 도대체 어떻게 된 거냐고 울며 하소연하는 사위를 보고 장모는 도리어 왜 이혼을 당했냐고 물었다. 왜 이혼서류에 도장을 찍어주고 이제 와서 그러는 거냐고. 어이가 없었다. 그 이후로 발길을 끊었지만 아직도 아내가 가출한 이유를 알지 못했다. 다만, 가정 밖의 세상에서 더 큰 무엇이 아내의 마음을 잡은 것이라고, 어찌 되었든 지금은 무조건 아이의 엄마 자리를 내가 메워야 한다는 생각만 들 뿐이었다.

울산 처가에 다녀온 날에는 결혼식 때 찍은 가족사진과 단체 사진에서 장인장모는 물론 처가 식구들 모조리 도려내었다. 한참이나 쥔 커터 칼이 부들거렸지만 몇 명씩 정교하게 도려낼수록 가슴 한켠에 어떤 희열이 느껴지기도 했다.

지은이는 초등학교에 들어가면서부터 집에서 혼자 지낼 수 있었다. 더 이상 불편한 버스 의자에 앉아 잠에 취해 있지 않아도 될 만큼 야무졌다. 학교에서 돌아오면 혼자서 밥을 찾아먹을 수 있게 되었고 친구들을 데려와 집에서 함께 숙제도 하고 놀기도 했다. 친구를 데려오면 집이 지저분해진다고 싫어하는 친구 엄마들 덕분에 혼자 있을 지은이에 대한 걱정은 다소 줄었다.

시간은 빨리 갔다. 큰딸은 고등학교 졸업 후 바로 취직이 되었고, 둘째인 아들은 기숙사에 있었으나 방학이면 집에 돌아왔다. 막내 지은이는 초등학교 5학년이 되었고 또래 친구들보다 더 의젓했다. 침착하고 조용한 것이 아내를 닮은 것도 같고 일찍 철이 든 것도 같았다.

그해 여름. 사람들이 가족이나 친구들과 피서를 가느라 바쁜 일정을 조율하던 때였다. 햇볕이 아주 따갑던 날. 큰딸의 휴가도 7월인 듯하였으나 정확한 날짜는 잘 몰랐다. 아직 방학 중이니 가까운 계곡에라도 다녀오기로 했다. 물놀이용 볼과 튜브를 샀다. 분홍색 꽃무늬 튜브를 보면 지은이가 분명 좋아할 것이었다. 수영을 못하는 지은이를 물에 동동 띄우고 물속에서 아이들과 볼 놀이를 하는 모습을 생각하니 새벽에 잠을 못 잔 피곤이 가시는 것만 같았다.

현관에 들어서며 지은아 하고 불렀다. 아무런 대답이 없었다. 집에는 어느 누구도 있지 않았다. 방마다 문을 열고 둘러보니 아이들의 옷과 책이 없어졌다. 물론 막내의 옷과 책가방도 함께였다. 편지나 쪽지를 찾아봐도 없었다. 자리에 주저앉았다. 아이들이 집을 나간 것이다. 참을 수 없는 분노가 올라왔다. 편의점에서 소주를 사고 아파트 놀이터 그네에 앉아 두 병을 거푸 들이키자 점심을 건너뛴 탓인지 위장이 빠르게 알코올을 흡수했다. 소주를 몇 병 더 사서 집으로 갔다.

이튿날 한낮이 되어서야 잠에서 깼지만 술을 계속 먹었던 기억밖에 없었다. 평소 술을 가까이 할 시간도 없이 바삐 살다가 술을 먹어서인지 술을 먹다가 옷을 입은 채 거실에서 쓰러져 잔 것 같았다. 한숨을 쉬는 내 입에서 술 냄새가 났다.

*

아내보다 아이들의 배신감이 못 견디게 힘들었다. 막내를 배고 위의 두 아이에게는 핸드폰이 있었지만 걸고 싶지 않았다. 목소리도 듣기 싫었다. 그래도 연락은 해야 했다. 큰애에게 문자를 했다. 어떻게 된 거냐고. 정신을 가다듬으며 생각을 해 봐도 지금 이 상황이 도저히 이해가 되지 않았다. 가끔 제 엄마와 만나는 것 같기는 했다. 처음엔 만나지 말라고 했지만 내가 모르게 만나는 것 같았다. 전에 지은이가 맛있는 것을 엄마가 사줬다고 하다가 큰애와 눈이 마주치자 말을 바꾸는 것을 본 적이 있었다. 모른 척 그냥 넘어 갔지만 더 이상 만나면 안 된다는 말은 하지 못했다. 어쩌면 아이들도 제 엄마가 많이 보고 싶었을 것이다. 여전히 미운 아내였지만 아이들에게는 보이지 않는 가슴 어딘가에 엄마의 자리가 비어 있었나 보았다.

아빠 미안해 우리 걱정은 안 해도 돼. 미안. 나중에 갈게. 큰애에게서 답장이 왔다. 나는 더 이상 아이들을 찾지 않기로 했다. 맘만 먹으면 학교에 가도 되었다. 그래도 혹시 아이들이 어느 날 문득 돌아와 있지 않을까 싶어 한동안 집에 오면 방문부터 열었다. 아이들이 나갔을 때 모습 그대로 책상과 철 지난 옷 그리고 묵은 책까지 그대로 두었다. 돌아오면 그 자리에 앉기만 하면 될 것이다.

한동안 세 아이들과 비슷한 또래를 보면 멍하니 바라보는 습관이 생겼다. 평소 생각이 깊은 큰애가 정말 고생하는 나를 생각해서 동생들을 데리고 떠난 것일까? 갓 스물을 넘긴 애가 그리 생각하고 벌인 일일까? 정말 그럴까. 그럴 거야. 맞아 그래. 정말 그래. 그렇게 믿기로 했다. 큰애에게 문자를 했다. 항상 너희들을 사랑한다. 아무 때라도 꼭 돌아오길 바란다.

손에 쥔 것을 놓고 보니 편안해졌다. 이젠 아이들도 밉지 않았다.

생각하는 것도 그만 하자고 다짐을 했지만 지금도 종종 어린이집 다니던 때의 어린 막내딸과 밤새도록 엉킨 실타래를 푸는 꿈을 꾸기도 했다. 그런 날이면 룸미러 한켠에서 자고 있던 어린 막내 얼굴이 삼삼하게 떠올랐다.

*

헐떡거리며 뛰어오던 앳된 단발머리 여학생이 멈춰 서서 아직도 이쪽을 보고 있다. 삼월에 막 중학생이 된 듯 보이는 아이. 긴 머리를 단발로 잘랐다면 딱 저 아이 모습이다. 버스를 타려다 나를 알아보았을까. 아이들은 전부터 내가 몇 번 버스를 운전하는지 잘 알고 있었다. 새봄맞이 개편으로 내가 다른 노선의 버스를 운행하게 된 지금. 나는 꿈에 그리던 아이를 보게 된 것이다. 분명 지은이다. 버스에 발 하나 올려놓았던 지은의 심장이 아무리 떨어져 쿵쿵거려도 어릴 적 내 가슴에 얹혀 콩콩거렸던 심장이란 걸 나는 기억한다. 기다릴게 꼭 보자. 나는 백미러에서 점이 되어 사라지는 지은을 보며 가속 페달을 꾸욱 밟는다.

노란 당신

노란 당신

1

아파트 근처의 모든 라일락 나무가 꽃망울을 터트렸다. 베란다를 넘어온 향기가 종일 집안 가득 맴돌았지만 수경은 정작 나무 아래에 와서야 향기에 지그시 눈을 감았다. 이른 오후, 꽃향기가 풀풀 날리는 아파트 화단 앞에서 두어 번 깊은 숨을 들이쉬던 그녀는 늙은 경비원의 인사를 받자 환하게 웃었다. 붉은 셔츠에 블루진 청바지를 입고 카키색 바바리를 걸치고 나온 것이 만족스러웠다.

정문 앞에서 택시를 탔다. 수경은 얼마 전 그의 공연 소식이 들려오자마자 티켓을 예매했었다. 4월 첫 주 토요일, 그녀가 사는 곳에서 그다지 멀지 않은 대학교에서 열리는 행사였다. 택시가 행정 동을 나누는 개천 위를 달릴 때, 내내 룸미러를 힐끗거리던 택시기사가 물었다.

"오늘 거기에 K가 온다면서요? 민중가순가 뭔가. 으이구, 누구는 베짱이처럼 기타 치고 노래하면 돈이 술술 나오는데."

비아냥거리며 슬그머니 내려놓는 그의 반말에 수경은 조개처럼 입을 닫아 버렸다. 베짱이라니. 차라리 대답을 하지 않기로 했다. 괜히 말을 섞었다가는 여태 좋았던 기분에 움푹 흠집이 날 게 분명했다. 수경은 살짝 몸을 비틀어 창밖 풍경에 시선을 고정했다.

스쳐 가는 가로수마다 제법 잎이 돋아 있었다. 여린 잎들이 팔랑거리는 사이로 유난히 파란 하늘이 맑아 보였다. 사람도 저렇게 맑을 수 있구나 싶었던 그가 생각났다.

2

K를 처음 만난 것은 작년 오월 말경이었다. 달력의 날짜는 오월이었지만 이상기온이라는 기상청의 예보는 어김없이 적중했다. 그렇게 한여름 날씨를 방불케 하는 날이 며칠째 이어지던 어느 날, 일요일이었던 그날은 회사에 바쁜 일이 생겨 출근해야 했다. 모두 긴장하며 마무리한 오전 특근을 마치고 같은 부서의 입사 동기가 길게 푸념을 늘어놓았다.

"아 늘어진다, 늘어져. 이게 무슨 봄이야 여름이지. 아, 집에 가기 싫다. 에어컨이 있으면 뭐하냐고. 요금폭탄 맞을까봐 우리 집에선 그냥 가구야 가구. 움직이지도 못하는 붙박이 가구. 울 엄마가 건들지도 못하게 한다니까. 아웅, 우리 재미난 데 놀러 가자."

그러자 너도나도 맞장구를 쳤고 누군가 호수공원에서 열리는 시민 문화제에 가자고 했다. 유명한 가수들의 공연도 공짜로 볼 수 있고 더구나 시간도 적당하니 얼마나 좋으냐고. 수경이 시끄러운 건 딱 질색이라고 하자 함께 가자고 제안했던 직원은 수경의 코앞에 얼굴을 바짝 들이밀었다.

"시시껄렁한 가수는 거기 안 와요. 최고의 가수만 온대요. 그니까 같이 가요. 네? 네?"

급조된 프로젝트를 위해 서둘러 자료를 준비해야 했던 수경과 동료들은 마침 하던 일도 끝낸 터라 모두 공연장에 가기로 했다. 가자고 졸랐던 직원이 뛰어가 편의점에서 샌드위치와 커피를 사왔다. 가끔 야근이라도 할 때면 즐겨 먹던 것이었다. 수경은 대중가요를 별로 좋아하지도 않았고 가수들도 잘 알지 못했다. 하지만 유명하다는 K의 CD는 수경의 집에도 있었다. 다른 가수들보다 괜찮다는 생각은 들었지만 그보다는 최근 개발된 세종시가 더 궁금했고 신도시답게 조성된 호수공원이 어떻게 생겼을까 보고 싶었다.

대전에서 세종까지는 대략 한 시간쯤 걸렸다. 승용차 한 대를 꽉 채운 일행은 드넓은 주차장에 도착하자마자 환호성을 질렀다. 그렇게 넓은 주차장은 처음 보았다. 주차장마다 수많은 자동차가 있었지만 워낙 넓어서 어렵지 않게 주차를 했다. 이렇게 큰 주차장은 어느 곳에도 있을 것 같지 않았다.

넓은 주차장만큼이나 공원도 넓어서 공연장은 바로 찾을 수 없었다. 주차를 하고 자동차 문을 열자마자 뜨거운 열기와 함께 음악소리가 들렸다. 묵직한 진동으로 보아 멀지 않은 곳에 공연장이 있을 것 같았지만, 근처에는 한가로이 물가를 산책하는 사람과 소풍 나온 가족만 보일 뿐이었다.

차에서 내리자 모두들 햇살이 닿으면 화상이라도 입는 듯 손바닥으로 하늘을 가렸다. 차를 운전하고 온 동기가 차에서 선글라스와 모자를 쓰고 앞장을 섰다. 호수를 끼고 조성된 공원은 깔끔했지만 대부분 작은 나무여서 그늘도 별로 없었다. 호수 가림막 같은 기다란 언덕을 올랐다. 그나마 작은 나무가 만든 좁은 그늘이라도 차지한 사람들은 돗자리를 깔고 누워 있거나 음식을 먹고 있었다. 행복하고 여유 있어 보이는 그들 옆을 지나갔다.

쿵쿵 울리는 소리의 진원지를 찾아 모두의 귀를 모았다. 언덕을 오르내리는 좁다란 길마다 이름이 붙어 있는 것을 보고 누군가 큰 소리로 읽었다. 붙어 있는 이름도 예뻤지만 큰 소리로 읽는 직원도 귀여웠다. 길을 따라 언덕 위에 오르자 갑자기 소리의 뚜껑이 열린 것 같았다. 호수 반대쪽 언덕 아래에 노란 공연장이 보였다. 무대 앞 부챗살 모양의 계단에는 이미 많은 사람들이 앉아 있었다. 그늘 없이 햇볕이 쨍쨍한 그곳에서 그들은 대부분 모자와 노란 우산을 쓰고 있었는데 가까이서 보니 입구에 우산을 파는 곳이 있었다. 모두 한 가지 색이었다.

일행은 우산을 두 개 사서 뒤쪽에 자리를 잡았다. 관중석은 계단식이라 맨바닥에 앉은 뒤쪽에서도 무대가 보이긴 했지만 멀어서 자세히 보이지는 않았다. 하지만 네모난 전광판이 무대 양쪽에 돋보기처럼 붙어 있었다.

3

수경은 휴대폰을 꺼냈다. 무슨 행사인지, 단순한 공연이 아닌 것 같아 인터넷을 검색했다. 바로 몇 년 전 사망한 대통령의 추모행사였다. 정치에 관심 없어 보이는 동료들은 어서 빨리 가수가 나오지 않나 기다리는 눈치였지만 그녀는 사회를 보는 사람에게 더 관심이 갔다. 몇 개의 베스트셀러를 낸 작가이자 영화감독이었다.

무대 위의 사회자가 정치인 몇 명을 무대로 불렀다. 햇살 중 가장 거칠다는 봄 햇살은 무대를 뜨겁게 달구고 있었다. 해를 정면으로 바라보는 무대는 오르는 사람마다 얼굴이 반짝이게 했다. 깔끔한 무채색 양복을 입은 그들이 제각각 힘주어 발언을 하자 관중들은 박수 치며 휘파람을 불었다.

같은 우산을 쓰고 있는 동기가 수경의 옆구리를 찔렀다. 재미없다며 입을 삐쭉거리다 이어 울리는 음악소리에 무대로 다시 고개를 돌렸다. 가수들의 공연이 시작되었다. 무대에는 신인 그룹이 여러 곡을 연주하며 노래했다. 잘 모르는 노래이고 처음 보는 가수들이었다. 삼복더위를 방불케 하는 더위와 함께 공연은 점점 무르익었다. 우산으로 뜨거운 등을 가린 관중들을 보며 수경은 애기똥풀 꽃이 만발한 들판을 생각했다. 한번 묻으면 잘 지워지지 않는 노란색을.

관중석에서 큰 박수소리와 함께 환호성이 울렸다. 옆의 동기는 들고 있던 우산을 수경에게 쥐어 주며 물개박수와 함께 소리를 질렀다. 이런 동기의 모습은 처음이었다. 가수는 환한 대낮에 하는 공연은 처음이지만 그렇다고 오지 않을 수 없었다며, 간밤 서울 공연을 마치고 기차에서 오는 내내 쪽잠을 잤다고 했다. 자신이 정말 진정한 노란 가수라고 하자 관중석에서 한 차례 박수가 일었다.

노래가 시작되었다. 가슴속을 퍼 올리는 애절한 노래에 동기는 두 손을 합장하듯 모으고 있더니 자꾸만 선글라스를 들썩거렸다.

"미친다, 미쳐. 세상에 헤어지기 아름다운 날이 어디 있어."

노래 가사를 들으며 동기가 중얼거렸다.

"캬, 죽인다. 뭔 노래가 저러냐. 저럴 수 있는 거야?"

동기는 줄줄 흐르는 눈물을 닦느라 선글라스를 아예 머리 위로 올리고 있었다. 무대를 몇 번 왔다갔다하던 가수가 관중석으로 향했다. 조심조심 노래를 부르며 내려오자 그 어디쯤에서 비명이 울렸다. 이를 신호라고 여긴 듯 순식간에 사람들이 몰려들었고 그 속으로 동기는 하이힐을 벗고 뛰어 나갔다. 하이힐을 벗느라 다소 늦게 뛰어간 동료는 군데군데 사람들 사이의 빈자리를 거미처럼 경중거리며 나아갔다. 수경은 그 열정이 부러웠다. 뛰어나간 사람들의 손마다 휴대폰이 높이 들려 있었는데 가수는 그들 속에 묻혀 보이지 않았다.

수경은 어려서부터 엄격한 부모님 밑에서 각종 하지 말아야 할 것과 참을 것에 대해 길들여진 자신을 생각했다. 불혹이 가까운 나이에 남자 하나 없고 특별히 하고 싶은 것도 없었다. 동료들은 가끔 그녀에게 부처님 가운데 토막이라고 했다. 타 부서에서 해야 할 일도 상사가 하라면 하는 여자, 느닷없는 특근도 마다하지 않는 여자. 관대하고 이해심 많고 말없이 들어주는 여자. 회사에서는 그런 수경을 창립기념일에 우수사원으로 수상을 하기도 했다.

웃으며 눈물을 흘리는 동기에게 우산을 쥐어주고 슬그머니 관중석을 빠져 나왔다. 무대 뒤쪽을 지나 조금 걸어가자 노란우산을 파는 판매대가 보였다. 모 단체가 성금모금 차원에서 판매하고 있었다. 수경은 노란 접이식 우산을 하나 더 사고 진실을 끌어 올리라는 서명란에 사인을 했다. 각 분야에서 저마다 자기의 색을 내는 그들이 존경스러웠다. 수경은 나는 무슨 색일까 생각하며 접힌 우산을 펼쳤다. 근처에는 몇 점의 전 대통령 모형이 서 있었다. 그 사이를 오가며 쉽게 떠나지 못하는 수경을 보자 우산을 팔며 서명을 권하던 사람이 다가와 사진을 찍어 주었다. 그 모든 모양의 모형에게 어깨를 두르기도 하고 볼을 맞대기도 하며 조금은 부끄럽게 포즈를 취해 보였다.

스피커가 쩡쩡 울리는 무대 옆을 지나자 K가 열창을 하는 게 보였다. 청바지를 즐겨 입는 K가 가죽재킷까지 입고 있었다. 실제로 보니 그의 키는 정말 아담해 보였다. 무대 옆에 가까이 다가가자 사람들이 가수의 사진을 찍고 있었다. 수경도 휴대폰을 들자 노래에 열심이던 K가 이쪽을 보며 포즈를 취했다. 아, 이런 배려까지. 선글라스를 쓰고 기타 치는 모습, 가수를 가까이에서 보고 사진까지 찍은 것은 처음이었다. 수경은 아까 앉았던 동료들이 있던 곳으로 갔다. 앤딩곡을 부르는 K의 노래에 사람들은 손을 흔들며 따라 불렀고 수경도 조용히 따라 불렀다.

4

저녁 7시. 행사가 모두 끝나고 수경은 동료들을 먼저 집에 보냈다. 어차피 집에 가도 혼자인 수경은 근처의 맛집을 검색했다. 채식뷔페가 여러모로 평이 좋았다. 자리가 있을지 모르지만 찾아가 보기로 했다.

유명한 식당이라 어렵지 않게 식당을 찾았지만 그곳은 이미 사람들로 가득 차 있었다. 수경을 안내하던 직원은 난감해 했다. 밀려드는 손님이 많은 지금, 적어도 네 명이 앉을 수 있는 식탁에 여자 혼자 앉으라고 할 수도 없고, 자리가 없다 할 수도 없는 모양이었다. 그때 바로 옆 테이블에서 한 남자가 손을 들었다. 여기 같이 앉으세요. 남자 둘이 있던 테이블에서 막 일어난 남자는 다 먹었다며 아직 앉아 있는 남자에게 차에 가 있겠다고 했다.

얼굴이 환해진 종업원이, 그러세요 여긴 이렇게 많이 하거든요, 하며 식탁을 정리하는 바람에 수경은 대답도 하지 못한 채 그 자리에 앉고 말았다. 우아하게 혼자 즐기려던 저녁식사가 의도와 다르게 돌아가고 있었지만 버스 시간에 늦지 않으려면 그냥 있어야 했다. 슬쩍 남자를 바라본 수경은 아까보다 더 뻘쭘해졌다. K였다. 종업원은 벌써 나무로 된 진갈색 숟가락과 젓가락을 가지런히 올려놓고 돌아갔다. 주변을 한 바퀴 둘러보니 아무도 이쪽을 보고 있지는 않았다. 가슴이 두근거렸다. 낯선 남자와 밥을 같이 먹다니. 더구나 유명한 가수하고. 말도 안 돼. 수경이 조심스럽게 테이블에 앉으며 고개를 끄덕이자 남자도 말없이 고개를 끄덕였다.

천천히 일어나 음식을 가져왔다. 수경이 담아온 접시에는 음식이 종류별로 한 개씩 담겨 있었다. 겉절이 한 쪽, 고사리 한 가닥, 버섯 한 쪽, 풋고추 무침 한 개, 찰밥 한 숟갈. 수경은 원래 버섯은 먹지 못했다. 어릴 때 버섯을 먹고 병원에 실려 간 적이 있어 먹지도 못하는 이것을 왜 가져왔을까. 수경은 접시를 가만히 내려다보았다. 힐끗 K

가 접시를 보며 말했다.

"아까 봤어요. 노래할 때 사진 찍는 거. 대통령 모형 옆에서 사진 찍는 것두요. 그거 먹고 살 수 있어요? 돌아가신 대통령 좋아하시죠? 아까 제 앞에 노래한 가수가 노란 가수라고 했지만 저는 뼛속까지 노란 가수예요. 그래서 우린 종종 같은 무대에 서요. 같은 노란색끼리 뭉쳐야 색도 더 진해지거든요. 전 밥을 많이 먹어요. 밥힘으로 살거든요. 얼른 먹고 더 가져오세요."

수경의 마음이 조금 진정이 되었다. 버섯을 남겨두고 일어나 새 접시에 음식을 좀 많이 담아 왔다. 그가 웃었다. 그는 내일 있을 공연을 위해 밤차로 창원공단에 가야 한다고 했다. 그렇게 무리해도 되냐는 말에 그는 냅킨을 뽑으며 말했다.

"전 힘든 사람에게 힘이 된다면 어디든 갑니다. 내년 초 대전에서 콘서트를 할까 하는데 그때 오세요. 그때 공연 끝나고 밥 살게요."

집으로 돌아와 수경은 K에 대해 검색하고 노래를 모두 다운 받았다. 사무실에서 노래를 흥얼거리는 그녀에게 회사 동료들은 빙글거리며 요즘 연애하느냐고 물었다.

5

택시가 떠난 자리엔 많은 사람들이 모여 있었다. 수경은 사람들이 움직이는 방향으로 따라갔다. 현관 입구 유리창에 공연 안내를 위한 그의 사진이 어마어마한 크기로 붙어 있었다. 흐뭇한 시선으로 사진 속의 인물과 눈을 맞췄다. 자유로운 영혼, 고독한 늑대 같은 사람. 그의 노래는 가슴 켜켜이 전율하게 했다. 군중 속에서 박수치고 노래를 따라 부르며 주어진 분위기에 무심히 취하는 것도 나쁠 건 없지만 수경은 대개 그러지 않았다.

수경은 정중앙에서 약간 좌측으로 틀어진 객석에서 예약한 좌석을 찾아 앉았다. 공연장에 다 오다니. 그것도 혼자서. 친구들과 몰려다닌 적이 있었지만 십 년도 더 지난 까마득한 일이고 보니 영 낯설기만 했다. 시작하려면 아직 시간이 남았지만 대부분의 좌석은 사람들로 가득 찼다. 사람들은 입구에서 받은 안내 책자를 들여다보기도 하고 이제 막 들어오는 사람들은 허리를 굽히고 의자에 붙은 번호를 찾기에 바빴다. 관중석을 가득 메운 사람들은 대부분 연인이거나 부부 같았고 친구들과 몇 명씩 함께 오기도 했다. 수경은 혼자가 익숙했다.

시작도 하기 전에 벌써 실내의 열기가 후끈거렸다. 수경은 긴 코트가 바닥에 닿자 벗어서 무릎에 올려놓았다. 움직일 때마다 천정의 매입 등이 붉은 셔츠를 검붉거나 혹은 주홍으로 비추었다. 너무 튀는 것 같아 코트를 다시 걸칠까 했지만 곧 실내등이 꺼질 것이므로 그대로 있었다. 이 셔츠는 이 날을 위해 준비한 것이었다. 외출복은 집의 행거에도 빽빽했지만 무채색 위주의 정장 스타일은 공연장에 어울릴 것 같지 않았다.

오래전 입던 청바지를 다시 꺼내며 그 위에 받쳐 입을 이 옷을 사기 전 그녀는 틈틈이 쇼핑몰을 뒤졌다. 결국 아무 것도 사지 못했고 마침 퇴근을 함께 하게 된 동기와 옷을 보러 갔었다. 동기는 단박에 이

옷을 골랐다. 칙칙한 옷은 칙칙한 곳에서 입고 가끔 날고 싶을 땐 이런 옷을 입어줘야 한다고. 더구나 그건 화사한 이 봄날에 대한 예의라고 했다. K와 있었던 일은 동기에게는 말하지 않았다. 하지만 옷을 사겠다는 그녀의 말에 동기는 봄이 왔다는 거지? 하며 뭔가 알고 있다는 듯 옷을 골랐고 몇 년째 같은 모양인 머리 모양도 세련된 단발로 바꾸게 했다.

공연을 시작할 시간이 되었다. 예매한 지 몇 시간 지나지 않아 전 좌석이 모두 매진이 된 이 공연에 사람들은 저마다 기대에 찬 시선으로 무대를 바라보고 있었다. 그들은 대략 삼십 대 후반에서 오십대 중반 정도 되어 보였다. 그녀는 아직도 비어 있는 옆자리가 은근히 궁금했다. 공연이 곧 시작할 예정이니 휴대폰을 진동으로 해 달라는 말이 스피커를 통해 울리며 서서히 실내등이 꺼졌다.

6

컴컴한 무대에 눈부신 조명이 채 켜지기도 전에 멤버들의 연주가 울리고 K가 걸어 나왔다. 오프닝 멘트도 없이 시작한 '오늘이 좋다'는 노래에 관중들은 환호성으로 화답했다. 한 곡이 끝나고 K가 인사를 했다. 오늘이 너무 좋아 느닷없이 노래부터 했다는 그는 환한 꽃망울을 터트리기 위해 나무는 추운 겨울에도 찬바람을 맞으며 서 있었다고 했다. 박수가 터졌다.

이따금 관중석으로 도는 라이트를 따라 관중을 둘러보았다. 남자들에게도 인기가 많은지 남녀비율이 거의 반반인 것 같았다. 공연 시작 직전 옆에 앉은 사람은 언뜻 보아도 나이가 꽤 들어 보였다. 오프닝곡이 끝나자마자 맹렬히 박수치던 그는 K를 정말 좋아하는 것 같았다. 오십 초반의 K와 육십은 족히 되어 보이는 이 남자는 어딘지 모르게 어울리는 조합이 아니었지만 수경은 이내 잊었다. 다음 노래가 이어졌다. 장르를 넘나드는 그의 노래는 발라드와 락을 오갔다. 집이나 차에서 듣던 노래와는 맛이 달랐다. 감미롭기도 하지만 비트 있는 노래에 관객들은 모두 하나가 된 듯 열광했다. 수경도 사이다를 들이킨 듯 시원했고 모처럼 살아 있다는 것을 느꼈다.

공연 후반에 수경이 알지 못하는 이벤트가 기다리고 있었다. 입장권을 추첨하여 'K와 함께'라는 행사에 참여한다고 했다. 무대에 있는 커다란 네모 상자 속에 손을 넣어 가수와 연주한 멤버가 돌아가며 하나씩 꺼냈다. 번호가 불릴 때마다 비명이 들리기도 하고 환호성이 들렸다. 수경은 여태 살아오면서 한 번도 무언가에 당첨이 되는 일은 없었다. 동네 슈퍼마켓에서 행사하거나 단골이던 속옷가게에서도 양말 하나 당첨되지 않았다. 때문에 그녀의 번호가 K의 입으로 불릴 때 수경은 심장이 쿵 내려앉는 것 같았다. 멍하니 있을 때 사람들이 쳐다봤고 뒤늦게 손을 들었다. 몇 사람이 더 불리고 바로 옆의 남자도 당첨이 되었다. 그는 아주 즐거워하며 자리에서 벌떡 일어나 허리를 반이나 꺾어 인사를 했다.

7

호명된 사람들은 근처에 있는 식당에 모였다. 코스요리가 나오는 중국음식점이었다. 몇 개의 커다란 원 테이블에 나누어 앉았는데, 어디에 앉아야 할지 서성이는 그녀의 코트 자락을 누군가 잡아 당겼다. K였다. 그와 함께 앉은 테이블에는 아까 그녀 옆에 앉았던 남자도 있었다. 음식이 나오기 전 이십여 명쯤 되는 사람들은 돌아가며 자기소개를 했다. 어디에서 왔으며 직업이 무엇이고 나이는 몇이라고 밝히는 사람도 있는가 하면, 사는 곳과 이름만 간단하게 말하기도 했다. 서울이나 대구 등 전국 각지에서 왔지만 하나같이 K의 펜이라고 했다. 수경은 간단하게 대전에 사는 펜이라고만 했다.

마지막으로 그녀 옆에 앉았던 남자가 일어섰다. 그는 아마도 자기의 나이가 가장 많을 거라며 창원에서 왔다고 했다. 육십은 넘어 보였던 외모와는 달리 오십 후반이라는 남자는 K를 알게 된 건 그리 오래되지 않았지만 누가 뭐래도 가장 진한 팬이라고 했다. 그는 다니던 회사의 구조조정으로 퇴직자 명단에 올랐었다고 했다. 얼마 있으면 정년퇴직인 그는 투병중인 아내가 있어 다니던 회사를 그만두면 당장 거리에 내몰릴 위기였다고 말하고는 목이 타는지 물을 한 컵 들이켰다.

그즈음 K의 창원공단 공연이 있었고 이후 노사협의를 거치고 각 사회단체의 노력으로 간신히 회사에 눌러 있게 되었다고 했다. 노동자에게 K는 없어서는 안 될 사람이고 정말 존경한다며 거뭇한 얼굴에 흐르는 눈물을 주먹으로 훔쳤다. 웃는 얼굴이 더 깊은 골을 내며 화회탈처럼 되었지만 그의 얼굴은 무척이나 환해 보였다. 누군가 박수를 치자 모두 따라 치며 고개를 끄덕였다. 음식이 들어오기 시작하자 K가 일어나 인사를 했다. 아담한 체구답지 않은 그의 목소리가 실내를 압도했다.

"바쁜 중에도 멀리서 와 주신 여러분 정말 고맙습니다. 제가 도움이 되었다니 이렇게 기쁠 수가 없습니다. 저는 가수입니다. 무슨 운동하는 사람은 아니지만 전 희망을 노래하고 싶은 사람입니다. 희망이 있는 곳에는 반드시 싹이 납니다. 그리고 그 나무가 자라는 거지요. 싹이 돋기 위해서는 거름이 필요하지요. 저는 기꺼이 거름이 되겠습니다. 마지막 기운이 남을 때까지 저는 희망을 노래하겠습니다. 감사합니다. 많이 드십시오."

작은 방의 박수소리는 한동안 계속되어 귀가 먹먹할 정도였다. 사람들은 가운데에 놓여 있는 음식을 돌리며 각자 개인 그릇에 옮겨 담았다. 달그락거리는 소리와 도란도란 말소리가 들렸다. 수경은 이런 자리에 어떻게 당첨이 되었는지 얼떨떨했다. 그가 나직이 속삭였다.

"오랜만입니다. 분위기가 달라진 거 같아요. 음, 머리가 바뀌었나요? 셔츠가 아주 멋져요. 꼭 횃불 같네요. 시작되는 불씨는 노랗지만 곧 붉어지게 돼 있답니다. 많이 드세요. 전에 제가 밥 산다고 했죠?"

미소를 짓는 그의 볼이 불룩했다. 멋졌다. 볼에 음식을 가득 넣고 우적우적 씹는 남자가 이렇게 멋질 수 있구나. 그녀는 원래 당첨운이 없는 자기가 어떻게 여기 오게 된 것인지 모르겠다고 했다. 그는 헛기침을 한 번 하고는 '아임 주최 측'이라며 이가 다 보이도록 웃어 보였다.

그는 다른 사람에게 음식을 권하며 자신의 그릇에 옮겨 담더니 수경에게도 담아 주었다. 이번엔 버섯탕수육이었다. 딱 보기에도 하얗고 엷은 튀김옷을 입은 버섯이 그대로 보였다. 수경은 가만히 내려다보다가 그를 한 번 쳐다보았지만 그는 자기가 대접하는 거라며 짐짓 딴청을 하였다. 창원에서 왔다는 남자에게 많이 먹고 힘내라고 거들던 그가 수경의 접시를 쳐다보았다.

그녀가 버섯을 먹지 못한다는 것을 기억하고 있을까. 수경은 젓가락만 빨고 있었지만 그는 연신 빙글거렸다. 그러다 무슨 마음을 먹었는지 수경의 접시에 놓인 것 중 제일 큰 버섯 하나를 집어 들었다. 소스를 찍고 그녀의 얼굴을 빤히 쳐다보다가 입에 넣고 고개를 끄덕였다. 우적우적 씹는 소리가 낮게 들려왔다. 걱정 하나 없어 보이는 그를 보며 수경이 망설였다. 여태 먹지 않은 걸 새삼 먹어야 하는 이유가 뭐지. 무슨 맛일까 전혀 궁금하지도 않았다. 뺨에 붙은 그의 시선이 따가웠다. 수경은 접시에 남은 작은 버섯 튀김 하나를 집어 소스를 찍고 천천히 입에 넣었다. 밋밋한 단맛이 났다. 그의 얼굴에 환한 미소가 번졌다. 질기지도 않고 너무 연하지도 않은 육질이 그대로 씹혔다. 지켜보던 그가 벌떡 일어나더니 건배를 제의했다. 모두들 잔에 술을 채우거나 음료수를 채운 잔을 번쩍 들었다.

"자, 건배 합시다. 내가 빛이 되면 길 잃은 누군가 길을 찾을 것이고 내가 불이 되면 누군가 따뜻하게 살 수 있습니다. 그 중심에 제가 있습니다. 노란 빛이지만 붉은 횃불이 되어 주세요. 저의 건배사는 '우리는 빛 우리는 불'입니다. 제가 우리는 하면 여러분은 빛과 불을 외치세요.”

그가 ‘우리는’ 하고 선창할 때마다 모두들 ‘빛’을 외쳤고 ‘불’을 외쳤다. 잔을 내려놓으며 누군가 종교집단 같다며 큭큭거리자 다른 곳에서 ‘우리교 아멘’하며 웃었다.

8

며칠 후 수경은 동기와 커피를 마시며 남은 점심시간을 만끽하고 있었다. 비록 구내식당의 구석진 자리지만 따사로운 햇살을 그대로 받을 수 있었다. 수경이 햇볕에 있는 비타민D는 다른 어떤 것으로도 대체가 불가능하다고 하자 동기는 샤워기 아래 얼굴을 들이밀 듯 해를 향해 지그시 눈을 감았다. 햇살은 따듯했다.

창밖의 화단에는 자목련이 말아둔 꽃잎을 절반쯤 내밀고 있었다. 촛불 같았다. 며칠 있으면 얼기설기 뻗은 매끈한 가지에 붉은 꽃이 필 것이다. 그녀도 해를 향해 의자를 돌려 앉으며 고개를 젖혔다. 뒤늦게 식사를 마치고 지나가던 부장의 목소리가 들렸다.

“어이 해바라기들, 시집가게 해달라고 빌어? 그건 청숫물 떠놓고 달보고 하는 거야.”

이어서 동기의 아니요와 네 하는 수경의 말이 같이 겹쳤다. 부장은 아무렇게나 던진 말대답 따윈 관심도 없는지 저만치 가버렸다. 둘 역시 그런 말 따윈 아무렇게나 대답해도 된다는 듯 자세 하나 흐트러지지 않고 그대로 앉아있었다. 그녀에게 시집가란 말은 한때 귀에 딱지가 앉도록 듣던 말이었지만 이젠 안녕이나 오랜만이란 말처럼 정겨운

95

인사가 되었다. 점심시간이 다 끝날 때까지 둘은 그렇게 있었다.

식당을 나서자 출입문 옆에 있는 사내 게시판에 작업복을 입은 두 사람이 뭔가를 붙이고 있었다. 노조 임원들이었다. 며칠 전부터 진행하던 노사협의가 끝내 결렬되어 단계적으로 파업을 할 예정이라고 했다. 수경은 놀라긴 했지만 남의 일 같았다. 사실 남의 일이긴 했다. 회사는 관리직과 생산직이 있고 급여일도 다르고 노조도 생산직에만 결성되어 있었다.

사무실로 들어서자 직원들은 이미 노조가 파업할 것이라는 것을 알고 있었다. 모두들 멀뚱멀뚱 서로를 바라보았다. 이런 일은 몇 년 전에도 있었다. 생산현장 근무자들은 부서별로 몇 명씩 조퇴나 월차 휴가를 내기도 했고 전면 파업을 선언하고 출근을 하지 않았던 것이다. 제품이 납기일정에 맞추어 출고되지 못하도록 조직적으로 사측을 압박하는 방법이었다.

또 시작이군. 고래싸움에 새우 등 터진다며 직원들은 한숨을 쉬었다. 노사가 서로 밀당을 하게 되면 중간에 낀 관리직 직원들은 정말 힘들었다. 생산현장으로 지원을 나가야 하는데, 맡고 있는 업무는 그것대로 해야 하기 때문이다. 생산부를 관리하는 직원의 지도 아래 현장근무자의 어설픈 코스프레도 처음엔 좀 재미있기도 하지만, 점점 낯선 일이 조금씩 익숙해지며 야근이라도 하게 되면 관리직원 간의 말수는 급격히 줄어들었다.

서로 다른 급여와 관리 체계에서 결국은 아무나 이겨서 어서 일상으로의 복귀를 바란다. 그대로 노사협의 시간이 길어지면 서서히 관리직과 사측은 한 팀으로 묶이고, 이렇게 만든 노조와 그를 따르는 생산직을 직원들을 원망하게 되는 것이다.

수경은 전에 있었던 일을 떠올리며 언젠가 경리부 직원이 했던 말이 생각났다. 전의 노조 파업 때 생산현장에서 함께 일을 했던 그의 푸념이었다. 자신보다 훨씬 많은 급여를 받으면서도 당당한 생산직이 부럽다고. 관리직은 왜 노조가 없을까. 노사를 구분한다면 관리직은 노동자일까 사측일까. 생각에 골몰한 그녀를 누군가 불렀다. 부장 주관으로 회의가 열렸다. 생산직의 전면 파업을 대비한 회의는 회의라기보다는 지시사항의 전달에 가까웠다. 회의실에 모이자마자 일사천리로 지원팀이 구성되었다. 부서별로 한 명씩 자리를 지키고 생산현장으로 배치될 관리직원들의 명단이 짜졌다.

공단에 밀집한 회사 중 몇몇 회사의 노조가 특히 강했다. 그들은 사내 교육은 물론 인근 회사의 노조 결성에도 도움을 주었다. 바로 그녀의 회사가 그랬다. 공단에서 가장 조직적이고 강한 노조는 타 회사에서 부러움의 대상이 됨과 동시에 증오의 대상이 되었다. 도움을 받은 회사에서 노조가 생겨났고 임금협상과 복지를 위해 노사분규가 곳곳에서 일어났다.

노조 임원들은 과거 노조가 없던 시절과는 달랐다. 회사 임원에게 인사하는 고개의 각도가 달라졌고 그들과 나란히 뒷짐을 지고 사무실을 오갔다. 번번이 말을 더듬던 현장 근무자는 노조의 교육부장이 되었는데, 전에 없이 수경을 마주하게 되면 아는 체하며 농담을 걸어오기도 했다. 말은 더 이상 더듬지 않았다.

언제 투입될지 모를 비상 대기조 명단에 오른 수경은 동기와의 퇴근길에 유난히 허기를 느끼며 식당에 갔다. 공단에서 가까운 시내의 고깃집이었다. 벽에 붙은 메뉴판을 보다가 전에 없던 포스터에 눈이 갔다. 그녀는 삼겹살을 주문하면서도 포스터에서 눈을 뗄 수 없었다. 커다란 사진이 있는 K의 공연 안내 포스터였다. 노래를 할 때면 종종 미간을 모으며 여덟팔 자(八)를 그리는 그의 눈썹이 생각났다. 가죽 점퍼를 입고 기타를 맨 상반신 사진 아래에는 공단 내 야외운동장에서의 공연을 알리고 있었다.

수경의 시선을 따라온 동기는 며칠 남지 않았다며 포스터의 제목을 읽었다. '희망의 나라로' 공연은 저녁 7시였다. 볼 수 있을까? 회사에서 있었던 개운치 못한 일은 모두 잊어버렸다. 먹지 못하는 버섯을 먹게 했고 얼떨결에 그것을 먹으며 버섯의 공포를 떨치게 한 그 때를 생각했다. 같이 가자는 수경에게 동기는 저 사람 노래만 흥얼거리더니 이제 소원 풀어 좋겠다며 웃었다.

기다리던 공연 날이 되었다. 배가 고프지 않았으므로 날마다 먹던 시리얼은 거르기로 했다. 거울 앞에서 평소보다 많은 시간을 보냈다. 회사에 도착하고 현관으로 가기 전 그녀는 화단 앞에서 걸음을 멈추었다. 현관 옆 자목련의 향이 진했다. 그녀는 온몸에 담으려는 듯 깊게 들이 마시고 길게 내쉬었다. 오늘은 늘 있던 황사도 없을 거라는 예보가 있었다. 모처럼 맑은 오늘, 영혼마저 맑은 그의 얼굴을 생각하며 회사 건물로 들어섰다.

현관에 있는 대형 거울 앞을 지날 때 한참 동안 그대로 서 있었다. 전신이 그대로 보이는 거울 앞에서 다시 머리부터 발끝까지 구석구석 살폈다. 살짝 걸친 코트 속 셔츠를 잘 골라 입었다는 생각에 흡족했다. 코트 밖으로 조금 보인 것으로도 충분히 꽃받침처럼 수경을 빛나게 했다. 새벽부터 공들인 효과가 있었는지 어느 때보다 화장이 잘 먹은 얼굴을 본 직원들은 한마디씩 했다.

"이제 국수 먹는 겨?"

"야 드디어 똥차 하나 보내는구나."

그런 말을 듣는 수경은 기분이 나쁘지 않았다. 국수든 똥차든 오늘은 그 무엇이 되어도 상관없었다. 시간은 참 더디게 흘렀다. 서류를 넘기면서도 몇 번씩 시간을 확인했다. 부장은 대부분의 시간을 자리에서 비우더니 오후에는 자신의 책상에 앉아 직원들 얼굴을 뜯어보며 빈둥거렸다. 이따금 그런 부장과 시선이 마주치면 그녀는 슬쩍 미소를 보이거나 어깨를 살짝 들어 보였다. 지루하긴 했지만 점점 퇴근 시간이 가까워졌고 수경은 이제 시계보다는 거울을 더 자주 들여다봤다. 자꾸 눈이 마주쳤던 부장이 부서원을 모두 불러 모았다.

모두들 부장의 책상에 둘러서서 말을 기다렸다. 한참 동안 뜸을 들이던 그가 말했다. 며칠 전부터 부분 파업을 하던 노조가 오늘 오후에는 모두 조퇴를 했고, 내일부터 전면 파업에 들어갈 것이라고 했다. 그는 그간 재고를 풀어 간신히 납기를 맞추었지만 정작 납기보다 더한 큰 일이 터졌다고 했다. 그동안 회사 내의 모든 일이 거래처에 그대로 전해져 앞으로는 제품이 이원화 될 예정이라고. 이원화는 다른 두 회사가 같은 제품을 생산하는 것이다. 앞으로는 회사에서 독점하여 납품하던 것을 경쟁사와 절반씩 납품해야 하며 그것도 납품 기한을 넘기면 아예 거래가 끊긴다고 했다.

이러한 사실을 전해들은 직원들은 조용했다. 무겁게 가라앉은 침묵 사이 그 물량의 절반이라도 납기를 맞추자는 부장의 당부에 아무도 이의를 달지 못했다. 작업복은 이미 부장의 책상 위에 쌓여 있었다. 먼저 양복을 벗고 회색 작업복으로 갈아입는 부장을 따라 모두들 하나씩 옷을 집었다. 그녀는 M size라고 붙어 있는 것을 받아들었다. 자리로 돌아와 천천히 입고 있던 감색 카디건을 벗자 셔츠가 반짝였다. 너무 밝아 망설이며 샀던 셔츠는 무릎위에 오는 민무늬 스커트에 잘 어울렸었다. 그 위에 작업복을 입는 그녀를 보며 동기가 혀를 끌끌 찼다.

10

작업현장으로 가기 위해 사무실을 나와 잠시 동료들을 기다렸다. 화단의 꽃향기가 몰려왔다. 촛불처럼 뾰족하던 자목련이 언제 필까 했었지만 햇볕이 잘 드는 이곳은 다른 곳보다 며칠 앞서 꽃을 피우고 있었다. 갈래갈래 쪼개진 꽃잎 몇 개가 보라색 속살을 뒤집고 있었다. 도착한 작업현장에는 커다란 기계들만이 낯선 이방인을 맞이했다. 몇 시간 전 이미 근무자들이 자리를 떠난 현장은 비교적 잘 정리되어 있었다. 또각또각 구두소리가 천정을 울리며 기계들을 깨웠다.

부드럽게 기계를 만지던 투박한 손 대신 거칠게 다룰 부드러운 손들이 일을 기다렸다. 현장의 작업을 관리하던 직원은 표준작업서를 뒤적이며 반질거리는 구두와 날선 바지, 미니스커트를 힐끗거렸다. 새 작업복은 아직 뻣뻣했다.

수경이 무엇을 해야 할지 서성이는 사이 커다란 음악소리와 함께 함성이 들려왔다. 근처에 있는 공단 운동장에서 공연이 시작된 것 같았다. 뒤이어 들리는 노래가 익숙했다. 호소력 짙은 목소리로 미간을 모으는 그의 얼굴이 그려졌다.

'거친 바다 인생의 강물을 건너는 난 머물지 않는 바람의 영혼. 난 멈추지 않는 바람의 영혼' 가사는 정확히 들리지 않아도 그것은 K의 노래였다. 늘 흥얼거리던 노래였고 첫 음절만 들어도 단박에 아는 노래, 수경이 입에 달고 다니던 기도문 같은 것이 쩌렁쩌렁 공단 위를 날았다.

횃불이 바람을 따라갔다. 집회장에 있는 현장 근무자들에게 그는 샛노란 횃불이 되고 있었다. 한기를 느낀 그녀는 하늘거리는 셔츠를 여미고 턱밑까지 작업복 단추를 채웠다. 그리고 받아 쥔 면장갑에 천천히 두 손을 넣었다.

눈사람은 녹지 않았다

눈사람은 녹지 않았다

눈송이 몇 개가 불빛 아래 날고 있었다. 조금만 더 물기가 있었다면 긴 선을 그으며 바닥으로 내려앉았겠지만 그것들은 마치 바다 속 해파리처럼 허공을 유영하고 있었다. 한동안 세상을 다 덮을 듯 퍼붓던 눈이 할일을 마친 것인지, 더 쏟기 위해 숨고르기를 하는 것인지 아직은 알 수 없었다. 최근 기상청 예보도 무색케 하는 하늘의 행보는 도무지 가늠하기 어려웠다. 방송에서는 그랬다. 기상이변. 어느 곳의 기류가 한반도로 오다가 무엇을 만나서 어떻게 되었다고.

깊은 밤 골목길은 누군가의 마지막 비질 위에 다시 눈이 쌓였지만 발이 빠질 정도는 아니었다. 가로등 밑에는 버려진 가구 몇 개가 빛을 받고 있었다. 수정은 발을 멈췄다. 큰 이불장과 삼단 서랍장, 책꽂이와 책상이 솜이불 하나로 노숙 중이라는 생각이 잠시 들었지만 다시 발길을 돌렸다.

눈길 위에는 발자국 하나 보이지 않았다. 아무도 가지 않은 밤길에 서둘러 끌고 나온 슬리퍼가 기다란 두 줄을 그으며 따라왔다. 추웠지만 긴 바지가 발등을 덮어 그나마 다행이었다. 수정은 잠깐 뒤를 돌아보았다. 영업이 끝나도 이미 한참 전에 끝난 상가건물의 2층, 유난히 밝은 어느 한 곳을 응시했다. 수정이 방금 나온 곳이었다. 그곳에 시선을 둔 채 천천히 발을 옮기던 수정은 갑자기 몸의 중심을 잃고 넘어졌다. 눈 더미에 발이 빠진 것이었다. 동네의 공터나 전봇대 아래에는 제법 많은 눈이 수북이 쌓여 있었는데 그것들은 며칠이 지나도 녹는 듯 마는 듯 했다. 대부분 동네 사람들이 제 집 앞의 눈을 치우며 끌어다 놓은 것인데 거뭇한 먼지와 쓰레기가 섞여 날마다 더러워지고 있었다.

일찍 퇴근하겠다던 진상은 아직 들어오지 않았고 수정은 저녁 내내 네모난 벽시계만 바라봐야 했다. 속이 터질 것 같아 무작정 현관문을 열고 나왔지만 다시 들어가고 싶지 않았다. 진상을 찾아야만 했다. 찾아내어 굳이 그와 한 약속이 벌써 다섯 시간이나 지났다거나, 어린애들을 보느라 죽을 것 같다는 말도 하고 싶지 않았다. 그냥 있어만 준다면 모든 게 저절로 해결될 것 같았다. 큰애도 울지 않을 것이고, 작은애가 우는 이유도 알 것이고, 무엇보다도 부글거리는 수정의 마음이 가라앉을 것 같았다.

근처 시장의 중앙 통로를 가로질러 밤늦도록 네온사인이 켜 있는 곳부터 찾아보기로 했다. 조용한 주택단지를 지나 시장 입구에 섰다. 아치형 지붕 아래 드문드문 달려 있는 전등불이 길게 뻗은 통로를 안내했다. 자정이 넘은 시간에 밝지도 어둡지도 않은 재래시장 입구에 서 있던 수정은 목덜미가 서늘해져 패딩코트 지퍼를 목까지 끌어올렸다. 발이 시렸다. 실내에서도 늘 양말을 신는 수정은 집을 나오기 직전, 물에 젖어 벗어놓은 양말을 떠올렸지만 어쩔 수 없었다.

누구를 만나더라도 무서울 게 없을 것 같았지만 막상 시장 입구에 서니 마음이 달라졌다. 잠시 망설이다 그래도 번화가로 가는 지름길이므로 시장통로를 질러가기로 했다. 코트에 목을 묻고 시장 안으로 들어섰다. 지익지익, 슬리퍼가 시멘트 바닥에 끌리며 내는 소리와 딱딱 발바닥을 때리는 익숙한 소리가 온 시장통을 울렸다. 수없이 드나들던 시장이었지만 인적 없는 밤 시장은 새로운 공포를 불러왔다. 모든 감각이 가시처럼 삐죽삐죽 일어났다. 발가락을 최대한 오므려 소리를 죽였다. 팔다 남은 물건을 비닐에 꽁꽁 묶어 놓은 곳이나 합판으로 덮고 벽돌로 눌러 놓은 곳을 흘끔거렸다. 지금 당장 비명을 지른다 해도 누구 하나 달려올 것 같지 않았다. 어느 틈에 팔짱을 끼고 걸었는지 어깨가 뻐근한 수정이 팔을 풀며 얼른 통로를 달려서 빠져 나가야겠다고 생각하던 순간 가마솥이 걸린 국밥집 아궁이에서 시커먼 무언가가 튀어나왔다. 수정은 확인도 하지 않은 채 뒤로 돌아 밖으로 내달렸다. 수정은 짐승의 아가리 같은 시장통 대신 밝은 길로 가기로 했다.

먼 길을 돌아 한참 만에 번화가로 나왔다. 주택가에서도 그리 멀지 않은 그곳은 좀 전 지나온 곳과는 딴 세상이었다. 지금이야말로 제대로 놀아줘야 할 때라는 듯 보도를 오가는 사람들은 적당히 비틀거렸고 내뱉는 말꼬리도 거칠게 늘어졌다. 혼자 다니는 사람은 없었다. 연말이란, 더구나 눈 오는 연말이란 누군가를 만나 술을 마시고 노래를 불러야 하는 공식이 있는 세상. 그런 세상에 수정은 속해 있지 않았다. 종일 집안일과 울어대는 아이들의 치다꺼리에 세수조차 할 시간이 없었다. 더구나 오늘은 아침부터 몸이 쑤시는 게 영 컨디션이 좋지 않았다. 그렇다고 이대로 들어가기는 싫었다.

지나가는 한 무리의 사람들이 회식을 했다가 자리를 옮기는 거라면 적어도 3차 4차로 갈 만한 시간대였다. 누구나 들먹이는 송년회와 망년회를 떠올리며 길옆에 쌓인 눈을 밟았다. 이제는 수정과 먼 단어였다. 눈의 무덤, 문득 수정은 시간이 가면 녹아 없어질 눈 속에 자신이 있는 것은 아닐까 생각해 보았다. 쓰레기만 남는 눈의 무덤에. 길가 눈무덤은 길의 길이만큼 이어져 있었고 도로에서는 보도 쪽으로, 보도에서는 도로 쪽으로 쓸어 모아 경계석 위의 새로운 경계가 되었다.

눈길을 걸으며 집을 생각했다. 아이들이 아직 울고 있을까. 세상에 나온 지 한 달 된 작은애는 초저녁부터 울기만 했다. 기저귀를 바꾸고 젖을 주어도 울음을 그치지 않았다. 왜 그런지 모르지만 병원에 가보자고 하소연하는 수정에게 진상은 걱정 말라고 했었다. 애들은 다 그러면서 크는 거라고. 일곱 시쯤 들어온다던 진상은 오지 않았고 전화도 없었다. 눈물은 전염성이 강했다. 작은애가 울음을 그치지 않자 큰애도 따라 울었고 수정도 울었다. 셋이 함께 울기 시작한 지 벌써 몇 시간이 흘렀고 그대로 있다가는 모두 죽거나 미칠 것만 같았다.

초저녁부터 진상의 휴대폰은 신호가 갔지만 받지 않았고 대차게 울다 지친 아이들은 힘겹게 울다가 쉬고 다시 울기를 반복하였다. 마지막 전화를 걸었던 수정은 아무 일도 할 수 없었다. 참았던 몸 안의 바늘이 일제히 돋았다. 손발이 뻣뻣해 왔다. 언젠가 본 영화의 한 장면만 생각났다. 적과 싸우면서도 구덩이 속에 숨겨둔 아내와 아이를 살리기 위해 결코 죽을 수 없었던 가장의 사투였다. 진상에게는 죽었다 깨나도 기대할 수 없는 장면이었다.

수정은 구덩이에서 외투 하나만 들고 집을 나왔다. 육중한 현관문은 두 아이의 울음소리를 어느 정도 차단해 주었다. 큰애가 옷자락에 매달렸지만 작은 손가락을 하나하나 펴서 밀쳐내고 나왔던 것이다.

집에서 멀지 않은 곳에 있는 진상의 가게는 예상대로 닫혀 있었다. 텔레비전 모니터만 전문으로 판매하는 곳으로 주로 일반인들이 잘 알지 못하는 중소기업의 제품이었다. 가끔 풀옵션이 들어가는 원룸이나 모텔의 업주들이 주 고객이었는데 수주를 받아 납품과 설치를 하는 그의 일은 마무리가 되는 날이면 언제나 만취했다. 그렇지 않은 날도 자주 취해 들어오는 날이 많았고 술을 먹지 않는 날은 별로 없었다. 다만, 주취 정도를 서너 등급쯤 매긴다면 진상은 비교적 섭취량이 적은 이 등급 정도의 날에는 술을 먹지 않았다고 표현했다. 맥주 한두 병이 술이냐고. 늦은 밤이든 새벽이든 만취하면 항상 밥을 찾았고 밥을 먹자마자 그 자리에서 자거나 수저를 손에 든 채 잠이 들기도 했다. 죽은 듯 쓰러져 자다가 아침에 일어나면 간장약을 찾아 먹으며 늦게라도 집에 들어온 것에 감탄했다.

최근에 개업했는지 깨끗한 간판에 7080이라 쓰여 있는 가게가 보였다. 2층에 있는 그 가게의 입구까지 올라가 문을 살짝 밀어 보니 악기와 노랫소리가 흘러나왔다. 빠져나간 소리를 눈치 챘는지 진하게 화장을 한 미니스커트의 중년 여자가 무슨 일이냐고 물었다. 어서오세요가 아닌 무슨 일이냐고. 수정은 아니라며 문을 얼른 닫았다.

손님이 아님을 그 여자는 단박에 알아본 것이다. 너 미쳤니? 천천히 내려오는 계단에서 힐끗 낯선 여자가 묻는 듯 바라보았다. 머리는 삐죽이 뻗쳐 있고 화장기 없는 창백한 얼굴에 무릎 나온 트레이닝 바지가 바들거리고 있었다. 잘록한 발목과 슬리퍼에 반쯤 들어가 있는 맨발과 오래 전 유행하던 패딩코트가 걸쳐 있었다. 결혼 전 수정이 경멸하기까지 했던 여자였다. 아무리 사정이 있어도 그렇지 그런 모습으로 바깥을 돌아다닌다는 것은 여자이기를 포기한 것뿐 아니라 사람이기를 포기한 거라고 생각했었다.

가전제품 유통회사에서 근무하던 수정은 회사에서 진상을 처음 만났다. 무엇보다 진상은 남보다 열심히 일했고 사람도 좋았으며 수정의 회사에서 가져가는 물건으로 보아 가게 매출도 꽤 되었다. 그는 수정의 회사에 올 때마다 간식을 가져왔다. 속에 무엇이 들어있는지 직원들이 알지 못하도록 짐인 듯 잘 포장해서 슬쩍 건네고 돌아갔다. 그렇게 남모르는 만남 이후 결혼할 때까지 회사 직원들은 누구도 짐작하지 못했다며 놀라워했다. 그래도 직장생활을 오래 한 수정은 사람을 잘 알아보았다. 성실하고 맘씨 좋은 것을 알아봤으며 세상 사는 수완이 있는지 없는지를 알아보았다. 하지만 진상은 수정보다 술이 더 가까운 사이라는 걸 미처 알지 못했다.

4년이 지난 지금, 업무만큼이나 똑 부러지게 사람 보는 눈이 좋았던 수정이 수정을 보고 있었다. 늦은 밤 가요주점 입구의 전신거울 앞에서 수정은 오래도록 그녀를 뜯어 보다 천천히 계단을 내려왔다. 밖으로 나온 수정은 큰길을 따라 걸었다. 눈이 오고 있었다. 그칠 것만 같던 눈이 다시 내리자 지나간 사람들의 발자국이 다시 덮이고 있었다. 수정은 이제 발의 감각도 잃은 채 슬리퍼를 끌고 그 위에 다시 자국을 내었다.

밝은 다른 곳을 찾아 걸었다. 근처의 어느 곳보다 밝은 곳이었다. 붉은빛과 푸른빛을 번갈아 비추더니 동시에 반짝였고 가만히 있어도 눈을 깜빡이는 것만 같았다. 고개를 들었다. 밤새 나이트클럽이라 쓴 굵은 글씨가 반짝였고 검은 양복 입은 남자 서너 명이 서성이고 있었다. 그 앞에는 택시에서 손님이 내리기는 해도 타는 사람은 거의 없었다. 아직은 집으로 돌아가는 시간이 아닌 노는 시간이었다. 손님을 기다리는 택시의 꽁무니에서 하얀 김과 물을 찔끔거렸고 사람들의 입에서도 허연 김이 새어 나왔다. 세련된 옷을 입은 한 무리의 여자들이 차에서 내리자 서성이던 검은 양복들이 일제히 달려와 허리를 굽히고 안으로 인도했다. 얼핏 수정과 비슷한 또래로 보이는 직장인 같았다.

근처 포장마차에서는 연신 김을 뿜어 올리며 호객하는 가운데 대여섯 명의 사내들이 기다란 꼬치를 뜯는 게 보였다. 저들도 저렇게 먹고도 집에 가면 자는 아내를 깨워 밥을 달라고 할까. 아내들은 밥상을 차려 주겠지. 가장이니까. 어묵 냄새를 사방으로 실어 나르는 바람이 수정의 코를 지나는 것인지 갑작스레 극심한 허기가 몰려왔다. 생각해 보니 수정이 아침부터 먹은 것은 오전에 미역국을 조금 먹은 것밖에는 더 이상 생각나지 않았다. 몹시 배가 고파왔다. 주머니에 찔러 넣은 손에는 여태 쥐고 있던 핸드폰이 전부였다.

수정이 잠시 서성거리자 비틀거리며 노래를 부르던 남자 둘이 한잔하자며 다가왔다. 감전된 듯 놀라 뒷걸음을 치다가 왔던 길로 발을 돌렸다. 애들이 아직도 울고 있을까. 그사이 집에 돌아온 진상이 애들을 달래고 함께 잠을 자고 있지는 않을까. 어떤 기대감에 다시 건 전화도 여전히 받을 수 없다는 기계음만 나왔다.

수년전 직장에서 회식하고 2차로 술집에 몰려다닐 때 같은 부서 강 대리 부인이 아이를 업고 찾아온 적이 있었다. 남은 직원들에게 얼굴을 한 번 찡긋 거리더니 부인을 따라가는 것을 보고 직원들은 두고두고 안주거리로 씹어댔다. 모두들 '얼굴 두꺼운 여자' '남편 기죽이는 여자' '뭘 모르는 여자' 수정은 동료 여직원 귀에 살짝 '미친 여자 같아'라고 했었다.

동네의 식당은 이미 한참 전에 닫은 시각이었고 술집은 바깥에서 살피기엔 실내가 너무 어두웠다. 사람이 많아 보이는 큰 술집이 보였다. 안으로 들어가 일일이 찾아볼까 하다가 망설여졌다. 미친년이라며 내쫓는 술집 주인과 드잡이할 자신이 없었다. 발의 감각이 없어졌다.

아까보다 눈이 제법 굵어졌다. 이대로 내리다가는 교통이 마비되고 사고도 많이 날 텐데⋯ 아 진상도 물건 배달할 때 문제겠네. 그나저나 도대체 이 인간은 어디로 간 거야. 다시 전화를 걸었다. 받을 거라고 기대는 하지 않았지만 또 다시 받을 수 없다는 안내음이 나오자 손이 부들거렸다. 이럴 바엔 차라리 집에 일찍 들어온다는 말을 하지 말던가. 진상이 퇴근하면 모든 게 해결될 것 같았지만 가슴속은 점점 미궁으로 향했다. 내내 눌렀던 마음이 불끈불끈 튀어 오르려 했다. 가만두지 않으리라 생각하자 저절로 어금니에 힘이 갔다.

'좋은 놈. 나쁜 놈. 이상한 놈'이란 영화처럼 진상은 남편으로서 좋기도 하고 나쁘기도 하고 이상하기도 했다. 하지만 오늘은 확실히 나쁜 놈이다. 해를 더할수록 그런 날은 많아졌다. 어쩌면 원래부터 나쁜 놈이었는지 모르겠다. 영화에서처럼 벌판에 세워두고 총으로 갈기고 싶지만 도무지 찾을 수가 없다.

주택가 근처 작은 공원에는 눈이 그대로 쌓여 있었다. 커플 하나가 눈싸움을 하더니 눈덩이를 굴리기 시작했다. 참 좋을 때다 하며 잠시 걱정에서 놓여난 순간 아이들의 울음소리가 가늘게 들려왔다. 아까부터 윙윙거리는 소리가 울음소리였나 보았다. 다시 잠시 잊고 있었던 화가 치밀어 올랐다.

집 쪽으로 달렸다. 경보하듯 집 근처 슈퍼마켓을 지날 때였다. 평소 잡다한 물건들이 진열되어 있던 들마루에 뭔가가 있었다. 하얗게 눈을 이고 있긴 했지만 분명 사람이었다. C형으로 휜 어깨와 아래로 떨어지는 두 손이 허벅지 사이에 끼워진 모습. 혹시 하며 가까이 가서 확인했지만 역시 진상이었다.

- 오빠 여기서 뭐 해? 얼어 죽고 싶어? 일어나!

머리와 어깨에 쌓인 눈을 털어주며 팔을 잡아끌었다.

- 음? 여기 어딘데?

- 집 근처. 가자.

겨우 일으켜 세웠지만 진상은 잘 걷지 못했다. 중심을 잃고 휘청거릴 때마다 부축한 수정도 흔들렸다. 함께 가는 동안 진상은 수정의 발을 자주 밟았다. 그때마다 언 발가락이 깨질 듯 아팠지만 제대로 서 있지도 못하는 진상에게서 손을 놓을 순 없었다. 늘어지는 진상과 집으로 오는 길은 멀기만 했다. 집에 도착해 현관문을 열었다. 휘리릭, 문틈에 끼워둔 메모지가 바닥에 떨어졌다. '오빠 찾으러 가니까 집에 오면 바로 전화해 줘.' 그건 수정이 나가기 직전에 끼워둔 거였다.

문 앞엔 큰애가 있었다. 차가운 현관의 대리석 위에 구겨 신은 운동화처럼 쪼그려 잠든 아이. 얼른 진상을 현관문에 기대어 놓고 들어안았다. 얼굴은 눈물과 콧물이 범벅이 된 채 머리카락이 붙어 있었고 입과 옷엔 토사물이 붙어 있었다. 기다란 아이의 속눈썹이 아직 촉촉했다. 와락 가슴에 끌어안자 아이의 머리 위로 눈물이 떨어졌다. 미안해 미안해 미안해. 아이는 수정의 중얼거리는 목소리에 대답이라도 하듯 자면서도 흐느꼈다.

주방과 거실 바닥에도 토사물이 여러 곳 보였다. 수정이 나간 뒤 엄마를 찾으며 울다 지쳐 토했을 것이다. 음식물이 보이는 것들은 처음에 토했을 것이고 묽게 끈적이는 것은 나중의 위액일 것이었다. 현관문도 열지 못하는 쬐끄만 것이 문을 열려고 얼마나 애를 썼을까. 아마도 문을 열 수 있었다면 그대로 밖에 나갔을 것이다. 울며 아장아장 눈 속을 걷는 모습이 그려지자 수정은 부르르 몸을 떨었다. 애한테 정말 미안했다. 다행히 아이는 깊은 잠이 들었는지 물수건으로 얼굴을 닦고 잠자리에 눕히는 동안 한 번도 깨지 않았다.

방에는 아직 뒤집기도 못하는 작은애가 자고 있었다. 큰애가 게워 낸 것들을 닦고 진상을 보자 몸이 훅, 달아올랐다. 진상은 열린 현관 문에 기대어 앉아 코를 골았다. 멱살을 잡고 싶었지만 어깨를 흔들었 다. 간신히 일으켜 세우고 현관에 들이자 진상은 가늘게 떴던 눈을 아예 감아 버렸다. 집이라는 걸 확인하곤 실낱같은 정신을 아주 놓 아버린 모양이었다.

수정은 다시는 일어나지 않을 듯 바닥에 널브러진 진상을 내려다보 았다. 전에 종종 하던 대로 거실 안쪽으로 끌고 가 겉옷을 벗기고 이 불을 덮어주지 않았다. 현관과 거실에 절반씩 걸쳐 있는 그 위로 토 사물을 닦았던 수건을 던졌다.

진상은 모르는 것 같았다. 간밤, 아니 이른 새벽, 수정이 잠을 자려 했지만 잠을 자지 못했고, 배가 부르면 잠이 올까 싶어 주방에서 달 그락 거렸으며, 등불이 밤새도록 진상의 얼굴에 쏟아붓고 있었는지 도.

진상은 죽은 듯 잠을 잤다. 평소 잘 때면 전등불을 꺼야 했던 진상 은 아침까지 한 번도 깨지 않았다. 수정은 잠을 잘 수 없었다. 발가락 이 가렵기도 했지만 진상을 찾으러 나간 동안 애들이 보내야 했던 시 간, 그 시간에 있었던 일이 보이는 듯 또렷해서 잠이 오지 않았다. 애 들의 머리를 쓰다듬고 볼을 만지며 마음을 다잡았다. 무슨 일이 있 어도 지켜 줄게. 수정은 아침이 되도록 큰애의 손을 놓지 않았다.

누가 보아도 성실한 진상은 아침 일찍 일어났다. 입었던 외출복을 벗고 씻으러 가는 진상을 보고 수정은 아무 말도 하지 않았다. 다른 옷으로 갈아입은 진상이 그랬다.

 - 술을 아무리 많이 먹고도 집을 제대로 찾아오는 사람은 나밖에 없을 거야. 내가 정신력 하나는 끝내준다니까. 얼른 밥 줘. 일하러 가야지.

식탁에 앉은 진상은 밥을 먹으며 핸드폰을 들여다보았다.

 - 어? 어제 전화 많이 했네. 시끄러워서 내가 못 들었나? 어제 거래처 사람들이랑 송년회했거든. 술을 얼마나 처먹던지 그 술값 뽑으려면 몇 달은 걸리겠어. 밍밍한데? 칼칼한 국물 없어? 고춧가루 좀 줘.

수정이 고춧가루를 뿌렸다. 양념 통에 얼마 남지 않은 고춧가루가 잘 나오지 않자 진상이 통을 빼앗아 국위에 뿌렸다. 통을 거꾸로 흔들고 치고 바닥을 때리자 뿌리처럼 들러붙어 있던 것이 떨어져 한꺼번에 쏟아졌다. 붉은 먼지 같았다. 빨간 가루는 물위에 둥둥 떠 있었지만 진상은 밥 한 공기를 다 쏟았다.

 - 발에 문제 있냐? 아까부터 왜 그렇게 발을 조물딱거려?

자꾸 발에 손을 대는 수정이가 못마땅한가 보았다.

 - 집에서는 양말을 좀 벗어라. 보는 사람이 답답하잖아.

술 먹은 다음 날은 밥맛이 없다는 사람들의 말이 거짓이라는 듯 진상은 밥그릇과 국그릇을 깨끗이 비우고 일어났다.

 - 전화해서 내가 못 받으면 일하느라 못 받겠거니 생각해. 심심하다고 자꾸 전화해서 일 방해하지 말고. 아무 때나 전화하지 마. 오늘도

많이 바빠. 시내는 눈이 녹았지만 변두리 그늘진 길은 얼었을 거야. 배달을 제대로 할까 모르겠네. 간다.

참 열심이다. 진상의 등을 보며 수정은 생각했다. 열심히 일하는 진상을 보고 저렇게도 열심히 사는 사람도 있구나. 진상이 조금씩 다가오면서 수정은 믿음직한 그의 등에 자신을 맡겨도 충분할 것 같기만 했었다. 확실하게 수정의 아버지와 달랐던 것이다.

한 직장에 이 년 이상 있어 본 적이 없는 수정의 아버지는 한량이었다. 늘 뭔가를 열심히 하는 것처럼 보였지만 직장생활보다 구직활동에 들인 시간이 더 많았다. 회사에서 잘리기 전에 먼저 그만둔 회사가 많았고 그때마다 확 뒤집어엎으려다가 그만두는 거라고, 다른 사람 같으면 어림도 없지만 많이 참아서 봐주는 거라고 했다.

수정이 어릴 때는 부모님이 종종 다투는 모습을 봤었지만 중학교에 들어가면서부터 그런 모습은 보지 못했다. 엄마는 전자부품 조립공장에 취직을 했고 여전히 아버지는 여러 직장을 들락거렸다. 다니던 직장을 그만두었다는 말을 해도 그랬냐고, 다시 출근을 하게 되었다는 말을 들어도 엄마는 그랬냐고 할 뿐이었다. 아버지가 취직을 했으면 다시 그만둘 것이고, 그만뒀으면 다시 취직을 할 것을 이미 알고 있기나 한 것처럼.

아버지가 평생을 취직과 구직을 거듭하는 것을 본 수정이 신랑감으로 먼저 따져 본 것은 성실이었다. 물론 그건 모두 엄마의 생각이었지만. 야근이나 특근자 명단에 오르기 위해 따로 반장에게 부탁을

하곤 했던 일벌레 같던 엄마처럼 되지 않으려면 무엇보다 아버지 같
은 남편을 만나지 말아야 했다. 진상은 누가 봐도 아버지와 달랐다.

딱 이 사람이야. 수정은 청혼도 받기 전에 진상을 보며 생각했다.
쉬지 않고 일하는 당나귀 같다고나 할까. 청첩장을 돌릴 때 회사 직
원들은 그렇게 열심히 일하는 사람은 요즘 들어 보기 어렵다며 신랑
감으로 제격이라고 했다.

진상은 어제 일을 기억하지 못했다. 필름이 끊긴 거였다. 무슨 일이
있었는지 다만, 부재중 전화만 여러 번 왔었다는 것을 확인하곤 이유
도 물어보지 않았다. 하긴 이유를 물어보면 뭐라 할까. 진상이 일찍
들어온다는 말을 어긴 것은 어제오늘 일이 아니었다.

식탁의 빈 그릇을 치우고 반찬을 정리하다 의자에 앉았다. 발가락
이 이상하다. 발갛게 붓고 가렵고 아팠다. 어릴 적 동상으로 잠깐 고
생한 적이 있던 새끼발가락이 쑤셨다. 손바닥으로 가만히 쥐고 앉자
식탁 위 캘린더로 눈이 갔다.

빨간 동그라미가 그려 있는 날짜 아래 작은 글씨가 보였다. 비씨지.
그러니까 내일은 한 달 된 작은애가 태어나 처음으로 예방주사를 맞
는 날이었다. 어린아이 둘을 데리고 피부과 병원을 가긴 힘들 것 같
았다. 지금 다니고 있는 동네의 소아과의원에서도 수정의 발을 봐줄
수 있을 것이다. 전에도 그랬던 것처럼. 아이 때문에 갔던 병원이었지
만 아이엄마 감기정도는 봐주는 병원이었다. 수정은 양말을 다시 신
었다. 발가락이 보라색이었다.

얼마 있으면 아이들이 잠에서 깰 시간이다. 입이 껄끄러운 게 영 입맛도 없고 배도 고프지 않았다. 이러면 안 되는데. 밥과 국을 떠서 식탁에 놓으니 식욕이 조금 도는 것도 같았다. 먹어야 일을 하지. 뭘 주어도 잘 먹는 진상은 늘 입버릇처럼 그렇게 말하곤 했었다. 그래, 먹어야 애도 보고 병원도 가지. 수정은 진상의 말을 떠올리며 고개를 끄덕였다. 먹고 싶지 않아도 먹어야 했다. 먹고 싶지 않지만 먹어야 한다는 의무감, 두 아이의 엄마이므로 먹어야 한다는 사명감마저 들었다.

소아과 의사는 고개를 갸웃거렸다.

- 어머 세상에, 산모가 뭘 했다고 발이 이래요? 사람 잡겠네. 세종대왕이 왜 위대한지 아세요? 한글을 만들어서요?

의사는 여자였다. 동네 아줌마 같은 몸매와 튀지 않은 수수한 옷차림에 하얀 가운을 걸쳤는데 일부러 내는 소리인가 싶게 목소리가 아주 높았다. 그녀는 늘 호들갑을 떨며 말을 많이 했다.

- 아녜요. 그 옛날에도 여종이 출산하면 휴가를 100일이나 줬어요. 어디 그뿐이에요? 남편에게도 30일이나 휴가를 줬다니까요. 그래서 위대한 분이라는 거예요. 그만큼 산후 몸조리가 중요한 걸 잘 아셨어요. 몸조리이요? 그거 잘못하면 평생 고생해요. 애 낳은 지 한 달 됐다고 다 끝난 거 아녜요. 백일 정도 한다는 생각으로 조심해야 돼요.

일단 네, 하고 대답은 했지만 높은 톤의 의사 말은 한참 더 이어졌다.

- 먹는 약하고 바르는 약 처방했으니까 이틀 뒤에 꼭 오세요. 꼭

따뜻하게 하고 다니고. 아휴, 이 갓난쟁이 봐. 얘는 말이죠. 무조건 엄마만 믿고 세상에 나온 거예요. 그러니 엄마가 건강해야 되는 거예요.

병원을 나오며 수정은 강보에 쌓인 작은애와 코트자락을 한 움큼 움켜쥐고 따라 걷는 큰애를 번갈아 보았다. 길가의 전봇대나 구석진 곳에는 아직도 녹지 않은 눈 더미가 남아 있었다. 걸을 때마다 큰애가 발에 걸렸다. 수정은 아픈 발가락이 더 아팠고 큰 애는 넘어지지 않으려 옷자락을 더 꼭 쥐었다. 평소보다 천천히 걸어서 집으로 가는 길에 품 안의 작은애는 어느새 잠이 들어 있었다. 청진기처럼 맞댄 작은애의 외이도가 수정의 가슴속 펌핑 소리를 그대로 담는 듯.

진상은 생각보다 일찍 들어왔다. 며칠 전 많은 눈이 와서 걱정했지만 다행히 길이 뚫렸다고 했다. 새벽부터 관공서에서 투입한 제설차가 돌아다니고 곳곳에 뿌린 염화나트륨으로 변두리 길도 다닐 만했다고. 덕분에 무사히 납기를 맞췄고 거래처인 변두리의 모텔은 예정대로 오픈하게 되었다고 했다. 기분이 좋아 보이는 진상은 오는 길에 맛있는 것을 샀다며 식탁에 봉투를 내려놓았다. 그것은 정말 보기에도 먹음직스런 닭강정이었다. 빨갛고 반짝거리며 윤이 났다. 큰애도 먹을 것을 앞에 놓고 신이 나 있었다. 커다란 종이상자에서 하나씩 꺼내 입에 넣었다. 매콤했다. 전에도 종종 먹던 것이지만 출산 후 매운 걸 먹지 않던 수정에겐 더 매웠다. 진상은 그만 먹으려는 수정에게 모처럼 사온 건데 성의를 봐서 더 먹으라 했다. 수유할 일이 걱정이었지만 진상의 성화에 수정은 몇 개 더 먹었고 양념을 잘라낸 속살을 큰애의 입에 넣어 주었다.

　- 이제야 뭔가 제대로 먹는 기분이네. 집에서는 먹는 것마다 밍밍해서 별로였어.

　- 너무 매운데 괜찮을라나?

수정은 젖먹이에게 괜찮을지 은근히 걱정되었다. 나머지 치킨을 다 차지하게 된 진상은 걱정도 팔자라며 그것을 다 먹고도 밥을 또 찾았다. 수정은 밥상을 차리고 고춧가루를 뿌려 주었다. 이젠 제대로 된 것을 만들 때도 되지 않느냐고 하다가 수정의 발을 보고 혀를 찼다.

　- 집에서 웬 등산 양말?

　- 동상 걸렸어.

두꺼운 양말을 신은 수정을 보자 기막혀 했다. 뭘 했다고 동상에 걸리느냐. 옛날에 동상에 걸려보지 않은 사람 있느냐. 군대 가면 다 걸린다. 여자도 군대 가야 한다. 뭐 그리 대단한 거라고 요란을 떠느냐고.

다음 날 아침부터 작은애는 설사를 했다. 수정도 마찬가지였다. 화장실을 나오자마자 또 가고 싶고 배 속이 자꾸 부글거렸다.

소아과 의사는 진료의뢰서를 건네주며 말했다.

아는 선배인데 잘 봐줄 거예요. 그걸 그대로 두면 안 될 것 같네요. 큰일 나기 전에 얼른 큰 병원에 가 보세요. 그리고 젖먹이는 동안엔 매운 음식 절대 먹지 마세요. 그게 다 애가 먹는 거니까. 애를 처음 키우는 것도 아니면서 무슨 매운 치킨 드셨대. 속은 약 먹으면 금방 괜찮아지는데, 문제는 발가락이에요.

 - 많이 안 좋아요?

 - 좀 안 좋긴 한데 요즘은 웬만한 건 다 고치는 시대니까. 너무 걱정 마시고. 더 나빠지기 전에 전문의한테 가라는 거죠.

 다소 낮은 톤으로 말하는 의사의 얼굴이 살짝 굳어 보였다. 말로는 걱정 말라고 했지만 왠지 웃는 얼굴이 환해 보이지 않았다. 의사의 처방대로 약을 먹고 얼마 지나자 배 속은 가라앉았다.

 의사가 권한 병원은 큰 병원이라 미리 예약을 해야만 했다. 의사들은 대부분 의사라기보다 교수라 불렀고 진료할 담당교수가 날마다 있는 것도 아니었으며, 그것도 오전과 오후 진료가 달랐다. 병원에 어린아이들을 데리고 다닐 수도 없는 노릇이어서 수정은 진상과 의논을 하지 않을 수 없었다. 진상은 대뜸 화부터 냈다. 동상이 뭐가 대수라고 큰 병원에 가려고 하느냐. 그게 다 누이 좋고 매부 좋으라는 의사놀음이라고, 갈 필요 없다고 했다. 특별히 아이를 봐달라고 할 만한 사람이 없었다. 옆집과 인사는 하고 살았지만 별다른 왕래가 없는 사이였다. 반나절이라도 아이들을 돌봐줄 사람이 없었다. 다시 진상에게 부탁하자 자기가 언제 시간을 내야하는지 결정되면 알려달라고 했다.

 가장 빨리 진료할 수 있는 날은 일주일 뒤였다. 접수를 받던 직원은 그래도 수정은 운이 좋은 편이라며 보통은 보름씩 걸려야 그 의사를 만날 수 있다고 했다. 통화가 끝나자 바로 예약이 되었다는 문자가 왔다.

전에 바르던 약이 있어서 수정은 밤마다 그것을 바르고 비닐봉지를 씌운 다음 양말을 신었다. 반점같이 붉었던 다른 발가락은 점차 본래의 색으로 돌아왔지만 새끼발가락은 그다지 나아지지 않았다. 맨 처음 가렵고 아프던 곳은 점차 통증이 없어지고 짙은 보랏빛으로 변해 갔다. 마음이 점점 무거워졌지만 하루가 멀다 하고 취해 들어오는 진상에게 말하고 싶지는 않았다. 술을 많이 먹지만 누구보다도 열심히 일을 하고 있지 않은가. 적어도 지금 양쪽에 누워있는 아이들과 수정은 끼니걱정은 하지 않아도 되지 않나. 요즘 보기 드물게 일 잘하기로 공인된 사람. 그런 사람을 괜스레 불편하게 만들어 수정에게 시간을 내어주지 않는다면 정말 큰일이었다.

예약한 날이 되기 전까지 병원에서는 문자가 두 번 더 왔다. 환자가 예약 날짜와 시간을 잊지 않도록 철저히 관리하고 있었다.

예약한 날짜를 진상에게 미리 말해두었지만 수정은 전날 출근하는 진상에게 다시 한 번 확인을 했다. 낼 오전 열 시까지는 꼭 병원에 가야 하니까 절대 잊으면 안 된다고.

- 알았어. 알았으니까 그만 좀 해라.

진상이 짜증을 내는 바람에 수정은 더 이상 말을 하지 않았다. 길어야 반나절이면 충분한 일이지만 분유 타는 일에 서투른 진상을 위해 분유를 조금씩 덜어 놓고 기저귀와 아이들의 옷을 잘 보이는 곳에 놓아두었다. 그날 밤에도 역시 진상은 술에 취해 늦게 돌아왔다. 내일 일을 또다시 말해주고 싶었지만 참기로 했다.

아무리 술에 취해도 다음날이면 일찍 일어나는 진상은 그날 역시 일찍 일어났다. 일찍 일어나 씻고 밥 먹는 거까지는 좋은데 외출복까지 챙겨 입었다.

- 오늘 나 병원 가는 날인데?

- 그렇구나. 나갔다가 얼른 급한 것만 처리하고 올게.

- 9시 반까지는 꼭 와야 돼.

수정은 옅은 화장을 하면서 시계를 보았다. 천천히 외출복을 입는 동안에도 진상은 아직 오지 않았다. 아직 시간은 있었다. 신발장을 열고 신발에 발을 넣어보던 수정은 결국 그중 어느 신발도 신을 수 없다는 걸 알았다. 아픈 발을 억지로 끼워 넣고 뒤뚱거릴 수는 없는 일이었다. 어쩔 수 없이 진상의 신발을 신을 수밖에 없었다. 진상이 신던 낡은 운동화였는데 신고 벗기 편하고 볼이 넓어 그나마 걸을 수 있는 유일한 신발이었다. 동네 마트에 갈 때 잠깐씩 신던 것을 그대로 큰 병원까지 신고 간다는 게 좀 구질구질해 보이긴 했지만 달리 방법이 없었다.

낡은 운동화에 맞춰 다시 외출복을 바꿔 입고 신발 정리를 했다. 천천히 신발장 정리를 마치자 9시 20분이 되었다. 10분 안에 진상이 들어오면 분유 타는 방법을 적어둔 메모지를 보여주며 다시 한 번 설명하기로 했다. 진상에게 전화를 걸어 보았다. 받지 않았다. 5분이 흘렀다. 남은 5분 안에 들어오면 이제 그 메모지만 전해 주기로 했다. 설명은 잘 되어 있으니 누구라도 분유를 잘 탈 수 있을 것이다. 전화를 걸었다. 받지 않았다. 다시 5분이 지나 이제 그 낡고 큰 운동화를 신고 나가야 했다. 현관문을 열고 밖을 한 번 내다보았다. 진상이 보이지 않았다. 또 전화를 걸었다. 역시 받지 않았다. 다시 걸었다가 삐 소리와 요금이 부과된다는 멘트가 나오면 끊기를 반복했다. 열 번, 열한 번, 열두 번. 이제 열시가 되었다. 수정은 진상의 운동화를 신은 채 거실 바닥에 걸쳐 앉았다. 갑자기 몸에 열이 나고 뜨거워졌다. 어깨를 들썩이며 내쉬는 숨소리가 크고 빨라졌다. 신발을 벗어 현관문에 던지자 아무렇게나 떨어져 바닥에 엎어졌다.

수정은 병원에 전화를 걸어 피치 못한 일로 가지 못했고 다음을 예약해 달라고 했다. 다시 진료시간은 삼일 뒤로 미뤄졌다. 이번에도 예약 받는 병원의 직원은 수정에게 운이 좋다고 했다. 정말 운이 좋은 것인지 한바탕 울고 나자 인사만 하고 지내던 옆집 아주머니가 찾아왔다. 손주 볼 나이가 되었지만 둘이나 되는 자식들이 통 결혼하려 들지 않는다며 그동안 아기를 보러 오고 싶었는데 너무 이른 것 같아 참다 왔노라 했다. 그렇게 차를 마시며 두 사람은 한참을 이야기했고 그녀는 아이들을 잠깐씩 돌봐줄 수 있다고 했다. 역시 말은 해야 하는 거였다. 그때 병원에서 전화가 왔다. 낼 오전에 예약 환자가 시간을 변경했는데 그때 올 수 있는지 물어왔다. 옆에서 듣고 있던 아주머니는 웃으며 고개를 끄덕였다. 정말 운이 좋았다.

저녁 무렵 진상에게서 전화가 왔다. 아침엔 일이 많이 바빠서 못 갔고 지금도 지방에서 일하고 있으니 내일 저녁에 들어가겠다고.

다음날 아침 옆집 아주머니는 일찌감치 찾아왔다. 신발도 제대로 신지 못하고 낡은 운동화를 끌고 가야만 하는 수정에게 앞길이 구만 리 같은 사람이 병을 키웠다며 끌끌 혀를 찼다.

- 진작 병원에 오지 그랬어요?

의사의 말에 동네 소아과 병원을 다녔고, 여기 오느라 시간이 많이 걸렸다고. 그나마 운이 좋아 이렇게 일찍 왔다고 말하기엔 수정이 생각해도 말이 되지 않았다.

- 수술을 해야 할 것 같아요. 다른 발가락은 괜찮은데 새끼발가락은 심각한데요. 일단 시간이 걸리더라도 더 치료를 해 보든지 아니면 이번에 깔끔하게 수술을 하든지 결정하세요. 치료를 한다 해도 시원치 않을 겁니다.

어찌할 것인지 수정이 결정해서 연락을 하기로 했다. 아침부터 조금씩 내리던 눈은 수정이 병원에서 나오자 굵은 함박눈이 되어 있었다. 폭설이 예상된다는 예보처럼 세상이 온통 눈에 덮이고 있었다. 버스 정류장에서 집에 오는 동안 끌려온 진상의 헐렁한 운동화 속으로 자꾸 눈이 들어왔다. 집으로 돌아온 수정은 현관을 열고 방금 신고 온 진상의 운동화를 거꾸로 흔들어 눈을 털었다. 그래도 만만한 게 지금은 그 신발뿐이었다. 집으로 돌아오자 아주머니는 작은애를 목욕시켜 막 재우고 있었다.

- 요 녀석이 목욕하고서 얼마나 배가 고팠는지 분유 한 통을 단숨에 먹고 막 잠들었어요. 얘도 얼마나 착한지 하나도 안 우네. 효녀 효자라니까. 한나 엄마, 이런 애들이라면 얼마든지 보겠어요. 근데 병원에선 뭐래요?

돌아오는 내내 수정은 생각했지만 아직 결론은 내리지 못하고 있었다. 수술을 할 것인지 치료를 할 것인지. 내용을 전해들은 아주머니는 수정의 발가락을 말없이 내려다보며 혼잣말처럼 중얼거렸다.

－ 세상에 한 점 디디지도 못하는 것이 두고두고 고생을 시키네.

수정은 눈에 젖은 양말을 벗고 발을 내려다보았다. 아픈 오른쪽 새끼발가락만 빼고 다 멀쩡해보였다.

－ 그러네요? 새끼발가락은 찌그러져서 바닥도 없네요?

디딜 바닥도 없고 남 옆에 붙어 다녀야 하는 못생긴 새끼였다. 동그라미도 네모도 아닌 세모.

－ 그래도 없으면 허전하긴 하겠죠.

아주머니는 모처럼 사람 사는 세상 같았다며 전화번호를 알려주고 낼 병원 갈 때 시간 맞춰 오겠다고 했다. 창밖이 조금 어두워졌고 하늘은 다시 눈을 쏟아부었다. 티비에서는 농가의 시설물 관리에 만전을 기하라며 속보를 내보냈다. 비도 그렇지만 눈이 오면 세상이 조용해지는 것 같다. 큰애가 수정의 머리카락을 만지작거리더니 어느새 잠이 들었다. 수정은 세모를 들고 OX 놀이 하는 꿈을 꾸다가 일어났다. 깨고 보니 아직 초저녁이었다. 켜 있는 티비에서는 폭설로 인해 전국 고등학생들의 보충수업을 하지 않는다는 자막이 나왔고 이어 핸드폰으로 재난안전문자가 왔다. 역대급 폭설로 세상의 모든 촉각이 곤두서고 있었다. 고속도로에서는 10중 연쇄충돌 사고가 났으며 시간이 갈수록 다른 사고를 전하는 뉴스와 자막이 드라마에서도 이어졌다. 서서히 세상이 마비되고 있었다.

진상은 자정이 넘어도 오지 않았다. 밤새 기온은 뚝 떨어진다는 뉴스가 있었지만 전화는 하지 않기로 했다. 수정의 머리에서는 꿈에서처럼 OX 판을 오갔다. 진상이 올까 안 올까, 발가락 수술을 할까 안 할까. 낮잠을 자서 그런지 잠이 오지 않았다.

수정이 단단히 감싸고 밖으로 나갔다. 눈발이 가볍고 굵은 것으로 보아 금방 멈출 눈은 아니었다. 집들은 간간이 불은 켜 있었지만 근처의 가게들은 이미 문을 닫았고 오가는 행인은 아무도 없었다. 수정의 발이 진상의 가게 쪽으로 가고 있었다. 여태 문을 열고 있을 리 없었고 확인하고 싶은 마음도 없었다. 그저 지금 눈앞에 있는, 아무도 걷지 않은 하얀 길을 걷고 싶을 뿐이었다.

빠드득, 발밑의 이 가는 소리가 마음을 진정시키는지 기분이 좀 나아졌다. 이제 집으로 돌아가도 좋았다. 수정은 자신이 찍고 왔던 발자국이 없는 길로 들어섰다. 얼마쯤 왔을까. 고개를 들자 골목 사거리 모퉁이에 지난번 진상이 만취해 자고 있던 마켓이 보였다. 그리고 저기, 하얀 들마루에 역시 하얀 뭔가가 있었다. 눈사람이었다. 고개가 많이 꺾여 있었고 등이 많이 굽은 것이 무척 낯이 익었다.

수정은 가만히 서 있었다. 모두가 잠든 이른 새벽. 사각사각, 눈 위에 눈이 내려앉는 소리가 사방에서 들려왔다. 질질 끌었던 OX 문제가 풀렸다. 수정은 새하얀 길을 찾아 발자국 없는 쪽으로 돌아섰다. 수술 날짜는 되도록 빠른 날로 정하기로 했다.

8월의 산책

8월의 산책

흰 건물은 온통 담쟁이덩굴이 차지하고 있었다. 소나무가 우거진 산자락에 넝쿨을 뒤집어쓴 곳은 정심원이었다. 예전에 내가 고향을 떠날 즈음 이 건물이 들어섰을 것이다. 그때 언덕배기 입구부터 무성하던 소나무들은 붉은 빛이 형형하게 감도는 멋진 적송이었는데 아직도 몇 그루는 그대로 남아 있었다. 소나무 숲 곁에, 어릴 적 덜 여문 고구마를 캐서 달아나던 황토밭 자리와 그 많던 무덤은 온 데 간 데 없고 담으로 둘러쳐진 건물만 있었다.

담 안에는 무엇이 있는지 잘 보이지 않았다. 담은 꽤 높았다. 담쟁이의 색감이 유난히 싱그러워 보이는 건 건물이 흰 빛을 띠고 있기 때문일 테지만 바다가 훤히 내려다보이는 솔숲 언덕의 풍경으로는 손색이 없었다. 바다에 해를 빠뜨리는 시간이라면 더욱 그럴 것이다.

좁은 길 주변에서 풀을 뜯고 있던 까만 염소 몇 마리가 나의 출현을 알아채고는 몇 걸음 간격을 두고 차례로 덤불 속으로 옮겨갔다. 어슬렁거리며 주변을 기웃대다가 담자락이 끝난 곳에서 내가 본 것은 굳게 닫힌 철문과 작은 현판 하나였다. 한가로이 이곳저곳을 거닐었다. 직장을 그만두고 나서 쉬고 싶다는 생각을 했을 때 가장 먼저 떠오른 것이 고향이었다. 뒤에는 산이 있고 앞에는 바다가 있는. 갈 거야. 내일은 꼭 갈 거야. 그러다가 한 계절 두 계절을 넘기고 결국 일 년 만에 오게 되었다.

고향의 바다는 날마다 붉은 해를 낳는 동해와는 달랐다. 여름마다 사람인지 진흙인지 난장판이 되는 질퍽한 서해와도 달랐다. 동해처럼 맑고 서해처럼 다정했다. 마당에 서면 바다가 보였던 집에서 나는 중학교까지 다녔는데 고향을 떠난 건 순전히 아버지의 고집이었다. 변변한 배 한 척 없이 남의 배를 타며 산비탈의 작은 밭농사로는 자식들 교육은커녕 하루 세끼도 제때 먹이지 못했던 것이다. 결국 늘어날 대로 늘어난 아버지의 화통은 어느 해 장마 뒤에 터졌다. 얼마나 비가 왔는지 고구마 밭이랑을 흐르던 황톳물이 하룻밤 사이에 매끈하게 밭을 쓸어버렸던 것이다. 도회지에서 지게꾼을 하더라도 이것보다 낫겠다고 짐을 싼 것은 장마가 산비탈을 쓸고 간 뒤 얼마 후의 일이었다. 고향을 먼저 떠난 친구를 믿고 단박에 고향을 떠나기로 결정한 아버지는 어쩌면 그때부터 가슴에 옹이의 씨앗을 키운 것인지도 몰랐다.

아버지가 할 줄 아는 것은 일밖에 없었다. 내가 대학을 마칠 때까지. 그 후로도 얼마간 하던 일을 내려놓을 쯤에는 몸이 밑천이었던 아버지는 그 밑천을 까먹기 시작했다. 점점 마르며 짜증을 부리다가도 모든 걸 체념하는 듯 한숨을 쉬었다. 그러다가 아무 일 없었다는 듯 온화한 표정이었다가 일순간 슬픈 표정이 되기도 했는데, 엄마도 그 이유를 알 수 없다고 했다. 엄마는 말없이 수발을 들다가도 어떤 때는 정말 힘들어했다.

그즈음 나는 더 힘들었다. 주중에는 일하느라 힘들고 주말에는 힘이 풀려 힘들었다. 명퇴와 조퇴란 새로운 유행어가 회사마다 돌더니 내가 다니던 회사에도 찾아왔다. 퇴직금에 웃돈을 얹어주며 신청하라는 퇴직 희망자 모집공고문이 자꾸만 나를 고향 바다로 떠밀었다. 윤슬 반짝이는 고향의 바다. 보고만 있어도 나른하게 잠을 재우는 곳. 생각만 해도 쌓인 스트레스가 녹아내릴 것 같았다. 바다는 아버지와 나를 말끔히 씻어줄 것이었다.

지난 세월에 비해 고향은 그리 많이 변한 것 같진 않았다. 다만, 오래전 많은 묘지 대신 들어선 하얀 건물은 중간에 한 번 더 증축하며 더 넓게 담을 쌓았다. 거기서 조금 떨어진 곳에도 못 보던 건물 하나가 더 생겼다. 그 외에 동네의 집들이 현대식으로 조금 바뀐 것 빼고는 투명하고 파란 바다는 여전히 옛날 그대로였다.

정심원. 하얀 건물 앞 작은 현판에는 그렇게 쓰여 있었다. 고향을 떠난 다음해부터 해마다 찾아왔던 고향은 몇 년 전부터 오지 않았었다. 할아버지 산소를 찾아 성묘할 필요가 없어졌기 때문이었다.

언덕 위의 하얀 집. 동네에서도 이곳에 몇 명이 사는지 아는 사람은 없어 보였다. 아주 가끔 차만 들락거리는 곳이지만 근방 사람이라면 다 알고 있었다. 아이들이 말다툼하다가도 너 저기서 탈출했냐. 저기에서 너 빨리 오래 하며 그 하얀 집을 가리켰다. 어른들도 그랬다. 말이 안통하고 답답하면 미친놈 수용소에서 나왔나, 약 먹을 시간이 지났나, 갈 때가 됐군, 하며 돌아섰다. 마음을 맑고 바르게 하는 집. 그곳은 일명 언덕위의 하얀 집으로 통했다.

집안의 장손이었던 아버지 밑에는 작은아버지가 둘이나 있었다. 둘 다 객지에 살았고 명절마다 모이곤 했지만, 고향의 할아버지 산소에 가는 일은 아버지와 나뿐이었다. 조상의 산소에 가야 하는 사람은 장손이라고 족보에 적혀 있기라도 한 것처럼. 명절날 아침상을 치우고 과일과 차 한 잔씩 마시면 사람들은 한 해의 숙제를 마친 듯 자리를 일어났다. 한식과 추석 전 벌초하는 것도 아버지와 나의 몫이었지만 가문 대대로 내려오는 것은 선산이나 건물과 땅이 아닌 장손이란 이름이 전부였다.

고향에 내려와 이삿짐 정리를 하자마자 어릴 적 놀았던 숲으로 갔다. 오래전부터 선산이 따로 없는 마을 사람들은 초상이 나면 대부분 이 산에 묘를 썼다. 특별히 산 주인의 허락을 받는다거나 신고를 하는 것도 아니고 어른의 어른이 그랬기 때문에 그랬다. 지금은 산의 주인이 바뀌었는지 그대로인지 모르지만 오래전 정심원이 들어서면서 이곳에 있던 많은 묘들이 사라졌고 게다가 증축을 하며 남았던 몇 기의 묘도 모두 사라졌다. 할아버지 묘도 마찬가지였다. 사람들은 파묘 후 다른 곳에 이장을 하거나 화장을 했고 무연고 묘는 산의 주인이 알아서 정리했다.

오래전 떠난 고향이지만 성묘할 곳이 없어진 이후부터 여기에 오지 않았다. 그게 벌써 몇 년 전이었다. 묘가 많이 있던 자리에는 정원이 있는데 특별히 잘 가꿔져 있었다. 목본류와 초본류가 적당히 어울려 있었고, 꽃나무를 골고루 심은 것으로 보아 계절마다 돌아가며 꽃이 피도록 신경을 많이 쓴 것 같았다. 벤치도 몇 개 있었지만 많이 이용한 것 같진 않았다. 여긴 누가 앉았다 갈까. 환자가 앉을까 방문객이 앉을까. 벤치에 앉으며 나는 이방인의 심정으로 주변을 둘러보았다. 아무래도 높은 담 안에 있는 사람을 위한 것이겠지만 실제로 그들을 위해 쓰일 것 같진 않았다.

고향으로 이사 온 지금의 집은 바다가 보이기는 하지만 마당이 좁았다. 내가 넓은 정원을 꿈꾸며 작은 집을 탓하지 않아도 얼마간 걷기만 한다면 이곳은 그 수고를 충분히 보상하고도 남을 만했다.

한 자락 가녀린 바람이 정원을 돌아 나갔다. 풀 향이 더운 공기와 함께 여름 복판에 와 있음을 상기시켰다. 탐색을 위한 산책을 마치기로 했다.

아래로 내려가자 큰 길이 얼마 남지 않은 곳에 나무의 곁가지 같은 길이 나왔다. 갈림길이었다. 돌아보니 옆으로 난 길옆에는 하늘요양원이란 화살표 모양의 이정표가 세워져 있었다. 내려가는 길에선 보이지 않고 올라가는 길에서는 잘 보이는 이정표. 그곳은 노인 요양원인가 보았다. 하늘로 가는 이 요양원에는 정심원 가는 사람 말고 치매환자와 늙은이만 오세요 하는 말줄임표가 숨어 있는 것 같았다. 어쩌면 오래지 않아 그곳에 가게 될지 모른다는 느낌이 들었다.

고향에 오고부터 아버지 증세는 좀 나아지는 것 같았다. 젊을 적 친구를 만나고 낚싯대를 들고 바다에 갔다가 저녁에야 들어오는 날이 많았다. 그런 아버지에게 산책하기 좋은 곳을 봐 두었으니 함께 가자고 했다.

- 멋진 정원이 있는데 저랑 같이 가셔요. 아부지.

- 어딘지 모르지만 여기는 너보다 내가 더 많이 알아. 거기가 어딘데?

- 저기요.

팔을 들어 멀리 있는 정심원 쪽을 가리키자 내 손을 따라가던 아버지의 얼굴에 미세한 경련이 일었다.

- 뭐여?

이놈이 나를 뭘로 보고 하는 소리야 하는 것 같았지만 얼른 말을 이었다.

- 정심원 옆에 기가 막힌 정원이 있어요. 울타리도 없고 오는 사람도 없어서 좋던데요. 옛날 할아버지 산소 근처요.

아버지는 가지 않겠다고 했다. 그냥 가지 않겠다는 것이 아니라 버럭 화를 내며 거긴 뭐하러 가느냐, 미쳤느냐며 소리를 높였다.

책과 마실 물을 가방에 넣고 혼자 집을 나섰다. 방파제를 지나며 모자가 날아가지 않도록 끈을 단단히 조이고 천천히 걸었다. 멀리 있는 큰 배가 가까이 있는 통통배보다 작게 보였다. 왜 진작 이곳에 오지 않았는지 후회스러울 정도로 맘이 가벼워졌다. 고향은 정말 좋았다. 엄마도 종종 마실을 다녔는데 고향을 떠날 때 누구의 엄마에서 지금은 누구의 할머니로 호칭 하나가 덧붙었지만 동네에는 아직도 아버지를 알고 있는 사람들이 많았다. 혹시 집이나 아버지에게 무슨 일이 생긴다면 참견하며 도울 만한 사람들이었다.

몇 년 전 아버지는 할아버지 묘를 파묘 후 화장하여 유골을 바다에 뿌렸다. 정심원이 증축하기 전 아버지는 묘를 이장하라는 통지서를 받았고 당시 회사의 바쁜 일로 시간을 낼 수 없었던 나는 아버지와 함께 이곳에 내려오지 못했다. 물론 조상의 일은 장손인 아버지의 일이라는 듯 작은 집에서도 함께 하지 않았다.

당초 아버지는 이장 계획을 세웠었다. 고향 근처의 다른 산을 조금 사서 할아버지를 이장하고 장차 아버지도 그 옆에 묻히기를 바랐다. 바다가 보이는 양지바른 곳이고 밑에는 수맥이 흐르지 않아야 한다고 신중을 기하며 알아 봤었다. 그렇게 꼼꼼하게 알아보고 준비를 하던 아버지가 느닷없이 할아버지 유골을 수습하여 화장을 했다. 나로선 지금도 이해할 수 없는 일이었다. 왜 그랬는지 궁금해 묻는 나에게 아버지는 그랬다. 다 죽으면 소용없어. 땅끝 마을에 가서 성훈이 네가 벌초를 제때 할 수 있겠냐. 제를 한 번 올릴 수 있겠냐. 멧돼지가 떼를 다 뒤집어 놓아도 모르는 일 아니냐. 너무 멀어. 지금은 내가 일삼아서 한다지만 다 소용 없는 일이다. 자손들 고생시키는 일이여. 가만 보면 니 할머니가 뭘 아는 양반이여. 돌아가시기 전에 화장을 하라고 한 걸 보믄. 나중에 나도 화장해라. 납골당 같은 거 하지 말고 고향 바다에 뿌려라.

고향에 혼자 다녀온 그날 아버지는 많이 취했었다. 그런 모습은 처음이었다. 가시지 않는 취기처럼 그것은 오랫동안 아버지에게 머물러 있었는데 며칠 동안 잠도 못자며 눈물을 찍어내기도 하고, 혼자 피식 웃기도 하고, 아무렇지 않아 보이기도 했다.

아버지의 조울증은 그렇게 시작된 것 같았다. 고향의 산소를 제대로 돌보지 못하게 된 것이 나 때문이라는 생각이 들어 죄송했지만, 그때 선뜻 아버지처럼 고향에 다니며 잘 돌보겠다는 말을 왜 못한 것인지, 그때를 생각하면 지금도 가슴이 아려왔다.

테트라포트에 부딪혀 하얗게 부서지는 파도를 한참이나 바라보았다. 정심원이 더 있다가 증축을 했다면 할아버지 유골이 바다에 뿌려지는 불상사는 없었을까. 회사에 연차휴가든 월차휴가든 시간을 내어 아버지와 함께 이곳에 왔다면 지금쯤 바다가 보이는 양지바른 곳에 할아버지 묘와 아버지의 봉긋한 가묘에 무성한 떼가 자라고 있지는 않을까.

쓰윽싸악쓱싹 끊임없이 밀려오는 파도가 테트라포트에 무너졌다. 파도 받기로 만들어진 저건 분명 천년만년 파도를 들이받히며 물속에 처박혀 있을 것이다. 돌대가리처럼 나는 왜 회사에만 처박혀 있었단 말인가. 큰소리를 질러 보았다.

– 야, 돌대가리!

파도소리와 함께 바다에 빠뜨리고 돌아선 내게 소리는 자꾸 따라왔다. 돌대가리 돌대가리 하며 조용조용 따라왔다. 어제 본 그 길로 향했다.

큰일을 벗어나 산으로 난 좁은 길로 들어서니 후끈 풀 향이 났다. 느릿느릿 둘러보며 걸었다. 자동차 하나 겨우 다닐 만한 길바닥에는 그리 깊지 않은 바퀴 자욱이 두 줄기 눈물처럼 패여 있었다. 이 길을 울며 간 사람이 있을까. 마음을 맑히자고 누군가는 정심원에 갔을 것이고, 누군가는 하늘나라 가기 전 버스정류장 같은 요양원에 들어갔을 것이다. 풀냄새와 아카시아 향을 맡기도 했을 것이고 앙상한 나뭇가지마저도 못내 아쉬워 눈물을 흘리지는 않았을까. 어쩌면 악다구니 없는 곳이면 어디든 좋다며 웃고 지나갔을지도 모를 일이다. 아마도 요양원에 갔다가 다시 나오지 못했다면 조용히 바퀴가 누르고 간 길엔 풀도 비켜 자라고 있는 것도 모를 것이다. 조금 더 걸어가자 하늘요양원으로 가는 갈림길이 나왔다. 그 길이나 이 길이나 모두 세상 밖으로 가는 길이었다.

지난번 앉았던 벤치에 앉았다. 물을 마시며 찬찬히 둘러보니 예전과 달라진 게 눈에 확 들어왔다. 볼록볼록한 봉분들이 있던 자리의 일부는 높은 울타리 안으로 들어갔고 일부는 이 멋진 정원이 되어 있었다. 할아버지의 못자리가 어디쯤일까 가늠해 보았다. 아마도 분홍꽃이 만발한 큰 배롱나무가 있는 자리 같았다. 다가가 나무기둥을 쓰다듬었다. 매끈했다.

정심원 울타리는 꽤 높았다. 건물의 지붕이 보였고 소나무 윗 모습이 잘려 보였다. 어릴 때 우리가 놀았던 제일 큰 소나무는 울타리 안으로 들어가 있었다. 그 나무 아래에서 뒹굴며 놀던 때가 생각났지만 쓸쓸했다. 정말 가난했지만 즐거웠던 그때는 바다에서 멱을 감다가

지겨워지면 이곳에서 말타기를 했다. 낮이라서 그랬을까. 근처에 묘가 많이 있었는데도 그땐 아무도 이곳을 무서워하지 않았다. 우리에겐 그저 놀이터였을 뿐이었으니.

애들이 보고 싶어졌다. 얼마 전 엄마는 사람이 나이 들면 애로 돌아간다며 아버지가 도로 어린애가 된 것 같다고 했다. 나도 그리 된 것 같았다. 함께 놀던 애들은 객지로 뿔뿔이 흩어졌지만 그래도 이곳이 고향이니 나처럼 돌아올 수도 있고 명절이면 다녀갈 수도 있을 것이다. 며칠 남지 않은 이번 추석에 친구들이 몇이라도 다녀가면 좋을 것 같았다.

마루에서 수평선을 바라보며 마치 바다 끝에 걸린 배가 꼭 종이배 같다는 생각이 들 때 전화가 왔다. 파출소였다. 담을 넘는 아버지를 정심원 직원이 신고를 한 것이다. 경찰이 묻거나 내가 물어도 아버지는 아무 말도 하지 않았다. 동네에 사는 아버지 친구들의 도움으로 집에 와서도 아버지는 말을 하지 않기로 작정한 사람 같았다.

다시는 그러지 말라고 한 다음날부터 아버지는 아예 집을 나가지 않았다. 방과 거실과 좁은 마당을 오갔지만 대문 밖으로는 나가지 않았다. 무거운 닻이 집 아래에 매달린 것 같았다.

매일의 일과처럼 산책을 가려던 어느 날, 그날도 아버지는 소파와 한몸이 되어 먼 바다를 보고 있었다. 작은 배낭을 메고 나갔다 올게요 하려던 말이 같이 가실래요가 되어 나왔다. 그러자 여태까지 멍하니 앉아있던 아버지가 벌떡 일어났다. 깜짝 놀랐다. 아버지는 밀짚모자를 쓰고 나를 따라 왔다. 파란 바다를 보며 걷는 방파제 옆에서 아버지가 점점 뒤로 쳐졌다. 천천히 아버지의 보폭에 맞추어 바다 옆길을 나와 산길로 들어섰다. 볕은 뜨거웠지만 산길엔 제법 그늘이 있어 집에 있는 것보다 나았다. 물병을 꺼내들고 밖에 나오니 좋지요? 물 좀 드릴까요? 했지만 아버지는 아무 말도 하지 않았다. 깊은 생각에 잠긴 듯 묵묵히 내 뒤만 따라왔다.

전에 앉았던 벤치에 앉아 배낭에서 물을 꺼냈다. 뚜껑을 따고 권하자 아버지는 절반이나 물통을 비웠다. 아버지 등에는 땀에 젖은 셔츠가 붙어 있었다.

- 저 배롱나무 자리가 할아버지 계시던데 맞죠. 아부지.

하며 옆을 돌아보았지만 아버지의 시선은 정심원을 향해 있었다.

- 다시는 저기로 가시면 안돼요. 사유지라 큰일 나요.

나는 다시 한 번 아버지에게 강조하고 일어나 천천히 이곳저곳을 둘러보았다. 그늘을 만들고 있는 아직은 푸른 단풍나무 잎을 만져보다가 커다란 배롱나무에 가서 기둥을 쓰다듬었다. 그러다 아버지를 쳐다보았다. 없다. 벤치 위에는 메고 온 작은 배낭과 물병만 놓여 있었다. 얼른 아버지를 찾아 뛰었다. 정원과 왔던 길도 내려다보았지만 보이지 않았다.

혹시, 나는 정심원을 향해 달렸다. 담을 따라 돌자 아버지는 약간 후미진 담 아래에 돌을 쌓고 있었다. 몇 개를 켜켜 쌓더라도 쉽게 담을 넘을 수 있을 것 같지는 않았지만 어쨌거나 그것은 담을 넘으려고 하는 것이었다. 누가 볼까 싶어 얼른 아버지 손을 잡고 정원으로 돌아왔다.

다시 벤치에 앉은 아버지는 물병에 남은 물을 다 마셨다. 그리고 말 없이 한숨만 쉬었다. 그러면 큰일 난다고 다시 말을 했지만 아버지의 눈은 멍하니 정심원만 바라보고 있었다.

길을 내려오면서도 나는 같은 말을 몇 번이나 되풀이했다. 지금은 옛날 참외 서리하고 다녔던 그때와 달라서 이젠 서리도 범죄고, 남의 집 뜰이 볼 만해서 들어가 본다 해도 무단침입이라고 했다. 물론 아 버지도 알고 있는 일이겠지만 나는 구구단을 외듯 자꾸 반복했다.

퇴직 후 고향에 온 뒤 처음으로 추석을 맞게 되었다. 산소가 있는 집들은 벌초하느라 친척들이 모이고 사람들로 북적였다. 산마다 벌 초를 하느라 울긋불긋 생기가 돌았지만 아버지는 다시 거실에서 소 파와 함께 붙어 있기로 작정한 것 같았다.

추석날이 되었다. 작은집에서는 두 곳 다 멀어서 못 온다는 전화가 왔다. 아버지는 차례 상에 머리를 조아리면서도 내내 표정이 어두웠 다. 서울에서 학교에 다니던 아들과 딸은 내려오는 고속도로는 그다 지 막히지 않았다며 오지 않은 작은집 사람들은 모두 나쁘다고 불평 했다. 애들에게 그러는 게 아니라며 야단을 치면서 나도 속으로 욕을 했다. 이번에도 해외여행을 가겠지.

고향에 내려온 것을 알았는지 어릴 적 친구 하나가 찾아왔다. 어렵 게 함께 크며 고생했던 그 애는 이제는 제법 살 만하다고 했다. 빈손 으로 도망치듯 미국으로 건너가 죽을 만치 힘들게 살았다며 웃는 얼굴이 반지르르 빛이 났다. 그러다 갑자기 내 손을 잡았다.

- 미안해. 그때는 정말 미안했어.

- 뭐가?

- 할아버지 일 말야. 몇 년 지나더니 이제 괜찮은가 보네.

- 뭐라는 거야?

- 내가 미국 가면 산소들을 돌볼 수 없어서 조상님들을 다 화장했거든. 나밖에 없는데 누가 하냐고. 마침 정심원에서 이장 안내문도 왔고 출국 날짜는 잡혀 있고 해서….

- 잘했어. 관리 못하면 그러는 게 낫지.

- 그래서 미안하다고 임마.

- 너희 산소 네가 맘대로 한 걸 뭐가 미안하다고 그래.

친구는 나를 빤히 쳐다봤다.

- 니 아버지가 암말 안하셨냐?

- 뭘? 울 아버지는 요즘 몸이 좀 안 좋으셔. 서울에 있을 때는 고향 생각에 그런 거 같아서 여기 오면 괜찮을까 싶었거든. 여기 오고 첨엔 좀 괜찮더니 지금은 더하신 거 같아 걱정이다. 전에 할아버지 일도 그래. 늘 찬찬하던 양반이 이장을 하겠다고 지관하고 통화까지 하고선 느닷없이 화장을 하질 않나. 통 뭔 말씀을 하셔야지. 그나저나 네가 미국에서 성공했다니 다행이다. 고생 끝 행복 시작이군.

내가 미소를 지으며 쳐다보자 친구는 벌떡 일어섰다. 방파제 옆 벤치에 앉아 있는 내 앞에서 친구는 나를 흘끗거리며 말없이 이쪽저쪽으로 오갔다.

- 왜 그래, 심란하게.

- 가만….

다시 자리에 앉은 친구는 내 손을 잡았다.

- 예전에 이장하라고 공고 났을 때 내가 잘못해서 너희 할아버지 유골을 화장했었어. 난 진짜 울 아버지인 줄 알았거든. 진짜야. 너도 알잖아. 내가 객지에서 얼마나 힘들게 살았는지. 거기 있는 묘를 파서 화장하든 이장하든 한 기당 20만원씩 줬거든. 얼른 정리하고 싶어서 서둘렀는데 그게 잘못된 거야. 진짜 똑같이 생겼었어. 비석도 없었잖아. 네 아버지는 첨에 대노하셨지만 나중엔 미국 가서 열심히 살아라 하시더라. 다행인 것은 할아버지나 할머니 유골은 바다에 뿌렸지만 아버지로 알았던 네 할아버지는 우리가 어릴 때 놀았던 제일 큰 소나무 밑에 묻었어. 둥글게 살살 파서 뿌리고 흙을 덮었거든. 나중에 미국에서 성공하고 돌아오면 꼭 다시 찾겠다고 맘을 먹었지. 근데 지금 보니 그 나무가 정심원 안에 있던데. 정심원을 이렇게 확장한 줄 몰랐어.

- 미친놈 아녀? 야! 너 같은 미친놈이 잔뜩한데 확장을 안 하게 생겼냐, 임마?

나도 모르게 벌떡 일어나 희끗한 녀석의 머리를 쥐어박았다.

- 근데 니 아버지가 진짜 말씀 안 하셨어?

철컥, 내 안에서 자물쇠 열리는 소리가 난 것 같았다. 친구와 함께 집으로 갔다. 아직 팔월 한가위의 해는 하늘 한가운데에 있었다. 밖으로 나가자는 나에게 아버지는 집에 있겠다고 했다.

- 할아버지한테 가 봐요. 아부지. 옛날에 그런 일이 있었으면 진즉 말씀을 하시지.

내 손에 겨우 끌릴 듯 따라오던 아버지는 내 얼굴을 한 번 쳐다볼 뿐 말이 없었다. 아버지와 나는 과일 몇 개와 맑은 술과 포를 들고 번쩍거리는 친구의 차에 올랐다. 아버지를 보았다. 어떻게 저렇게 무심한 표정일 수 있을까. 무수히 많은 사연의 심연인가. 무심한 얼굴의 아버지는 방파제와 산길이 전하는 진동에도 몸만 흔들릴 뿐 표정은 그대로였다.

자주 가던 정심원 정원에 도착했다. 성묘를 왔다가 들렀는지 요양원에 갔다가 들른 것인지, 아이와 함께 어른 몇 사람이 여기저기 정원을 구경하고 있었다. 우린 커다란 정심원 안에 있는 소나무 가까이에 돗자리를 깔았다. 갖고 간 것을 돗자리에 늘어놓고 친구와 내가 두 손을 모으고 가만히 서 있자 아버지는 신발을 벗고 돗자리 위로 올라갔다. 아버지는 무릎을 꿇고 조심스레 빈 잔을 들었다. 나는 그 잔에 천천히 술을 따랐다. 아버지는 소나무를 향하여 술을 조금씩 나누어 부었다. 한 방울도 튈 수 없는 한참 먼 거리였다. 그리고 절을 했다. 마지막 절을 하던 아버지는 쉽게 일어나지 않았고 엎드린 어깨는 조금씩 흔들렸다.

내가 절을 하고 마지막으로 친구가 절을 할 때까지 아버지는 소나무에서 눈을 떼지 않았다. 전에 아버지가 정심원 담에 돌을 쌓던 곳에 올라가 까치발을 들자 겨우 소나무의 밑둥이 보였다. 굵고 멋진 소나무가 정심원을 압도하듯 붉은 기운을 뿜고 있었다.

친구는 돌아가며 거듭 미안하다고 했다. 이후 명절이 되면 아버지와 나는 정심원의 바깥 정원에서 그렇게 제를 올렸고 아버지의 말수는 조금씩 늘어갔다.

하늘 요양원 직원들은 마을 사람들에게 친절했다. 마을의 노인 회관에 나와 점심을 대접하고 가을이면 관광버스로 단풍놀이를 보내주었다. 모두가 하늘요양원의 예비 환자인 것이었다. 실제로 자식들이 있는 도시의 요양원이나 병원으로 가는 몇몇 노인들을 제외하곤 대부분의 마을 사람들은 이 요양원으로 가는 것을 기정사실로 받아들였다. 한동네에서 살다가 하늘나라 가기 전 같은 요양원에 있는 것도 그리 나쁘지 않은 것 같았다.

얼마 전 장기요양등급을 받아 이곳으로 들어간 사람도 이장의 아버지였다. 이장은 적극적으로 마을 사람들을 독려했다. 먹여주고 재워주고 필요하면 치료해주고 더군다나 고향이라 알고 지내는 동네 사람도 있으니 그 얼마나 좋으냐고 홍보까지 했다. 사람들은 멀쩡해 보이던 이장의 아버지가 용케도 높은 요양등급을 받았다며 한편으로 부러워하기까지 했다. 팔순이 넘어 근근이 끼니를 해결하는 독거 노인들도 많았는데 대부분은 요양원에 들어갈 수 있는 등급을 받지 못했다. 치매에 걸렸거나 거동이 많이 불편하더라도 아주 심한 정도여야 겨우 받을 수 있었던 것이다. 그러기에는 어딘가 조금씩 부족한 모양이었다.

아버지는 친구인 이장의 아버지가 요양원에 들어가자 좀 충격을 받은 것 같았다. 아직 갈 사람은 아닌데 하는 말로 끝을 흐려 하늘나라와 요양원 중 어느 것을 말하는지 정확히 알 수는 없었다. 며칠 전 동네에서 만난 아저씨 모습으로 보아 둘 중 어느 곳에도 갈 만한 사람은 아닌 것 같기는 했다.

- 그러게요. 요즘은 등급 심사가 까다롭대요. 웬만한 사람은 들어가기 어렵다는데요.

- 하라는 대로 하면 되지. 등급이 되면 가고 안 되면 안 가는 거지 뭐가 걱정이여.

- 치매 걸린 사람도 가끔 멀쩡하기도 하다네요. 근데 그게 하필이면 내내 이상하다가 심사할 때만 잠깐 멀쩡해지니 환장하지요. 아랫집 아줌니가 그렇다잖아요. 식구들 있을 땐 욕하고 딴소리 하다가 심사할 땐 말짱해져서 열일곱 시집올 때 얘기까지 다 한다잖아요. 식구들도 모르는 케케묵은 얘기까지. 말도 아주 청산유수래요.

- 식구들이 힘들겠구먼.

- 아주 죽을 지경이랍니다. 번번이 등급도 못 받고.

다음날 아버지와 산책을 나가는 길에 이장을 만났다. 늘 같은 코스로 가는 산책길에 마주오던 그는 요양원에 다녀오는 길이라고 했다. 표정이 밝아 보였다. 그는 요즘 새로운 사업을 추진 중인데 마을 사람들이 많이 도와줘야 한다며 내게도 따로 부탁을 하고 갔다.

- 지 아부지를 요양원에 넣고 아주 신이 났구먼. 저것도 자식이라고. 저러니 갸가 제 정신이것어. 쯧쯧.

혀를 차는 아버지에게 요양원도 그리 나쁜 곳은 아니라고 하려다가 말았다. 요양원이 좋으니 아버지도 생각해 보라는 말로 들릴지도 모를 일이었다.

산길을 올라가다 익숙한 갈림길이 나오자 아버지는 이정표를 한참 동안 바라봤다.

- 아저씨한테 가볼까요?

- 그래 가 보자.

우리는 이정표가 가리키는 하늘요양원으로 향했다. 그 길 역시 차 한 대 지나갈 만한 길이었다. 멀리서도 보이던 5층짜리 네모난 건물은 별로 특별할 것도 없어 보였다. 건물 앞에 다가가자 보이지 않던 마당과 텃밭에서 환자복을 입은 사람들이 제각각 뭔가에 열중하고 있었다.

- 여기 어르신들은 거동만 할 수 있으면 이렇게 텃밭으로 오신답니다. 텃밭에는 풀이 날 새가 없어요. 땅을 일구고 식물을 키우는 게 몸에 배어서 그런지 서로 하겠다고 하신다니까요. 저기 저 분은 도시에서 살다가 얼마 전에 오셨는데 집에서는 내내 누워만 계셨답니다. 지금은 흙 밭에 앉아 풀을 뽑고 계시네요.

어금니까지 다 보이며 환하게 웃는 안내원을 따라 아저씨를 만나러 갔다. 지나가는 복도에는 창으로 들어온 햇살이 바닥을 훤히 비추고 있었다. 어딜 봐도 깨끗하고 정리가 잘 되어 있었다.

휴게실에서 만난 아저씨는 우릴 보고 활짝 웃었다. 이장의 말대로 건강해 보였지만 나는 뭔가 이상한 건 없을까 하며 오고가는 두 사람의 대화를 귀담아 들었다.

- 괜찮어. 집보다 나아. 때 되면 밥 주지. 간식 주지. 놀아 주지. 집에 가고 싶으면 데리러 오라 하면 되고 뭔 걱정이여. 자네도 이리 와. 좋다니께.

아저씨는 정말 좋아 보였다. 건물을 나와 산길로 들어서자 아버지가 한마디 했다.

- 미친놈, 멀쩡하구먼.

- 그러게요. 좋아 보이네요. 아랫집 아줌니는 심사할 때만 되면 멀쩡해진다는데, 저 아저씨처럼 심사할 때만 치매라면 얼마나 좋겠어요. 등급대로 행동하면 되잖아요. 이장이나 아저씨나 머리가 좋네요.

우리는 우리의 정원으로 올라갔다. 벤치에 앉아 물을 마시며 아버지는 정심원을 보고 있었다. 어쩌면 정심원이 증축하며 새로운 담을 쌓지 않았다면 저 잘생긴 소나무가 온전하게 남을 수 있었을라나. 조용히 혼잣말 같은 아버지의 목소리가 들렸다.

- 처음에 걔를 많이 원망했었는데 한편으로 생각하니 고맙기도 하네. 정심원도 고맙고.

- 저렇게 잘생긴 소나무가 그냥 있었으면 벌써 사람 손을 탔을 거예요. 언제 봐도 멋있어요, 할아버지 나무.

날씨는 유난히 맑고 환했다. 만나는 사람마다 표정까지 밝았고 아버지도 밝았다. 좋은 날이었다. 모처럼 부모님과 함께 시내로 나가 외식을 하기로 했다. 가는 길에 룸미러로 보이는 엄마는 미소가 떠나지 않았다.

고기가 연하기로 소문난 고깃집에는 사람이 많았다. 방으로 안내된 테이블에 앉아 둘러보니 테이블마다 손님들이 다 차 있었다. 엄마는 벽에 붙인 메뉴와 주변을 둘러보고 놀란 것 같았다.

- 비싼데 사람이 엄청 많네. 고기 사다 집에서 구워 먹으면 얼마 안 하는디.

- 날마다 먹는 거 아니니 많이 드세요. 나이가 들수록 고기를 먹어 줘야 한대요.

고기는 소문대로 연했다. 나온 반찬도 정갈했고 분위기도 괜찮았다. 도시의 잘나가는 요릿집 못지않았다. 흠이라면 가격이 좀 비싼 편이었는데 그 가격에 맞춘 것처럼 손님들도 적당히 수준 있어 보였다. 우리의 옆 테이블에는 남자 셋이 앉아있었다. 그들의 옷맵시나 말투로 보아 괜찮은 회사의 중역쯤 되지 않을까 싶었다. 불판의 고기가 익으면 엄마는 고기를 내 쪽과 아버지 쪽으로 자꾸 밀어 놓았고 나는 다시 집어 엄마와 아버지의 앞접시에 올려놓았다. 정이 물씬 오가는 중에 옆 테이블에서 말하는 소리가 들렸다.

- 거긴 조사 안 나왔어요?

- 우리도 왔다 갔지요. 매스컴에 한번 뜨면 바로 나오잖아요. 요즘은 중증 아니고는 거의 없어요. 환자 인권이니 뭐니 해서 강제입원을 얼마나 조사하고 다니는지. 오히려 환자 가족의 인권이 문제가 될 지경이랍니다.

- 말 그대로 정심원이네요. 거긴 경치도 그만이라 하던데요.

- 말도 마세요. 아는 사람들이 요양차 오겠다고 하는 통에 제가 쉴 틈도 없답니다. 돌아가신 아버님이 얼마나 나무를 좋아하셨는지 말도 마세요. 몇 년 전 적송 몇 그루를 울안에 들이느라 얼마나 힘들었는지. 그래도 아버지께서 돌아가실 때까지 정원을 가꾸며 참 편안해하셨어요.

마주앉은 아버지와 나의 눈이 불고기판 위에서 만났다. 우리는 젓가락 소리도 내지 않았다. 정심원 원장으로 보이는 사람은 말씨까지 품위 있었다.

며칠 후 이장이 찾아왔다. 아랫집 치매 걸린 아줌마가 장롱마다 이불과 옷을 모조리 꺼내놓고 보자기에 몇 가지 옷을 싸서 집을 나갔다고 했다. 얼마 못가 동네사람을 만난 그녀는 친정 가는 중이라고 했고. 간신히 집으로 다시 모셨다고 했다. 답답하다고 하는 이장에게 아버지가 물쑥 물었다.

- 니 아버지 치매 맞어?

- 치매지유. 저도 잘 못 알아 본다니께유. 등급에 맞으면 되는 거 아녀유. 성훈아 안 그려? 시험 볼 때 답안지만 잘 쓰면 되잖여. 학교 다닐 때도 이렇게 답이 잘 보였으면 너보다 잘 했을 것인디.

이장은 어릴 적 친구였다. 튼튼하고 힘은 좋았지만 공부는 항상 내 아래였다. 그러면서도 얼마나 붙임성이 좋은지 젊어서 한때 객지로 돌다가도 고향에 돌아오자마자 줄곧 이장이 되었다. 달리 할 만한 사람이 없었다지만 즐거이 나서서 동네일을 하고 다니니 이장으로선 딱이었던 것이다.

이장이 돌아갔다. 친구라도 볼 때마다 이장이라 부르니 이름보다 이장이란 말이 더 잘 나왔다. 아버지는 가만히 텔레비전 드라마를 보다가 갑자기 물었다.

- 나도 미칠 수 있겠지?

- 이 양반이 미쳤어유?

엄마가 한마디 했다.

- 이장 말대로 답안지만 제대로 쓰면 되면 되는 거 아니냐, 성훈아?

나보다 아버지 머리가 더 좋았다. 다음날 아버지는 엄마와 나를 끌고 큰 병원에 갔다. 아버지를 진찰한 의사는 많이 걱정할 필요는 없다고 했다.

- 아버님은 자신이 소나무라고 생각하시고 선친도 소나무였다고 하십니다. 일단은 잘 보시고 이상하면 다시 오세요. 혹시 자해하거나 하면 입원할 수 있으니 잘 보시구요.

며칠 후 다시 병원에 갔다. 이번엔 아버지 대신 내가 의사와 상담을 했다.

- 엊그제는 톱으로 다리를 자르려 하셨어요. 소나무는 적당히 가지치기를 해줘야 잘 자란다구요. 조금만 늦게 보았더라면 큰일 날 뻔했어요. 지금 생각해도 아찔합니다.

의사가 입원치료를 하면 어떠냐는 말에 엄마는 큰소리로 울었다. 먼데서 생이별하며 살 바에는 힘들더라도 고향집에서 함께 지내겠다고 했고 엄마는 정말로 눈물을 흘렸다. 결국 엄마와 나는 의사가 내미는 서류에 지장을 찍고 나왔다.

아버지는 정심원에 들어갔다. 동네 사람들은 나보고 미쳤다고 손가락질을 했고 이장은 집으로 쫓아왔다. 연로하신 분을 정신병원에 보내는 미친놈이라고 했다. 자기한테 미리 말이라도 했으면 충분히 하늘요양원에 갈 수 있었고, 더구나 자신의 아버지가 함께 있어서 좋을 텐데 진짜 미친 짓을 했다고 소리를 질렀다. 내가 가만히 있자 나를 제치고 녀석은 엄마에게 왜 두고만 보는 거냐고 한바탕 소란을 피웠다. 엄마도 가만히 있었다. 이장은 미친 게 분명하다고 중얼거리며 돌아갔다. 녀석은 제 아버지의 놀이 친구를 잃은 것이 못내 분한 것 같았다.

정심원 원장에게서 전화가 왔다. 들어올 때보다 많이 호전된 아버지는 이제 퇴원해도 좋다고 했다. 다음날 아버지의 퇴원수속을 밟기 위해 정심원을 찾았다. 원장과 마주앉은 탁자에 방금 내온 차가 놓였다. 숲속에서 맡았던 시원하고 상큼한 향이었다. 모락모락 김이 오르는 찻잔 위에 얼굴을 가까이 대고 깊이 숨을 들이마셨다. 원장은 근처에서 채취한 솔잎차라고 했다. 눈을 가늘게 뜬 만큼 더 커진 콧속으로 향이 몰려 들어왔다. 온몸으로 스몄고 방안을 가득 채웠다. 잠시 후 아버지는 천천히 소나무 향기 속으로 걸어왔고 우린 함께 정심원을 나왔다.

산길을 내려와 바다 옆 갓길에 들어섰다. 성큼성큼 같은 보폭으로 걷는 아버지의 걸음이 가벼워 보였다. 한쪽에는 파란 바다를 또 한쪽에는 아버지를 두고 내가 물었다.

- 이젠 내년 팔월에 가시면 되지요?

윤슬처럼 반짝이는 아버지의 두 눈이 하나마나한 말은 뭐하러 묻느냐고 되묻고 있었다.

억새꽃이 필 때

억새꽃이 필 때

1

밟고 있던 모래더미가 일정한 시간차를 두고 허물어졌다. 나는 그네 위에 앉아 허물어진 모래를 맨발로 다시 쌓아 올리기를 반복하고 있었다. 따끈한 모래가 흘러내리며 발가락 사이를 간질였다. 이따금 올려다본 코발트빛 하늘 사이로 서로 물고 늘어진 쇠사슬이 유난히 굵어 보였다. 두 뼘이나 될까 싶은 판자 위에 엉거주춤 걸터앉아 체인을 한껏 올려 잡은 양팔이 저려오기 시작했다. 그네를 얼마나 방치한 것인지 손바닥을 붉게 물들이고도 녹내는 내내 우리를 떠나지 않았다.

옆에서 그녀가 모래바닥을 두 발로 밀어낼 때마다 그녀를 태운 그네는 끼르륵, 기러기 울음소리를 냈다. 우리는 별 말이 없었다. 끼르륵 소리가 여러 번 허공을 가르고, 놀이터 끝에 있는 히말라야시다의 그늘이 야곰야곰 작아지더니 우리를 햇볕으로 내놓았다. 더 이상 그네 줄을 쥐고 있기 어려워졌다. 그대로 있다가는 정수리에 꽂히는 볕이 머리를 다 태워버릴 것만 같았다. 묵묵히 무릎위의 고양이 등을 쓰다듬던 그녀가 말했다.

"얘가 떨어지기 싫은가 봐."

이제 가봐야겠다며 고양이를 내게 넘긴 그녀가 좁은 널빤지와 체인에 낀 엉덩이를 떼어내며 얼굴을 살짝 찡그렸다. 고양이를 받아 안으며 일어서는 나도 얼얼한 엉덩이를 여러 번 문질러야 했다. 우린 서로 이별을 고했다. 나와 그녀가, 그녀와 고양이들의 이별이었다. 나는 놀이터 옆에 세워둔 트럭의 조수석에 방금 건네받은 암컷을 내려놓으며 차안에 얌전히 누워 있던 수컷 고양이가 없어진 것을 알았다.

"민희야, 대범이가 없어졌어. 아까 숨 막히지 말라고 창문을 조금 열어 두었는데 거기로 나갔나봐. 그 좁은 데로 어떻게 나갔지?"

그녀의 입이 동그랗게 오므라들더니 두 눈이 커졌다. 우리는 근처를 돌아다니며 고양이를 찾기 시작했다. 설핏 쥐똥나무가 늘어선 화단 가까이에서 뭔가 움직였다. 대범이었다. 놈은 잠시 방향의 갈피를 잡지 못하는 듯 웅크리고 있더니 우리가 다가가자 주춤주춤 달아났다.

우린 고양이를 쫓아가기 시작했다. 금방 손에 잡힐 것 같던 고양이는 우리와 멀다 싶으면 섰고 가까워지면 다시 뛰었다. 그네에 앉아있을 때부터 흘린 땀으로 티셔츠는 이미 등에 붙었고, 오늘따라 멜빵을 하지 않은 바지는 자꾸만 흘러내려 발목을 잡았다. 나를 앞질러가는 그녀의 긴 머리가 내 어깨를 스칠 때 엷은 꽃향기가 났다.

"무슨 여자가 이렇게 빨라?"

덥고 축축한 한낮의 공기 속에 어깨를 들썩이며 그늘을 찾아보았지만, 주변에 있는 모든 것들의 그늘은 다른 것을 들일만큼 넉넉하지 않았다. 느린 걸음으로 도착한 곳에 그녀가 잔뜩 쪼그리고 앉아 어느 한 곳을 들여다보고 있었다. 가게가 있는 건물과 옆에 있는 건물의 틈이었는데, 이쪽을 보고 있던 가게 주인은 고양이가 방금 그 틈으로 들어갔다고 귀띔을 해주었다. 휴대폰을 켜고 불을 비추자 고양이가 응답하듯 두 눈을 밝혔다. 하지만 녀석은 좁다란 틈바구니에서 좀처럼 나오지 않았고 우리는 점점 꺾인 풀잎처럼 늘어졌다.

가게에서 음료수를 사와 그녀에게 건넸다. 우리는 파라솔 밑에 앉아 음료수를 홀짝였다. 연일 최고치를 경신하는 무더위에 아스팔트가 이글거렸고 열기는 그대로 우리에게 전해졌다. 거리엔 걸어 다니는 사람이 별로 없었다. 그나마 몇 안 되는 사람들은 모자나 양산을 썼고, 간혹 아무것도 쓰지 않은 사람들은 징검다리를 밟듯 그늘을 찾아 겅중거렸다. 한참을 그렇게 앉아 있다가 다시 그 틈새를 들여다보았다. 녀석은 여전히 같은 모습으로 그곳에 있었다.

"뒤가 막혀 있으니 앞을 막으면 고양이는 여기서 절대 못나가요. 살살 꼬셔 봐요."

가만히 밖을 내다보며 부채질하던 가게 주인이 답답했는지 소시지 하나를 들고 다가왔지만 대범이는 꿈쩍도 하지 않았다. 우리는 다음 날 일찍 다시 오기로 했다. 내일 아침 태양이 건물을 돌며 그 틈새에 햇살을 쏟아 부으면 어쩌면 녀석은 스스로 나올 것 같았다.

2

입구를 막았던 판자를 치우고 보니 고양이는 그대로 있었다. 틈새로 햇살이 점점 깊숙이 꽂혔다. 이내 밝은 두 점이 사라지고 각목과

158

합판조각, 깨진 벽돌과 깡통 그리고 녀석이 보였다. 그녀가 입구 가까이 얼굴을 대고 부드럽게 속삭였다.

"대범아, 이리와. 아, 이쁘다. 우리 대범이."

고개를 갸웃하며 고양이가 작게 야옹거렸다.

"이리와. 대범이 착하지."

그녀가 여러 번 반복하자 고양이가 천천히 일어나 입구로 나왔다. 주인은 주인이었다. 하지만 나오면 냅다 등가죽을 잡으리라는 계획은 쉽지 않았다. 녀석은 입구에 다 왔다가 다시 뒷걸음을 쳤다. 그녀는 계속 말을 걸었고 고양이는 우리에게 다가왔다 멀어지며 야옹거렸다. 나는 얼른 가게로 달려가 종이컵과 물을 얻어 입구에 놓았다. 한여름에 목마른 것은 사람이나 짐승이나 같을 것이므로. 그렇게 몇 번을 나왔다 뒷걸음치기를 반복하던 고양이는 한참만에야 밖으로 나와 물컵에 주둥이를 넣었다. 물을 다 먹었다 싶을 때 머리를 쓰다듬던 그녀가 고양이를 번쩍 들어 올렸다. 먼지와 거미줄을 잔뜩 뒤집어쓴 고양이는 곧장 내 품으로 들어왔다.

"자, 나라고 생각해. 잘 키워."

지금도 생생한 그 날의 일이 자주 생각났다. 붙임성 있게 따라온 암컷 미오와 하룻밤 혼자만의 시간을 보내고 왔던 수컷 대범이는 그녀가 지난 일 년간 자신의 아파트에서 키웠던 고양이였다.

그렇게 내 집에 와 맨 먼저 녀석들의 장난감이 된 것은 거실에 깔아놓은 매트였다. 발톱으로 찍었다가 떼어내기를 끝도 없이 하다가는 살림살이가 남아나지 않을 것 같았다. 고양이용품 상자에서 발톱 깎기를 찾아 가시 같은 발톱을 잘랐다. 발톱에도 신경이 있다는 말을 그녀에게서 들은 것 같았지만 어디까지인지는 알 수 없어 바짝 깎지는 못했다.

십수 년간 해오던 서울에서의 직장 생활을 청산하고 여기에 눌러앉은 지 벌써 일 년이 다 되었다. 혼자 살던 아버지가 아프다고 연락이 왔을 때, 나는 아버지의 여생이 얼마 남지 않음을 직감했다. 그대로 있을 수는 없었다.

아버지가 혼자 살던 고향에서 그리 멀지 않은 곳에 신도시가 들어섰고, 근처 공사장에서 일을 하면 어떻게든 살아질 것 같았지만, 병으로 고생하던 아버지는 겨우 몇 달을 더 살았다. 좀 더 일찍 왔더라면, 하는 생각도 해 보았지만 오랫동안 병을 키웠던 아버지를 어찌할 수 없었을 것이었다. 수시로 입·퇴원을 반복하던 아버지의 치료비는 온전히 나의 빚으로 남았다. 그래도 월세를 내며 객지 생활을 하는 것보다는 고향에 남는 게 나았다.

그녀는 같은 직장에 다니던 동료였다. 별로 말이 없는 여자였지만 업무로 자주 보다보니 자연스레 친해졌고 사사로운 문제까지도 조금씩 알게 되었다. 사십이 넘도록 혼자인 나에게 사람들은 자신들의 이야기를 곧잘 하곤 했다. 주로 푸념과 하소연이었지만 나는 주로 가만히 고개만 끄덕일 뿐 달리 하는 것은 없었다. 학교 다닐 때 친구들이 그랬고 직장에서는 동료들이 그랬다. 그녀도 가끔 소소한 집안일과 남편의 이야기를 했다. 그녀는 내가 말없이 들어주는 것으로도 속이 풀리는지 이런저런 말을 하고 나면 금세 얼굴이 밝아지는 것 같았다. 그 얼굴을 보며 짧지만 내 이야기를 한 것은 내가 그곳을 떠나기로 마음을 먹은 직후였다.

"나 여기 그만둘 거야. 혼자 사는 아버지가 몸이 안 좋아. 여기서 열심히 일한다 해도 별로 남는 게 없어. 평생 이렇게 살 수도 없고… 내 몸 하나도 참 힘드네."

그동안 고생한 얘기와 함께 이런저런 얘기를 하고 나니 가슴이 좀 뚫리는 것 같았다.

"갈 때 내 고양이 데리고 가."

그만두고 고향으로 내려간다는 말에 그녀는 못내 서운해 하면서도 잡지는 않았다. 외로울 나를 위해 고양이를 주겠다고 말하는 그녀가 눈을 찡긋하며 웃을 때, 내 감정은 살짝 의외였다. 얘가 나를 좋아하고 있나? 아니 연애는 무슨 얼어 죽을. 사실 내게 고양이를 주겠다는 건 결벽증이 있는 그녀의 남편 때문일 것이다. 그는 집안에 고양이털이 보이면 자주 고양이들을 창밖으로 던져 버린다고 했고, 이따금 그녀에게도 집을 나가라는 말을 했다고 한다. 그 문제 아니고도 그녀는 남편과 뜻이 맞지 않아 많이 힘들어 했었다.

3

가끔 그녀에게서 고양이가 잘 있느냐는 문자가 왔다. 사진이나 동영상을 찍어서 보내주면 곧바로 보고 싶다는 답장이 왔다. 내가 보고 싶은 건지 고양이가 보고 싶은 건지 알 수 없지만 나는 그녀가 보고 싶었다. 일하다가 소매를 걷어 올린 뽀얀 팔뚝을 보고 확, 끌어당겨 안아보고 싶은 충동이 생긴 적이 있었다. 가슴이 패인 블라우스를 입고 있어도 아무렇지 않던 그녀가 고양이를 안겨주며, 나라고 생각해, 했을 때는 감정을 확 도려내다시피 하지 않으면 안 되었다. 남편 있는 여자를 생각하면 어쩌겠다는 거야? 친구만으로도 감지덕지지. 굳이 마음을 쑤석거려 아파하진 않았다.

그녀는 마음껏 마당을 뛰어다니며 노는 고양이 동영상을 받고는, 언젠가 꼭 놀러 오겠다고 했다. 내 집에 오겠다고? 나는 웃었다. 날이 갈수록 허름해지는 이 집에서 이렇게 사는 내 모습을 보면 뭐라 할지, 뻔했다. 이게 뭐야. 도 닦니? 좀 꾸미고 살면 어디가 덧나냐?

고향 사람들은 덕담이나 되는 듯 다들 비슷한 말을 했다. 왜 아직 결혼 안 해? 빨리 결혼해야지. 한 살이라도 젊을 때.

오랜 객지 생활에서 돌아온 나를 그래도 동네 사람들은 반가워하며 그런 식으로나마 아는 체했다. 내가 고등학교까지 다녔던 곳이었다. 나를 알던 사람들은 대부분 노인이 되었고 동네 사람들은 거의 다 노인이었다.

어릴 적, 안방 문을 열고 마루에 서면 멀리 들판과 야산이 보였다. 연둣빛이 초록으로 변하고 다시 누렇게 바뀌었다가 다시 온통 흰 눈으로 덮이는 걸 보여주던 거대한 스크린이었다. 학교 미술시간의 풍경화도 그랬다. 흰 구름이 떠 있는 하늘과 그 아래에는 산을 그렸고 그 아래엔 집을 그렸다. 들판엔 미루나무가 군데군데 있었고 전선을 걸고 선 반듯한 전봇대 사이 이따금 논둑이 내려앉았는지 전봇대 하나쯤 비스듬히 서 있기도 했다. 나머지는 논이고 밭이고 풀이 무성한 도랑이어서 제일 먼저 닳아 없어지는 크레용은 언제나 초록과 연두색이었다.

여름방학 숙제로 낸 같은 반 아이들의 풍경화를 모두 바닥에 늘어놓은 것을 본 적이 있었다. 우리 동네 그리기의 미술과제였는데 교실 바닥에는 온통 초록이었다. 여름이라서 그랬을까. 지금도 나는 그때를 생각하며 멀리 내다보곤 했다.

요즘은 곳곳에 새로 들어선 건물이나 공사 중인 건물이 보였다. 오랫동안 살던 사람들은 땅을 팔고 도시로 나갔고 도시에서 살던 사람들이 속속 이곳의 새 아파트로 들어왔다. 이 동네도 신도심의 중심지에서 살짝 비켜간 외곽 지역이지만 그래도 팔 수 있는 땅이 있던 사람들은 대부분 팔고 고향을 떠났다. 동네를 지나는 길이 넓어지고 차가 많이 다닌다는 것 외에 팔 수 있는 땅이 없는 사람들에게 변한 건 아무것도 없었다. 여느 시골처럼 젊은 사람들이 아이들의 교육문제로 이곳을 떠난 동네였다.

신도시는 차를 타면 십분 거리지만 그곳과 이곳은 별세계였다. 신도시의 학교는 포화상태였고 이곳은 한 학년에 한 반도 채우기가 힘들었다. 몇 안 되는 아이들은 이곳의 평균연령을 낮추기 좋은 조손가정 아이가 여럿 있었다. 마을을 관통하는 새 도로는 밤늦도록 차가 다녔다. 주소가 바뀌고 집의 공시지가가 올랐고 부동산업자들은 동네를 구석구석 돌아다니며 흥정하고 다녔다. 그래도 산 아래 내 집을 눈여겨보는 사람은 아무도 없었다.

　도심과 같은 시로 편입되면서 오른 재산세는 공사장을 다니며 모을 수 있었지만 아직 갚아야 할 게 많았다. 낡은 집은 전보다 더 작아보였고 어두웠으며 환기도 잘되지 않았다. 내가 자랄 때는 지금처럼 불편하진 않았다. 이 방 저 방 다니며 술래잡기도 했었고 여럿이 둘러앉아도 불편하지 않았다. 어릴 때 다녔던 초등학교 운동장도 이제 보니 작기는 마찬가지였다. 최소한의 경비로 마당에 창고를 짓고 집도 손보기로 했다. 우선 창고를 짓기 위해 퇴근 후 틈틈이 기둥을 세우고 지붕을 덮었다. 꽤 괜찮은 공간이 생겼다. 오랫동안 객지로 끌고 다녔던 살림살이를 창고에 넣고 정리를 하니 깔끔했다. 안채만 수리하면 앞으로 지내기는 좀 수월할 것이었다.

　홀가분한 기분은 며칠을 가지 못했다. 누군가 집에 찾아왔고 그는 새로 지은 창고는 무슨 지역의 어떤 조항에 어긋난 불법건축물이므로 뜯지 않으면 벌금이 나올 거라고 했다. 그래도 그렇지. 애써 완공한 창고를 뜯으라니 화가 났다. 하늘을 조금 가렸다고 뭐가 잘못됐다는 것인지, 그는 수시로 항공촬영을 하면 다 알 수 있다는 말을 남기고 돌아갔다. 어쩔 수 없었다. 지붕을 뜯었다. 벽과 기둥을 그대로 두고 비닐로 위를 덮자 투명한 하늘이 그 위로 쏟아졌다. 뜯어낸 자재로 고양이 집을 짓고 나머지를 한켠에 쌓아 두자 그대로 고양이 놀이터가 되었다.

　일이 없어 쉬던 날, 까무룩 잠이 들었다가 갑자기 들리는 날카로운 소리에 잠을 깼다. 방문을 열어 보니 마당 한 구석에서 낯선 고양이와 대범이가 한데 엉겨 있었고, 미오는 근처를 맴돌고 있었다. 정신

없이 긴 대나무 빗자루를 찾아들고 길고양이를 쫓아버렸다. 제 영역을 우리 고양이가 차지하게 된 것인지 몰라도, 여기 이 집에 사는 이상 여기는 내 자리이고 내 고양이들의 영역이었다.

대범이는 귀와 목덜미에서 피가 났다. 녀석은 쉽게 진정하지 못했다. 여기서 제 영역을 만들려면 당분간 이런 혈투는 계속될 것 같았다. 대범이가 진정하기를 기다려 상처를 닦아냈다. 귀는 생각보다 많이 찢겨 있었다. 동물에게 발라도 되는지 알 수 없었지만 내가 공사장을 다니며 갖고 다니던 외상연고를 발라주고 반창고가 떨어지지 않게 여러 번 감고 꾹꾹 눌렀다. 그날부터 잘 보이는 현관 옆에 기다란 대나무 빗자루를 세워 두었다. 동네에는 이상하리만치 길고양이가 많았다. 어서 미오와 대범이가 새 터를 잡기를 바라며 당분간 녀석들의 발톱을 자르지 않기로 했다.

이웃 사람들은 고양이가 마당에서 말리던 생선을 물고 갔다거나 부엌을 뒤져 뭔가를 먹었다며 가끔 내게 항의하듯 말했다. 고양이 놈들 다 없애버려야 돼. 자식들 말야, 도둑놈도 아니고… 고양이 보면 앗 뜨거라 싶게 혼구멍을 내야된다니까.

하지만 나는 그러도록 보고 있을 수 없었다. 나의 두 고양이는 내내 사료를 먹었고 고양이 전용 간식만을 먹는 녀석들이었다. 어쩌다 내가 밥을 먹으며 내려놓는 고기나 생선은 입에도 대지 않았으므로 나는 당당했다. 그렇더라도 풀어 놓고 키우는 고양이가 이웃집에 갈지도 모를 일이어서 양해는 구할 필요가 있었다.

"우래 애들은 사료만 먹어요. 혹시 우리 애들 보면 때리지 마세요.

길고양이와 달라서 절대 비린 생선 같은 것은 건들지 않아요.”

워낙 동네 어른들에게 인사를 잘하고 종종 힘든 일도 거들곤 하는 나의 당부는 효과가 있었다. 그들은 이따금 고양이들이 다녀갔다는 말을 했지만 크게 나무라지는 않았다.

4

대범이의 부상 소식을 알게 된 그녀가 찾아왔다. 우린 돗자리를 들고 금강 둔치로 나들이를 갔다. 길고양이와도 잘 싸우지 않고 내 말도 잘 듣는 미오와 내가 붙여준 반창고를 죄 뜯어낸 대범이와 함께였다. 이따금 부는 바람에 긴 머리칼을 날리며 환하게 웃는 그녀를 보니 더운지도 몰랐다. 돗자리도 다 덮지 못하는 작은 나무 그늘에 자리를 깔았다. 멀리 다른 가족의 나들이 장면이 몇 보였다.

슈퍼마켓에서 사온 김밥과 고양이 전용 참치캔을 펼쳐 놓으니 우리도 가족 같아 기분이 묘했다. 이산가족 상봉한 듯 고양이와 그녀는 고삐 풀린 망아지처럼 풀밭을 쏘다녔다. 그동안 비가 오지 않아서인지 버석거리며 풀풀 먼지가 날아올랐다. 억척스러워서 억새라 했을까. 그 가문 날에도 조금씩 꽃대를 올리는 억새밭에서 때마침 불어오는 바람에 그녀의 머리가 흩어졌다. 역광으로 눈부신 주황 노을 바탕에 그림같이 서 있는 그녀를 찍고 또 찍었다. 억새밭을 휘저으며 뛰어 다니던 그녀에게 사진을 보여줬다. 가을 되면 더 멋있을 거야. 그녀는 조만간 또 오겠다며 환하게 웃었다. 둔치를 따라 넓은 강물이 수면 위에 물별을 뿌리며 느리게 흘러갔다.

166

"전에는 여기서 투망질을 했어. 어른들 따라다니며 물고기 잡는 것을 보곤 했지. 어른들은 피라미를 잡아서 된장을 찍어 먹고, 그 안주로 소주를 한 컵씩 비워냈어. 참, 오래된 일도 아닌데 옛날 얘기 같네."

"지금이라도 그림같이 살면 되잖아."

먼 하늘을 보다가 그렇게 말하는 그녀를 한동안 바라봤다. 뭔 말을 해야 하나. 대답이 궁해진 나는 가늘게 뜬 눈을 허공에 던졌다. 친구들과 들판에서 잡은 개구리나 메뚜기도 구워 먹던 곳이어서 더 없이 편했다.

서쪽의 야산 아래로 해가 꺾여 들어가자 우리는 가까운 중국집으로 갔다. 입술에 자장면의 흔적을 묻힌 채 깔깔거리는 그녀가 귀여웠다. 서울로 가려는 자동차 앞에서 그녀가 고양이를 가슴에 안고 말했다.

"엄마가 서울 갔다 올 동안 아빠 말 잘 듣고 있어야 돼. 알았지?"

"오잉? 하하하, 그래 여보 잘 다녀와."

또 보자는 말과 함께 창밖으로 손을 흔드는 그녀를 보며 나도 그 손이 보이지 않을 때까지 흔들었다.

이튿날 일을 마치고 집으로 가는 길에 고급 승용차가 대문 앞에 있는 집을 보았다. 시골에 흔하지 않은 그 차는 얼마 전에도 본 적이 있었으므로 심성 곱고 제법 살 만한 자식이 부모를 자주 찾는 것 같았다. 자주 찾아오지 못했던 아버지를 생각하며 집 앞에 서자 미오와 대범이가 피아노 건반을 구르듯 층계 아래로 내려왔다. 녀석들은 언제라도 내가 오기만 하면 그랬고 집을 나설 때는 계단 밑까지 따라 내려와 배웅을 했다. 다른 차가 지나도 그러나 싶었지만 녀석들은 특별히 내 트럭을 알아보는 거였다. 내 고양이, 나를 알아주는 고양이, 그녀를 알아줬을, 그녀의 사랑을 듬뿍 받았을 녀석들이 나는 정말 좋았다.

저녁 무렵 고양이 밥을 먼저 챙겨 주고 TV를 켰다. 입추가 지났는데도 여전히 더위가 물러가지 않는다는 뉴스와 함께 걸쭉한 녹조 위의 죽은 물고기가 화면에 보였다. 진한 녹즙을 연상하는 사이 밖의 스피커에서 소리가 났다. 각 가정에서 한 분씩은 마을회관으로 모이라는 동네 이장의 목소리였다. 새벽에 일을 나가야 하는 터라 갈까 말까 망설이다 밖으로 나갔다.

마당을 지나 계단을 내려가자 고양이들이 따라왔다. 들어가라며 두어 번 때리는 시늉을 한 후 길로 들어섰다. 조금 걸어가다 돌아보니 대범이가 소리 없이 내 뒤를 따라오고 있었다. 조그만 돌을 주워 던지며 집에 가라고 소리친 후 회관으로 가는 동네 안길로 접어들었다. 저녁 식사를 하는지 불이 환하게 켜진 어느 집에서 딸그락거리며 숟가락 부딪는 소리가 났다. 밥상에 둘러앉아 밥을 먹던 어린 시절을 생각하며 그 집으로 고개를 돌리자 어느새 내 뒤에 고양이가 있었다. 계속 따라오는 녀석들을 돌려보낼 수가 없었다. 할 수 없이 집으로 돌아가 트럭을 탔다. 차가 출발하자 계단 아래의 녀석들이 쫓아오지 않았다.

걸어서 십 분도 안 되는 회관에는 벌써 많은 사람들이 와 있었다.

대부분 노인들이었고 그 중 환갑을 갓 넘긴 이장은 젊은 편이었다. 아는 얼굴마다 허리를 굽혀 인사를 했다. 대부분 오래전부터 보았던 아버지 친구이거나 친구의 아버지였다. 자세히 보니 젊은 사람이 두 엇 보였다. 새로 이사 왔다는 그들은 낯이 설었다. 웅성웅성 모인 사람들은 이장이 앞으로 나와 인사를 하자 조용해졌다.

"오래전부터 농기구를 보관하던 마을 창고 아시쥬? 얼마 전에 산다는 사람이 있는디요. 이젠 농사지을 땅도 없는디 창고를 사겠다는 사람이 있을 때 팔아야 하겠습니다. 그리 진행할라구 하는디 반대하는 분이 계시믄 지금 말씀해 보셔유."

이장의 말은 그랬다. 오늘 회의는 그 건물이 매각이 되면 수익의 분배에 대해서도 의논해야 한다고 했다. 창고가 생긴 후부터 현재까지 거주한 사람들과 중간에 이사 온 사람들의 살아온 햇수를 감안해서 지급하는 게 좋을 것 같다고. 마지막으로 그는 최근 1년 이내에 타지로 이사한 사람들은 대상에서 제외하자고 했는데 이때 갑자기 누군가 큰소리를 질렀다. 실내가 일제히 소란스러워졌다. 그는 그럴 수 없다며 이장 맘대로 했다가는 가만있지 않겠다고 성깔을 돋우었다. 낯선 젊은이였는데 이장 말로는 내가 다녔던 학교의 까마득한 후배라고 했다. 그의 부모는 이곳에 오랫동안 살다가 많은 보상을 받고 타지로 떠났다. 한동안 지분과 기여도에 따라 제 몫을 달라고 목소리를 높이던 그는 법대로 하겠다며 문을 박차고 나갔다.

출입문 가까이 어정쩡하게 서 있던 내 앞을 지나 그는 회관건물 바로 앞의 자동차에 거칠게 올라탔다. 출발하기 전 몇 번의 악셀레이터를 밟아 굉음을 내다가 떠났는데 그 자동차는 며칠 전 내가 퇴근길에 보았던 값비싼 자동차였다.

5

트럭이 집 앞에 다가가자 고양이들이 내려왔다. 돌멩이가 물위를 날며 물수제비를 뜨는 것처럼 최소한의 지표면을 날듯이 뛰어 내려왔다. 한 마리씩 발등에 올라타고 비벼댔다. 제법 무거워진 고양이를 양팔에 끼고 계단을 오르며 생각해 봤다. 내게도 돌아올 돈이 있을까.

자신의 지분을 인정해 달라는 사람이 이장을 찾아가 몇 번의 다툼이 있고 난 후에도 이장은 대차게 일을 추진했다. 가끔 가진 사람이 더 한다는 말을 하던 이장은 수 년전 호된 객지 생활을 접은 뒤 고향에 돌아와 살고 있는 고향 선배로 내게 공사장 일을 소개해준 사람이었다.

창고는 좋은 값으로 어느 회사에 팔렸다고 했다. 지분을 요구하던 사람은 이장에게 두고 보자고 욕을 하며 마을을 떠났다. 그가 떠난 다음 날 잔뜩 녹이 슨 농기구만 몇 있던 창고의 한쪽 모퉁이가 심하게 부서져 있었는데 동네 사람들은 어차피 허물 건물이라며 아무도 신경 쓰지 않았다.

그 건물의 매매가가 얼마인지 모르지만 내 통장에는 얼마간 들어왔고 대대로 살던 아랫집 어르신은 천만 원 가까이 받았다고 했다. 신기했다. 여태껏 일하지 않고 돈을 받아본 적이 없었던 나는 통장을 한참이나 들여다보다가 고양이 사료와 간식 두 달분을 주문했다.

요즘 내가 하는 일은 담을 쌓는 일이다. 좀처럼 가시지 않는 더위에 웃통을 다 벗어도 덥고 얇은 옷을 입어도 더웠다. 경계선을 따라 도랑을 파고 그 위에 튼튼한 담을 쌓았다. 매일 빨갛게 달아오르던 몸은 허물을 벗으며 붉은색으로 되었다가 갈색으로 변했다. 며칠 있으면 일이 끝나는 이곳은 서울에 있는 어느 부자가 주인이라고 했다. 땅이 얼마나 넓은지 건물을 지으려면 한참은 더 지어야 할 것 같았다. 나는 앞으로도 일거리가 있으면 꼭 데려가 달라고 십장에게 이미 부탁해 놓았으므로 이렇게 삼사 년만 일을 한다면 빚은 어느 정도는 갚을 수 있을 것이다.

날마다 새로운 경계가 세워졌다. 인부들은 대부분 나처럼 변두리 사람들이었지만 이곳 사정에 밝았다. 여기가 누구의 밭이었으며 주인은 졸부가 되어 이곳을 떠났고, 지금은 뭔가를 하며 제법 잘 나가는 중이라고 했다. 땅 부자와 돈 부자가 서로 자리를 바꾸었고 우린 약간의 콩고물로 일감을 얻은 거라는 말에 내가 피식 웃으며 아버지를 떠올리는 사이 누군가 우리 조상은 뭘 했는지 모르겠다며 크게 한숨을 쉬었다.

공사장은 집에서 얼마 되지 않았다. 집에서 가깝고 일찍 끝나는 일이라 힘들어도 할 만했다. 가끔 일이 끊기는 일이 있지만 그런 날은 늦잠을 자고 뒷산에 다녀왔다. 어딜 가도 따라오는 고양이들은 요즘 살이 많이 쪘다. 동네 사람들은 그 애들이 주인을 닮았다고 놀리곤 했지만 나는 좋기만 했다. 산에 다녀오는 날이면 고양이는 배를 바닥에 깔고 누워 잘 움직이지 않았다. 내가 녀석들의 왼쪽으로 가면 왼

쪽으로, 오른쪽으로 가면 오른쪽으로 머리를 돌릴 뿐 일어나지 않았다. 누워 있는 사진을 찍어 그녀에게 보내면 바로 답장이 왔다. 크크크, 뚱보 삼형제 또는 꿀꿀꿀.

쉬는 날은 반갑지만은 않았다. 늦잠을 자서 좋지만 같이 보낼 만한 친구들과도 시간이 맞지 않았다. 십장은 공휴일에 쉬고 싶으면 공무원을 하라며 공휴일에 나오지 않는 사람은 다음 일감이 있을 때 연락하지 않겠다고 했다. 그는 꽤 많은 공무원과 건물주를 알고 있는 것 같았다. 놀고 싶지 않아도 놀아야 하고 일하기 싫은 때도 일해야 하는 직업. 남들이 말하는 막일꾼의 특성에 따라 나는 점점 친구들과 멀어졌다.

공사 완공 날짜에 맞추느라 다소 늦게 집에 온 어느 날. 미오는 있는데 대범이가 보이지 않았다. 이름을 부르자 어디선가 울음소리가 들렸다. 아랫집에 있나 싶어 가보니 없다. 지난겨울 야트막한 앞집 굴뚝을 통해 들어갔던 녀석이 아궁이에서 나온 적이 있기도 했다. 혹시나 하여 아궁이도 봤지만 그나마 들리던 소리는 더 작게 들려왔다.

미오는 내 뒤를 따라 다녔다. 대범이의 원래 이름은 마오였다. 만화영화에 나온 이름이었는데 말야, 마오라고… 얘가 겁이 너무 많아서 대범해지라고 바꿨어. 그녀가 그랬었다. 내 손에 오기 전 마오의 이름은 대범이었다. 이름을 부르면 어디선가 여전히 야옹거리는 소리가 들렸다. 가만히 소리 나는 곳으로 귀를 기울였다. 그건 하늘에서 들리는 소리였다.

혼자서 하늘 보고 한참을 웃었다. 마당가 은행나무 꼭대기에 대범이가 있었다. 최근 깎지 않은 긴 발톱으로 올라가긴 했는데 내려오지 못하는 것 같았다. 어쩌자고 올라갔을까. 피곤했지만 그리 놔 둘 수는 없었다. 요즘 약간 빠지기는 했어도 내 몸무게는 백 킬로그램이 넘었다. 집안 형편이 기울 때마다 조금씩 불어난 몸무게는 아버지의 병세가 악화되면서 급속도로 불어났다. 나무에 오르는 것은 아주 어릴 때 말고는 해 본 적이 없었다. 더구나 겁먹은 고양이를 안고 한 손으로 내려온다는 것은 말도 안 되는 일이었다.

우선 사다리를 놓고 올라갔다. 하지만 꼼짝도 하지 않는 대범이에게 가려면 사다리 끝에서도 한참을 더 올라가야만 했다. 대범이는 나뭇가지를 잡고 쉽게 놓지 않았다. 등을 잡아 올리면 등가죽만 길게 늘어났다. 녀석은 잔뜩 겁을 먹고 있었다. 겨우 발을 떼어 아래의 나뭇가지에 내려놓고 조금 내려와 똑같이 하기를 반복했다.

한참만에야 땅에 내려온 나는 공사장에서 일할 때보다 더 땀에 젖었고 다리가 후들거려 서 있는 것조차 힘들었다. 고양이 앞에 주저앉아 나무꼭대기와 녀석을 손가락으로 가리키며 야단을 쳤다. 고양이가 젤 아파하는 데가 코라고, 그녀는 교육을 시키고 잘못했을 때는 제일 아픈 코를 때려 혼내줘야 한다고 했다. 딱밤 때리기 하듯 녀석의 코를 손가락으로 튕겼다. 눈을 끔쩍이며 고개를 돌리는 머리를 잡아 재차 교육을 시켰다. 너, 절대 올라가면 안 돼. 떨어지면 죽는다. 알았어? 또 그럴 거야? 다른 놈 간다고 아무 놈이나 저런 데 올라가는 거 아니다. 고양이라도 첨부터 다 가는 거 아니다. 녀석은 자기가 혼나는 것을 아는 것처럼 몸을 움츠렸다. 고양이를 앞에 놓고 대답을 기다리

듯 다그치는 나를 누군가 보았다면 참 우습겠지만 나는 녀석이 내말을 잘 알아들었을 것 같았다.

내려오지도 못할 나무를 뭐 하러 올라갔을까. 갑자기 올라가지 못할 나무는 쳐다보지 마라는 말이 생각났다. 나는 어렸을 때부터 부모님 말씀뿐 아니라 동네 어른들 말도 잘 들었다. 높아 보이는 것은 아예 오를 생각도 하지 않았다. 그래서 착한 건지, 착해서 그런지 내 삶도 늘 아래에서 맴돌았다. 오랜만에 나무를 타서 그런지 구석구석 온몸이 쑤셨다.

6

피곤했던 그 날 밤. 더 달게 잠을 잔 나는 평소보다 일찍 일어났다. 팔다리가 쑤셨지만 공사장으로 향했다. 얼마 지나지 않아 버스정류장에 사람들 여럿이 모여 있는 게 보였다. 아직 뜨겁지도 않은데 모두들 모자를 쓰고 있었고 손에도 뭔가를 들고 있었다. 그 앞을 지날 때 누군가 손을 들어 차를 세웠다. 가까이 보니 그들은 이웃동네 어른들이었고 그 중 몇은 나를 알아보았다.

"벌써 일 나가냐? 야야, 성수동 한전까지만 같이 가자."

난감했다. 좌석은 많이 태워야 두 명인데 타야 하는 사람은 열 명이 넘었다. 그들은 트럭을 경운기로 아는지 대답도 듣지 않고 적재함에 올라타려 했다. 잠시 망설이다 차에서 내린 나는 앞좌석과 적재함에 그들을 모두 태웠다. 어차피 성수동 한전은 일하러 가는 길목에 있었다. 모두 나이가 많은 노인들이라 일일이 부축하거나 들어 올려

태워야만 했다. 바닥에 앉은 그들에게 차체를 잡거나 옆 사람을 잡으라고 당부한 나는 경운기 가는 속도만큼 달렸다. 잘 닦인 도로지만 중심을 잘 잡지 못하는 노인들을 적재함에 태운 채 자동차처럼 내달릴 수는 없었다.

운전석 옆자리에 함께 탄 노인은 일행 중 가장 나이가 많은 것 같았다. 구김 하나 없이 말끔한 모시옷을 입은 그는 언뜻 봐도 기품이 있어 보였다. 가만히 있을까 하다가 말을 꺼냈다.

"어르신, 한전엔 뭐 하러 가셔유?"

"우리 동네에 송전탑을 세운다잖아."

그는 가는 동안 설명을 했다. 한창 건설하는 신도시 때문에 동네에 송전탑을 세우려 한다는 것이다. 이미 노인들이 대부분인 동네지만 건강이 좋지 않은 사람들까지 지팡이를 짚고 모이는 것을 보면 모두들 화가 많이 난 것 같았다. 며칠 전 주민들이 반대한다며 집회하는 것을 TV뉴스에서 잠깐 본 것이 생각났다.

한전 사무실 앞 주차장에 차를 세웠다. 이미 한 무리의 노인들이 도착해 있었는데 그들은 수건 위에 모자를 쓰고 빨간 띠를 두르고 있었다. 나는 한 사람씩 안아서 내려 주고 지팡이와 피켓도 챙겨 주었다. 먼저 와 있던 누군가 빨간 띠를 하나씩 나누어 주었다. 주차장 바닥에 모여 앉은 사람들 옆으로 넥타이를 맨 직원들이 하나둘 출근하고 있었다. 직원들은 흘끔거리며 뛰다시피 그들 곁을 지나갔고 건물 안으로 들어간 직원은 아무도 나오지 않았다. 그늘에 있어도 바깥은 너무 더운 날이었다. 나는 마지막으로 내린 할머니에게 인사를 하고 차에 올랐다.

"엄니, 아무리 더워도 모자는 꼭 쓰셔유."

고향 어른을 보면 저절로 고향 말이 나오는 내가 조금 우스워졌다. 고향이니 고향 말이 나오는 것이 당연하잖아. 오랜만에 돌아온 고향이라 어색했지만 이제 이 동네든 저 동네든 다 한동네이고 내 고향 같기만 했다. 주차장에 모여 앉은 그들을 바라보며 잠시 어제 저녁 고양이를 혼내던 때를 생각했다. 함부로 다니지 말고 가만히 있으라는 말, 말이 되는 거야 뭐야. 고양이에게 올라가지 말라고? 이제 고놈의 발톱을…….

"송전탑이 웬 말이냐! 누굴 위한 한전이냐!"

주차장을 빠져 나와 큰길로 들어설 때까지 구호가 들려왔다. 이장이 구호를 선창하면 노인들이 따라했다. 외치는 소리와 박자가 제각각이었고 기계처럼 들어맞는 도시의 집회와는 사뭇 달랐다.

7

여름 내내 들판에서 바람에 팔랑이던 현수막이 찢어져 훌쩍 자란 억새를 덮고 있었다. 그 길로 빨간 머리띠를 한 무리가 꽹과리와 북을 든 채 걸어가고 있었다. 그 옆을 지나 달리면 금방 도착할 공사장으로 향한 지 십 분이나 지났다. 갓길에서 서행하는 내 차를 지나 신도심으로 출근하는 차량들이 휙휙 바람을 갈랐다.

느릿느릿 움직이는 차 곁으로 절반이나 타버린 오래된 가로수가 보였다. 가로수가 말라 죽는 건 처음 보는 일이었다. 어릴 적 보았던 버

짐나무였다. 커다란 손바닥 모양의 잎을 가진 나무뿌리가 가다가 막
혔을까. 길을 따라 새로운 수로를 내고 건물을 지으며 쏟아 부은 시
멘트가 뿌리를 굳혔을까.

내가 다녔던 초등학교의 붉은 건물이 보였다. 여름이면 언제나 담
쟁이덩굴로 푸르게 덮여 있어 초록 건물로 알았을 뿐 그곳이 붉은 벽
돌로 지어진 것이었는지 기억이 잘 나지 않았다. 가까이서 보니 이미
타버린 담쟁이가 거미줄처럼 빈 건물을 싸안고 있었다. 수많은 줄기
가 코바늘처럼 한 땀 한 땀 벽에 뜨개질하듯 오르다 수명을 다한 듯
보였다. 완벽한 풍장이었다. 이 위로 초고압선이 지나간다는 말인가.

가게가 보였다. 작은 가게지만 낚시꾼들과 억새를 보러 오는 사람
들이 이용하던 곳이었다. 옆의 공터에 차를 세우고 담배에 불을 붙였
다. 깊이 내쉬는 담배 연기가 창문을 빠져나가 허공으로 흩어졌다. 내
가 연기를 뿜을 때마다 무엇이든 수용할 듯 깊고 푸른 하늘이 말갛
다가 뿌옇다가 다시 말개졌다. 하늘에서 햇살이 막 쏟아지고 있었다.
저만치서 억새밭을 흔들던 한 무리 새떼가 날아오르자 머릿속이 조
금 맑아지는 것 같았다. 날아라, 훠어이. 눈이 계속 새떼를 따라갔다.
날던 새떼가 다시 또 다른 억새 위로 내려앉았다.

십장에게 전화를 걸어 몸살이 났다고 했다. 그리고 그녀에게 문자
를 날렸다. '여기 억새꽃이 만발했어.'

지갑을 털어 간식과 생수를 사고 가게 앞에 있던 파라솔도 빌렸다.
부우웅붕붕, 오른발에 힘을 주자 화르르 황토가 날아올랐다.

퍼즐 맞추기

퍼즐 맞추기

퍼즐 맞추기

닥닥, 인중을 밀던 손을 그대로 멈춘 채 그는 가늘게 뜬 눈으로 거울 속을 응시했다. 얼굴의 절반이나 하얀 칠을 한 남자가 면도기를 쥔 채 마주보고 있었다. 얼핏 앰뷸런스의 다급한 소리가 들리는 것 같아 귀를 곤두세웠지만 덜 잠긴 샤워기가 떨어뜨리는 물방울 소리만이 욕실의 정적을 깨웠다.

그는 다시 움직였다. 맹꽁이 울음보같이 부푼 볼 가운데에 밀대를 밀고 지나간 눈밭처럼 금세 붉은 길이 났다. 목울대에 이르자 손이 빠르게 움직였다. 얼굴에 있던 거품이 거의 사라지자 그는 뺨을 쓰다듬으며 거울 속 남자를 찬찬히 뜯어보았다. 눈두덩이 들어가고 볼이 푹 꺼진 얼굴. 거의 한달 만에 보는 거였다.

아내는 수염이 덥수룩한 그의 얼굴을 좋아하지 않았다. 이곳을 다녀간 아내가 방학이 되면 오겠다고 한 것이 벌써 한 달 전이고 그 다음날부터 수염을 깎지 않았으니 전기면도기로는 어림도 없는 일이었다. 푸르스름한 턱과 구레나룻을 다시 한 번 어루만졌다. 걸리는 거 없이 매끄러운 감촉을 느끼며 면도기를 씻어 제자리에 꽂았다. 외출도 거의 하지 않는 그는 아내가 오는 날이면 언제나 말끔히 면도를 했다.

다시 소리가 들렸다. 앰뷸런스 소리였다. 방금 아파트 안으로 들어왔는지 급박한 소리가 더 크게 울렸다. 언제 들어도 가슴이 뛰는 소리다. 그는 세수를 하려다 말고 베란다로 나가 아래를 내려다보았다. 하지만 밖은 아무런 소란도 없었다. 뜨거운 태양 아래 말매미가 시끄럽게 울고 있었고, 지나는 사람의 양산만 꽃잎처럼 떠 있었다.

그는 다시 욕실의 거울 앞에 다가섰다. 수염을 말끔히 밀어서 그런지 아까보다 훨씬 젊어 보였지만 미간에 주름이 몇 개 보였다. 벌써 주름이 생기다니. 어쩐 일이야. 어제, 일주일 전, 한 달 전으로 거슬러 올라가다 그는 머리를 세차게 흔들었다. 뭔가 골똘히 생각을 하려고 집중하면 머리가 아파왔고 그 때문에 생긴 습관이었다. 최근에는 생각하기 싫은 것들을 곧잘 머리에서 비워냈다. 밥 세끼는 꼬박 챙길 수는 있지만 일상이 허물어져버릴 때가 많았다. 밖에는 나가기 싫어서 차는 진즉에 팔아 버렸고, 아주 가끔 밖에 다닐 일이 생기면 전화로 택시를 불렀다. 하지만 머리 비우는 일이란 평생 해오던 일과는 무관했다. 이를테면 그림을 그리는 일. 그런 것은 머리를 아무리 비워내도 변함없이 생각났다. 점차 거울 속에 있는 자신의 얼굴이 이방인처럼 느껴졌다.

아무리 세월이 빨리 간다 해도 미간에 벌써 내천 자를 그리다니. 게다가 귀밑머리가 희끗한 것이 여간 신경 쓰이는 게 아니었다. 앞머리에 젤을 조금 발라 절반은 옆으로 넘기고 나머지로 이마를 가렸다.

그는 화장실에서 나와 베란다의 빨래 건조대에 널려있는 청바지를 걸었다. 거실로 들고 온 청바지는 잘 마른 명태처럼 뻣뻣했고 통이 꽉 끼어 좀 불편했다. 하지만 곧 부들부들해질 것이므로 다리를 넣고 허리를 채웠다.

정각 네 시. 아내를 태운 버스가 도착하려면 아직은 시간이 남았다. 오후 다섯 시에 아내가 탄 시외버스가 터미널에 도착할 것이다. 그는 운동 삼아 걷기로 하고 현관문을 나섰다. 천천히 걸어도 버스 터미널에는 여유 있게 도착할 것이다. 1층을 누르고 잠시 승강기 앞에 서 있자 문이 열리며 옆집 여자가 나왔다.

"안녕하세요? 오랜만이네요. 오늘은 총각 같으세요. 어디 가세요?"

"아 네. 집사람 마중 나갑니다."

여자는 눈을 동그랗게 뜨는가 싶더니 이내 평온한 얼굴이 되었다. 시장을 다녀온 듯 여자의 바퀴 달린 장바구니에는 검은 봉지들로 가득 차 있었다. 저렇게 비닐봉지를 많이 쓸 거라면 장바구니를 뭐 하러 가져가나 바보같이. 그녀의 허리는 굵은 타이어 하나를 감춘 듯 불룩했다. 승강기에 들어서자마자 그가 고개를 까딱이며 얼른 닫힘 버튼을 눌렀다. 불쏘시개 같은 그녀의 사자머리가 문 밖으로 사라지자 그는 거울을 보며 옷매무새를 가다듬었다. 문이 닫히며 여자는 분명 무어라 말을 했지만 아저씨라고 시작한 다음 말들이 문에 잘려 듣지는 못했다. 미처 타지 못한 말 꼬리는 아마 승강기가 오르내리는 어둠속으로 곤두박질치고 말았겠지만 어차피 내용 같은 건 궁금하지 않았다.

　1층에 내리자 화단에서 잡초를 뽑고 있던 흰머리의 경비가 허리를 펴고 인사를 했다. 온화한 미소를 짓고 있었지만 환한 얼굴은 아니었다. 밖을 나갈 때마다 조심해서 잘 다녀오라는 지나친 친절이 갈수록 불편해졌다. 돌아보지 않아도 경비가 한동안 자신을 지켜보고 있다는 걸 그는 느낌으로 알 수 있었다. 이웃들은 한결같았다. 아주 가끔 외출하는 것을 보기라도 하면 건물 모퉁이를 돌아 모습이 보이지 않을 때까지 그의 등짝에서 시선을 떼지 않았다. 부담스럽긴 하지만 잦은 외출이 아니므로 그는 사람들의 그런 오지랖을 모른 척했다. 아내와 함께 있을 때 모르는 사람들은 더 했다. 여자가 너무 젊어 보이는데? 혹시 이상한 사이 아냐? 그런 수군거림을 들은 적은 없었지만, 이사 온 첫날부터 바라보는 눈빛이 좀 그랬다. 하지만 그들의 이상한 친절과 관심은 아무래도 좋았다. 이웃이 친절하든 말든 오늘은 한동안 떨어져 지내던 아내가 집으로 돌아오는 날인 것은 확실하니까.

　성큼성큼 화단 앞을 지나갔다. 배롱나무는 연한 핑크와 진한 핑크 꽃을 가지마다 한 움큼씩 매달고 있었고, 깻잎 같은 잎을 가진 수국은 하늘빛과 연핑크의 꽃 덩이를 무성히 키우고 있는 중이었다. 아내는 수국을 좋아했다. 언젠가 그는 수국이 환하게 핀 그림이 있는 인견 블라우스를 아내에게 사 준 적이 있었다. 마음에 들었는지 여름만 되면 아내는 그걸 입고 다녔다. 소담스럽게 불룩한 가슴 위의 수국에 나비가 곧장 내려앉을 것 같은 그 모습은 너무나 아름다웠다. 수국만큼이나 좋아하는 꽃이 하나 더 있었다. 넝쿨장미였다. 언젠가 단

독주택에 살면 하얀 나무 담을 세우고 빨간 넝쿨 장미로 장식하자고
했었다.

걸음을 재촉하여 큰길과 닿은 아파트 담 자락을 따라 걸었다. 담장
에는 베란다에서 내려다보던 붉은 넝쿨 장미가 노랗고 키 작은 꽃술
을 보이며 꽃잎을 뒤집는가 하면, 이제 막 피어오르는 봉오리가 꽃잎
을 앙다문 채 촛불처럼 삐죽이고 있었다. 도로는 따가운 햇살에 한창
달아올라 있었다. 이글거리는 아스팔트 표피에 꼬물거리는 환형동물
이 파고드는 것 같았고, 그 위를 지나는 자동차는 더운 숨을 뿜어내
며 지나갔다. 길게 몰려다니던 차량의 행렬이 뚝 끊어지면 자동차 소
리에 먼 허공으로 밀렸던 매미소리가 도로에 분주히 내려앉았다.

맴맴맴맴 일정한 속도로 울던 매미가 어느 순간 숨넘어갈 듯 울어
댔다. 어느새 그는 느릿한 걸음을 고쳐 걸으며 심박수가 빨라짐을 느
꼈다. 앵앵앵앵 이분의 일 박자로 빨라진 소리가 길게 꼬리에 톤을 높
이며 그를 따라왔다. 어떤 절박한 심정이 되어 빨리 걷던 그는 커다란
경적을 울리며 지나는 화물차에 퍼뜩 고개를 들었다. 차도 가까이 가
던 그가 땀을 훔치며 고개를 들자 매미는 다시 종전의 속도로 울다
쉬고 울다 쉬었다.

걸어서 버스터미널에 도착한 뒤에도 아내가 도착하려면 아직 이십
여 분 남았다. 나른한 오후의 대합실은 다른 날보다 많이 북적였는
데 휴가를 떠나려는 여행객들의 커다란 배낭들이 곳곳에서 보였다.
그들은 선글라스를 낀 채 원색의 모자를 손에 들고 서성이거나, 소리
가 잘 들리지 않는 텔레비전을 힐끗거리며 휴대전화를 만지작거렸다.

잠시 아내가 도착할 곳으로 고개를 돌린 사이, 간헐적으로 들려오던 웃음과 함께 사람들의 말소리가 뚝, 끊겼다. 이어 산발적으로 들리는 탄식과 함께 실내는 짧은 침묵 속에 가라앉았다. 그는 앉아 있던 사람들마저 일어나 일제히 바라보는 어느 한 곳을 바라보았다.

일순간 적막에 든 대합실을 둘러보았다. 벙어리매미같이 벽에 붙은 텔레비전에서는 휴가철 여행객을 가득 태운 고속버스와 대형트럭 간 추돌 사고를 속보로 전하는 중이었다. 대형 사고가 난 것 같았다. 누군가 다가가 볼륨을 키우려 하는 것 같았지만 잘되지 않았다. 화면에는 경찰차와 견인차 그리고 앰뷸런스 여러 대가 서로 엉겨 있었다.

조금 떨어진 곳에서 그는 자기의 멱살을 잡았다. 머릿속이 하얗고 몸이 떨렸다. 볼륨을 높이지 못하자 사람들은 텔레비전 앞으로 모여들었다. 벙긋거리는 입을 보고 무슨 말을 하는지 구태여 듣지 않아도 화면 가득한 사고 현장은 거기 있는 모두의 이목을 집중시키기에 충분했다. 아이고, 저걸 어째, 세상에, 쯧쯧쯧 이런 소리가 여기저기에서 들려왔다.

몇 명은 죽었겠는데, 하는 소리를 들으며 그는 몸을 떨었다. 안돼, 그가 내지르는 외마디 소리에 몇 사람이 돌아봤다. 화면을 가득 메운 사고 현장에서는 부상자를 태운 앰뷸런스 몇 대가 경광등을 번쩍이며 떠났다. 삐뽀삐뽀 소리가 그의 머릿속으로 들어왔다. 앰뷸런스가 주변에 있는 차량에 막혀 잠시 주춤거렸다. 손가락을 머리카락 속에 찔러 넣고 머리를 흔들던 그가 다시 비키라고 외치자 누군가 다가왔다. 아는 사람이 저기에 탔느냐고 물었다. 그는 숨을 헐떡였다. 다시 괜찮아요? 하고 물었다. 그 사람은 자막에 나오는 사고 차량의 노선을 그에게 읽어주며 또 물었다. 아는 사람이 저기 탔느냐고.

한동안 떠 있는 화면 아래 자막을 한 자 한 자 자세히 읽어 보던 그는 아내가 탄 버스와 노선이 다르다는 걸 알았다. 잠시 안도의 숨을 내쉬며 화면에서 눈을 떼지 못한 그에게서 앰뷸런스 소리가 차츰 잦아들었다. 교통사고 속보가 끝나고 멈추었던 예능방송이 다시 이어졌지만 가슴이 아리고 개운하지 않았다. 그는 즐겨 보지도 않는 예능방송을 한동안 멍한 얼굴로 바라보다 무언가 지나며 툭, 다리를 건드리는 바람에 정신이 들었다. 시계를 보니 버스의 도착 시간이 가까웠다.

잠시 버스의 하차장이 잘 보이는 의자에 앉아 멀리 창밖을 보았다. 유리창 너머 먼 곳에 하늘과 맞닿은 먼 산이 멍처럼 퍼렇게 보였다. 휴가철이라 그런지 별로 내세울 것도 볼 것도 없는 이 도시에 도착하는 버스는 그리 많은 사람들을 내려놓지 못했다.

바닥이 기름으로 몇 군데 검게 번뜩이는 하차장에는 역한 냄새와 매연으로 구역질이 났다. 버스는 후끈한 열기를 길게 뿜으며 정시에 도착했다. 버스의 문이 열리자 시원한 에어컨 기운과 함께 사람들이 내리기 시작했다. 첫발을 내딛는 그들은 하나같이 얼굴을 찡그렸다. 맨 끝에 아내가 있었다. 촘촘히 짙어가는 시선이 아내와 마주치자 그가 손을 흔들었다. 미소를 지으며 미소를 짓는 아내는 연한 핑크 바탕에 커다란 하늘색 수국 무늬 원피스를 입고 있었다. 마지막으로 아내가 내렸고 함께 트렁크를 꺼냈다.

택시를 기다리며 서 있는 동안 그는 아내의 손을 꼭 잡았다. 언제나 한손에 다 들어오던 손이 차가웠다. 아내는 버스 안이 추울 정도라고 했다. 민소매인 어깨를 감싸자 아직도 서늘한 맨살이 부드럽게 만져졌다. 순간 아내가 움찔하는 것 같았다. 아내가 감기라도 걸릴까 근심스런 얼굴이 되어 다시 손을 잡았다. 아내는 좀 어색한 미소를 지으며 말했다.

"아빠 잘 지냈지? 오늘 정말 멋진데?"

긴 생머리를 찰랑거리며 아내가 말했다.

"무슨 말씀. 우리 미라가 더 멋진 걸. 다들 아가씬 줄 알겠어. 그리고 자꾸 아빠라고 하지 마. 그게 뭐야 애들도 아니고."

"그럼 뭐라 할까?"

"여태 부르던 대로 불러. 자기도 좋고 오빠도 좋고 여보도 좋아. 새삼스럽기는."

"음. 그럼 난 상순씨로 할래. 이름은 자꾸 불러야 좋은 거래."

"그래? 그동안 잘 지냈어. 미라씨? 하하하…."

아내는 어색한 미소를 지으며 요즘 컨디션은 어떠냐고 물었다. 그는 기분이 좋았다. 이쪽을 힐끔거리는 주변 사람들이 보거나 말거나 오늘만큼은 더 이상 좋을 수 없는 최고의 날이었다. 택시는 경비실 앞에 그들을 내려주고 정문을 빠져나갔다. 아내가 경비에게 인사를 하자 경비가 말을 받았다.

"어서 와요. 오랜만이네. 별일 없지?"

그는 경비의 말이 불쾌했다. 왜 말을 올렸다 내려. 자기가 아무리 나이가 많아도 그렇지 남의 여자한테 말야. 하지만 그의 생각은 밖으로 새어나가지 않았고 경비는 여전히 특유의 미소를 지어 보였다.

현관문을 열자 집에서는 린시드 냄새가 몰려왔다. 외출하기 전 집 안 정리를 하느라 화구들을 방으로 몰아넣었지만 여전히 눌러앉은 냄새는 어쩌지 못한 것 같았다. 반쯤 열어둔 창문을 활짝 열자 후끈한 바람이 들어왔다. 그는 여름이 되어도 찬물로 샤워를 하지 못하는 아내를 위해 보일러의 온수 버튼을 눌렀다. 서울에서 교사로 있는 아내는 날이 가도 여전히 어려 보이고 예뻤다. 그야말로 세월과 무관한 듯 미소 짓는 그 얼굴을 보면 그 누구라도 함께 웃지 않을 수 없을 것이다. 거실 벽에는 그런 미소를 머금은 아내의 초상화가 오래전부터 걸려 있었다.

샤워를 마친 아내가 어느새 트레이닝복으로 갈아입고 거실로 나왔다. 그가 건네는 냉수 한 잔을 들고 수건으로 머리를 감싼 아내가 자신의 초상화를 빤히 올려다보았다. 한참을 바라보던 아내는 아무 말이 없었다. 한동안 흐르던 정적을 매미가 큰 울음으로 깨웠다. 소리를 따라 둘은 베란다로 고개를 돌렸다.

오래된 아파트라 그런지 아파트 단지는 오래된 나무가 많았다. 담장 옆 키가 큰 측백나무는 자꾸만 기울어 뿌리는 안에, 몸은 대부분 밖으로 나가 있었다. 화단에 있는 백일홍도 남향인 주차장 쪽으로 점점 기울어 해마다 자라는 남쪽 가지는 번번이 잘리고 말았다. 물론 관리사무소에서 하는 일이지만 전지작업을 하는 날이면 빤히 내려다보며 이번엔 이쪽 다음엔 저쪽 차례임을 눈으로 어림하곤 했었다. 그다지 씨알이 굵지 않은 감나무는 가을이면 그 아래 떨어지는 홍시로 질펀한 얼룩을 만들기까지 누구의 손도 타지 않았지만 씨알 굵은 대추나무는 추석이 임박하면 어느 틈에 몽땅 털리곤 했다.

지금 울어대는 저 매미소리는 베란다 바로 아래에 있는 백일홍 나무에서 날 것이었다. 그는 대화를 방해하듯 거실을 가득 채운 울음을 너그러이 들어 주었다. 매미소리에 신경을 쓰는 사이 다시 그림을 보고 있던 아내가 물었다.

"요즘은 주로 뭐하고 지냈어?

"뭐 별로. 음, 요즘은 왜 그렇게 사고가 많은지 모르겠어. 앰뷸런스가 너무 자주 다녀. 너무 자주 다녀서 얼마나 시끄러운지 뭘 집중하기가 좀 그렇다니까."

"그랬구나, 아 개운해. 씻으니 좀 살 것 같네. 오랜만에 내가 좋아하던 아빠 옛날 얘기 좀 들어볼까?"

"뭐야, 오자마자 또 그 얘기 타령이야?"

"다 까먹은 거야?"

"별로 오래된 일도 아닌데 아무려면 그때 일도 생각이 안 나려고? 어제 일처럼 생생한데."

"진짜? 그럼 해줘봐. 난 그 얘기 들을 때마다 그 시절로 돌아간 것 같아서 참 좋아. 연애하는 기분이거든."

언제부턴가 아내는 종종 예전의 이야기를 해달라고 했다. 같은 이야기를 해도 아내는 곧잘 즐거워했고 그럴 때마다 그는 귀여운 아내의 반응을 보는 것이 더 즐거웠다. 유치하다며 관두려는 마음이 들었지만 묘한 표정으로 바라보는 아내가 행여 서운해할지 몰라 입을 열었다.

"지금 입은 그 옷이 독서실에서 내가 첫 월급 받고 선물해 준 거 알지? 그거 입으니 딱 학생 같네. 자, 시작합니다. 옛날 옛날에 선녀와 나무꾼이 옆 동네에 살았는데 선녀의 이름은 미순이었답니다. 공부도 잘하고 예뻐서 모두들 좋아했지요. 근데 워낙 도도해서 누구 하나 말붙이기 힘들었답니다. 그런데 운명이었는지 미순 앞에 떡하니 왕자님이 나타났지요. 그건 바로 옆 마을 상순왕자였어요."

"아빠, 장난하지 말고."

"알았어. 어릴 적 그렇게 당신과 내가 만났다는 거야. 함께 미술대회에 나갔지. 둘이 알긴 했지만 더 친해진 것은 같은 대학에 가고 나서였어. 첨부터 당신이 나를 좋아했는데 아닌 척한 거지? 다 안다구. 시치미 뗀 거. 어떻든 전공은 달라도 우린 늘 붙어 다녔어. 선녀에게 흑심을 품은 나무꾼들도 있긴 했지만 내가 나무를 다 베어 버렸지. 우리가 어디 한두 해를 만났어야지. 어딜 감히."

그는 아이 앞에서 동화 구연하듯 하다가 시계를 보며 허기를 느꼈다. 벌써 저녁때였다. 아내는 제일 잘하는 것이 라면 끓이는 것이라며 냄비에 물을 올렸다. 라면에 계란도 넣지 않고 김치 없이 먹어야 깔끔하다는 아내는 예나 지금이나 똑같았다. 객지생활을 하면 바뀔 법도 했지만 그는 지금도 자신과 같은 습관을 가진 아내를 보자 역시 일심동체란 생각에 흐뭇한 미소가 새어 나왔다. 조그만 접이식 식탁에서 라면을 가운데 놓고 둘이 마주앉았다. 웃음이 났다.

"아, 옛날엔 이 라면으로 점심을 많이 때웠지. 대학 다닐 때 내가 독서실 알바를 한 적이 있었잖아? 공부는 해야겠고 돈은 없고 해서 독서실 총무를 했었지. 말이 총무지 완전 잡부였어. 들어오는 학생들 접수부터 시작해 청소도 혼자 다 했고 학생들 치다꺼리도 도맡아 했어. 거기서 라면을 지겹게도 먹었지. 지금이야 즉석밥도 팔지만 그때는 밥을 해먹어야 하는데 얼마나 번거롭던지. 시켜 먹기도 그렇고. 뭣보다 돈이 문제였지만."

"남들은 지겹게 먹은 건 잘 안 먹던데 아빤 안 그러네. 불겠어. 아빠 어서 드세요."

"아빠라고 하지 말라니까. 난 남편한테도 아빠라 하는 여자들 보면 이상하더라. 애도 아빠 아내도 아빠. 뭔 족보가 그러냐고."

그는 아내를 바라보며 얼굴을 찡그렸다. 아내는 뭔가 말하려 하다가 아무 말도 하지 않았다. 그때는 지겨웠던 라면이지만 오랜만에 아내와 함께 먹으니 맛이 괜찮았다. 음식이란 건 누구와 먹느냐에 따라 맛이 달라지는 것이었다. 아내는 그런 존재였다. 지겨운 라면도 새롭게 하는.

"자기가 공부한다고 자주 못 봤을 때야. 참 견디기 힘들더라구. 그때 저 그림도 없었더라면 정말 버티기 힘들었을 거야. 내 지갑에 껴 있던 당신 반명함판 사진을 들여다보면 볼수록 더 보고 싶었어. 공부하겠다는 사람 쫓아갈 수도 없고 말야. 환장하겠더라구. 그래서 저렇게 크게 그렸지. 신들린 것처럼 밤 새워 그렸어. 내가 그때 당신을 얼마나 생각하면서 그렸는지 시간까지 잡아 뒀나봐. 시간이 멈춘 것 같지 않아? 그림이 시간을 먹어 버렸어. 아니, 저 그림보다 더 젊고 이뻐진 것 같기도 하고. 좌우지간 당신의 시간은 멈췄어.”

아내가 머리를 젖히고 자신의 초상화를 바라봤다. 그는 미소까지 머금은 아내의 초상화와 그걸 바라보는 아내의 얼굴을 번갈아 보았다. 일순간 어떤 슬픔이 아내의 얼굴을 지나갔다. 볼을 실룩거리는 아내가 입술을 깨무는가 싶더니 다시 좀 전의 표정이 되어 또 이야기를 해달라고 했다.

“얘기할 거 뭐 있어. 공부 잘하는 당신은 선생이 되었고 나는 그림만 그리게 되었지.”

갑자기 장난기가 발동한 그는 말을 이어갔다.

“그리고 둘은 결혼해서 행복하게 잘살고 있답니다. 끄읕. 그런데 말입니다 나무꾼은 아직 선녀 옷을 보여주지 않고 있답니다. 절대로 안 보여줄 거래요. 아이 셋 낳기까지는 하하하. 아 그리고 보니 우리 너무 이렇게 떨어져 있으면 안 되잖아. 언제 아이 셋을 갖냐고. 셋은커녕 아직 하나도 없는데. 어서 쬐끄만 꼬마 미순이가 생기면 좋겠다. 이름도 당신과 내 이름 하나씩 따서. 미라 상순을 섞으면 부를 만한 건 음, 미상, 상미, 순미? 으, 모르겠다. 나중에 짓지 뭐 너무 촌스러운가?”

“아니 좋아. 옛날 이름 같지만 그래도 정겨워. 미순이 좋은 것 같아. 미순 하면 생각나는 거 없어?”

아내가 그를 빤히 쳐다보며 재촉하듯 물었다.

“별로. 아 참. 아까 대합실에서 당신 기다릴 때 텔레비전에 교통사고 난 거 나왔거든. 나 망신당할 뻔했잖아. 난 앰뷸런스만 보면 왜 그리 가슴이 두근거리는지 모르겠어. 당신이 탄 버스가 사고 난 줄 알았거든. 진짜 십년감수 했다니까…. 옆집 아줌마는 왜 그리 말이 많은 거야. 나이가 많이 들어 보여서 꼭 할머니 같아. 일일이 다 참견하고 말이지. 당신은 나이 들어도 절대 그러지 마. 민폐야 민폐. 아까도 승강기 앞에서 잠깐 봤는데 뭐가 그리 할 말이 많은지 내가 타고 내려가는데도 계속 뭔 말을 하더라니까. 전부터 말이 많긴 했지만. 보기만 하면 꼭 어디 가냐고 물어본단 말야.”

“아, 그랬구나. 예전에도 만나면 어디 가냐고 물었구나.”

고개를 끄덕이던 아내는 피곤해서 일찍 자야겠다며 작은방으로 들어갔다. 오랜만의 외출이라 그런지 그도 피곤하긴 마찬가지였다.

아내는 그동안 일에 치여 너무나 피곤하다며 작은방에서 혼자 푹 자겠다고 했다. 그는 좀 섭섭한 마음이 들었지만 어쩔 수 없었다. 혹시라도 여리여리한 아내가 병이라도 나지 않을까 걱정이 들기도 했다. 그는 특별히 소득이 없는 자신에 비해 거의 생계를 책임지다시피 한 아내가 측은하기도 하고 미안하기도 했다. 평소에도 늦게 퇴근하고 방학이라 해도 학교에 나가는 일이 많은 아내였다. 그러다 얼마 전 먼 학교로 전근을 가게 된 아내는 학교 근처에 방을 얻어 출퇴근을 했고 이곳 집에는 좀처럼 자주 올 수 없게 되었다.

아내가 깰까 싶어 조용히 작은 방으로 들어간 그는 막 잠이 든 아내의 입술에 입을 살짝 맞추었다. 정말 사랑스런 아내였다. 분명히 천사가 잠을 잔다면 바로 이런 모습일 거란 생각이 들었다. 그는 가만히 아내의 얼굴을 내려다보다가 내일이라도 당장 아내의 초상화를 새로 그려야겠다고 생각했다. 지금 벽에 걸린 것은 너무 오래 되었고 실물보다 덜 예쁘게 보였다. 이참에 더 크고 제대로 그려서 걸어둘 작정이었다.

아내가 의자에 앉은 모습을 그릴까, 서 있는 모습을 그릴까, 긴 생머리를 늘어뜨릴까, 올림머리를 할까. 청순한 이미지를 위해 어떤 색도 들어가지 않는 연필 초상화로 그리기로 작정한 뒤에야 그는 뒤늦게 잠에 들었다.

다음날 눈이 부신 그는 잠에서 깼다. 해가 빤히 그의 침대에 올라와 있었고 시간은 아홉시가 넘어 있었다. 평소보다 훨씬 늦게 일어난 그가 거실에 나오자 어디선가 조곤조곤 말소리가 들렸다. 말소리는 현관 밖에서 나는 소리였다. 현관문을 살짝 열자 아내와 옆집 여자는 깜짝 놀라며 하던 말을 끊었다. 갑자기 당황한 표정으로 옆집 여자가 커다란 소리로 웃으며 인사를 했다.

"안녕하세요? 오랜만에 봤더니 할 얘기가 많네요."

"아, 네."

"그럼 잘 부탁해요."

아내는 그렇게 말하고 들어와 현관문을 닫았다. 뭘 부탁했냐고 묻자 아내는 별거 아니라고 했다. 집 앞에 낯선 사람들이 보이면 도둑일 수 있으니 눈여겨 봐달라고 부탁한 거라고 했다. 그는 남자 혼자 있는 집에 무슨 도둑 걱정이냐고 말을 하다가 문득 짐만 가득 쌓여 있는 창고 방을 생각했다. 혹시 그 방에 값나가는 게 있지는 않을까. 아내는 그곳에 학교 업무와 관련한 짐을 쌓아 두었으니 그대로 놔두라고 했었다. 책이나 서류가 빼곡하게 쌓여 있을 것이고 더 있다면 집에서 쓰지 않는 잡동사니가 있을 것이었다.

아내가 옆집 여자와 함께 근처 재래시장에 다녀온다며 나갔다. 어제 시장에 다녀오고도 주책없이 옆집 여자는 굳이 쉬어야 하는 아내를 불러내 또 시장에 간 것이다. 더구나 그 집에서 김치까지 함께 담글 계획이라니. 정말 너무 귀찮은 존재다. 그의 집은 간단하게 데우거나 끓이기만 하는 반 조리 음식이 대부분이었다. 처음에 간편해서 먹기 시작한 것이 이제는 입에도 잘 맞아서 따로 밑반찬 같은 건 필요 없었다.

그는 안방으로 들어가 장롱 문을 활짝 열었다. 아내의 옷이 여름옷과 겨울옷으로 나뉘어 가지런하게 걸려 있었다. 그는 소매가 긴 검정 벨벳 원피스를 꺼냈다. 겨울옷이지만 디자인이 단순하면서 세련된 것이 초상화로는 딱 맞을 것 같았다. 안방 한쪽에 어제 모아둔 화구가 보였다. 그는 필통을 열어 연필을 확인했다. 손때 묻은 H. 2B. 4B. 6B연필이 있었으나 그중 6B연필이 많이 닳아 있었다. 6B연필과 밝게 표현할 지우개가 조금 더 필요했다. 최근 구입한 전동지우개도 보이지 않았다.

그는 작은방으로 갔다. 아내가 옆집 여자의 성화에 급히 일어났는지 이불이 그대로 놓여 있었다. 그가 두 팔을 벌려 이불을 들어 올리자 툭, 묵직한 책이 떨어졌다. 아마도 아내는 잠자기 전 이불 속에서 책을 본 모양이었다. 이불을 개고 보니 떨어진 책의 표지 아래에 작은 글씨로 이미순이라 쓰여 있었다. 그대로 두고 연필을 찾으려 하다가 책을 들었다.

정신분석과 심리치료란 제목의 책은 표지도 딱딱하고 아주 두꺼웠다. 가만히 이미순이라 쓰인 곳을 만져 보았다. 이미순. 이미순. 성은 다르지만 아내의 어릴 적 이름이다. 책장을 넘겼다. 빨간 밑줄이 그어져 있는 곳이 여러 곳 보였다. 특히 역행성 해리기억장애란 곳에 빨간 동그라미가 쳐 있었고 상담과 최면과 사고 이전의 상황 재현이란 곳에도 줄이 쳐져 있었다. 책갈피는 거기에 끼워져 있었다.

그는 그 책 하단의 이름이 왜 이미순인지 알 수가 없었다. 아내는 분명 김미순이고 사회생활을 막 시작하면서 미라로 개명을 했다. 그러면 김미라로 쓰여 있어야 한다. 미순은 어릴 적부터 부르던 이름이라 그의 입에 더 잘 붙었다. 어쩌면 이미순에게서 빌려온 책일 것이다. 그는 다시 연필과 지우개를 찾기 위해 뒤적이다가 창고방을 떠올렸다. 그 방은 아내의 짐이 대부분이므로 그가 드나들지 않는 곳이었다. 어쩌면 전에 아내가 집안 정리를 할 때 연필과 지우개가 섞여 들어갈 수도 있었다.

창고 방은 잠겨 있었다. 열쇠가 어디 있는지도 몰랐다. 그는 빳빳한 비닐 부채를 찾아 손잡이 옆 문틈에 깊게 찔러 넣었다. 소리 없이 방문이 열렸다. 역시 생각한 대로 책과 서류와 상자 몇 개가 층층이 쌓여 있었다. 워낙 작은 방이고 보니 사람이 드나들며 뭔가 하기에는 턱없이 좁았다. 먼저 연필이나 지우개가 있을 법한 작은 상자를 열어 보앉다. 거기에는 아내의 액세서리 몇 점과 작은 증명사진과 거실에 걸린 그림과 같은 반명함판 사진이 있었다. 다른 상자를 더 열어 볼까 하다가 아내가 일부러 잠가놓은 방에 들어간 것을 알면 좋아할 것 같지 않아 그만두었다. 방을 나와 거실 소파에 앉았다. 항상 놓아두던 소파의 팔걸이에 있던 텔레비전 리모컨이 구석으로 떨어졌다. 손을 뻗어 더듬거리자 아까부터 찾고 있던 지우개와 연필이 있었다. 이것으로 우아하고 멋진 초상화를 그릴 준비는 다 되었다.

아내가 어서 돌아오기를 기다리며 긴 소파에 누웠다. 세로로 늘어진 베란다의 버티컬 사이로 성근 머리빗 같은 빛줄기가 머리위에 걸쳐졌다. 매미도 쉬는지 사방이 조용했다. 눈을 감고 빛이 머리를 빗기다, 빛을 머리에 새기다, 머리가 빛을 비끼다, 빛이 지나가다, 움직이다, 살아나다 따위를 생각하며 깊은 바다 밑으로 가라앉았다. 사방이 어두웠다. 아득히 먼 곳에서 소리가 들려왔다. 바닷속 저쪽에서 번쩍이며 다가오는 그것이 자꾸 앵앵거렸다. 숨이 막힐 것 같았다. 이건 꿈이야. 눈을 떠야지. 이건 악몽. 이마에 힘을 주며 눈꺼풀을 들어올렸다. 다시 매미가 울었다.

도대체 김치는 뭐하러 담그는 건지, 전처럼 조금씩 사먹으면 될 일에 왜 귀한 시간을 허비하는 것인지 도무지 알 수 없었다. 아내를 데리러 가 볼까 하다가 조금만 더 기다려 보기로 했다. 오랫동안 떨어져 있어서 그런지 촌분이라도 함께 하고 싶은 충동이 일었지만 모처럼 주부로 돌아온 아내가 한편으로는 고맙기도 했다.

아내는 방학에도 온전히 쉬지 못하고 곧 가야 한다고 했다. 밤낮으로 공부하는 고등학생을 쉴 새 없이 가르쳐야 하는 일이란 녹록치만은 않은 모양이었다. 소파에 누운 채 텔레비전을 켰다. 한여름 휴가철에 보내는 일요일이라 그런지 평일에 했던 드라마를 재방송하거나 오래전 영화관을 휩쓴 납량특집 영화가 방영되고 있었다. 요즘은 종종 드라마에 빠져들곤 했다. 그림을 그리다가 매일 보던 드라마를 놓치기라도 하면 일요일의 재방송을 한꺼번에 몰아보며 눈물을 찍어내기도 했다.

몇 시간이 지났을까. 아내가 돌아왔다. 양팔 가득 크고 작은 반찬통을 한아름 안고 있었다. 뭘 그렇게 많이 만들었어. 그걸 누가 다 먹어. 그 말에 대답도 없이 아내는 서둘러 저녁준비를 했다. 된장찌개를 가스 불에 올려놓고 욕실에 가면서 내내 미소를 지었다.

그가 반찬을 정리 하는 동안 샤워를 마친 아내가 머리에 수건을 말아 올리고 주방으로 왔다. 때마침 밥솥이 김을 뿜어 올렸다. 아내는 멸치볶음과 장조림, 열무물김치와 배추겉절이까지 작은 접시에 옮기며 바삐 상을 차렸다. 평소에 없던 된장찌개까지 있으니 침이 자꾸 고였다.

그는 낯설지 않은 밥상에 코를 빠뜨리기로 결심한 사람처럼 밥을 두 공기나 비워냈다. 아내는 수저도 들지 않고 내내 맛있게 먹는 그의 모습을 지켜보았다.

"맛이 어때?"

"물어보나 마나지. 기막힌데?"

그는 아내 손에 수저를 쥐어주었다.

"쳐다보지만 말고 당신도 먹어. 진짜 끝내주는 맛이야."

밥을 먹자마자 그는 마신 물을 입에 물고 작은 방으로 들어가 책을 가져왔다.

"요즘 이런 쪽에 관심 있어? 이런 전문서적이 골치 꽤나 아플 텐데. 고등학생들 지도하는 거 장난 아니지? 그래도 이런 책을 다 보다니 당신 정말 학구적이란 말야. 멋져. 빌린 거야? 성은 다르지만 당신 이름하고 같던데."

아내는 놀라 책을 빼앗듯 받아들었다. 당황하는 것 같았지만 불편할지도 모르는 그 이유를 따져 묻지는 않았다.

저녁상을 물린 후 그는 아내에게 멋진 겨울 드레스를 입고 머리를 잠깐 풀어 내리기를 요구했다.

"새로 초상화를 그릴 거야, 사진을 먼저 찍어 놓고 천천히 보면서 그릴 거거든."

그는 혹시 아내가 이 무더운 여름에 겨울옷을 입고 앉아있을 것을 걱정할까 싶어 잠깐 사진만 찍으면 된다고 했다. 하지만 아내는 한동안 그를 바라보더니 창밖에 시선을 돌렸다. 그러다 갑자기 무슨 결심을 한 듯 창고 방에 들어가 상자 하나를 들고 나왔다. 아까 낮에 그가 열어 보려다 만 상자였다. 아내는 그 안에서 뭔가를 커냈다.

"이 사진을 그려줘."

그건 아내의 독사진이었다. 그것을 내밀고 그의 눈을 보던 아내는 생각나는 게 없냐고 물었다. 멍하니 있는 그에게 아내는 다른 사진

하나를 더 꺼내 들었다. 꽃다발을 손에 든 교복 입은 여학생과 남자와 여자가 나란히 서 있었다. 교정에서 찍은 듯 보이는 사진은 오래돼 보였고 멀리서 찍었는지 얼굴도 자세하게 보이지는 않았다.

"내가 책도 보고 상담도 많이 해 봤는데 더 이상은 안 되겠어. 옆집 아줌마가 전에 맛있게 먹던 음식을 먹으면 효과가 있을지 모른다고 해서 저녁상을 차려본 거야. 아까처럼 늘 엄마랑 먹던 음식을 해주면 좋겠는데… 근데 내가 멀리 학교 기숙사에 있으니까 그렇게 해 줄 수도 없고. 이십년 전 엄마랑 아빠가 살던 집으로 이사를 했지만 아빠는 별로 나아진 것 같지 않아. 마냥 이렇게 있을 수도 없고…. 여기 이 사진 속 이 애가 바로 나야. 엄마와 아빠 딸 이미순. 아빠가 가끔 놀리느라 미순아 하고 부르면 엄마랑 나랑 함께 쳐다봤잖아. 엄마 이름 김미라에서 미를 따고 아빠 이름 이상순에서 순을 따서 지은 이름이잖아. 엄마의 어릴 때 이름이기도 하고. 아빠 듣고 있어?"

그의 시선은 멍하니 가리키는 손끝을 따라갔다. 손은 아까 본 사진 중 꽃다발을 든 여자아이를 짚고 있었다.

"예전에 어느 무더운 여름에 휴가를 갔다가 돌아오는 길이었어. 끔찍한 날이었지. 사고가 났거든. 반대 차선에서 넘어온 차와 정면으로 충돌했고 조수석에 앉았던 엄마는 병원으로 가는 앰뷸런스 안에서 돌아가셨어. 부상을 입은 아빠는 치료도 거부하며 계속 엄마를 살려내라고 야단이었지. 그렇게 펄펄 뛰던 아빠는 결국 병이 난거야. 한순간에 지난 20년의 기억을 다 날려 버렸거든. 좀처럼 좋아지지 않았어. 어떤 의사가 그러더라고. 예전의 분위기를 조성하면 나아질 수도 있다고. 아빠가 신혼 초에 살던 이 집에 다시 들어와 살게 된 건 정말 다행이야. 아빠가 좋아했으니까. 그렇게 되기까지 옆집 아줌마가 신경을 많이 써줬어. 전에 엄마와 엄청 친했대. 아빠가 많이 안정이 되는 것 같아 은근히 기대했는데…. 아빠로 돌아오는데 너무 오래 걸리는 것 같아. 이젠 그만 아빠로 돌아와 줘, 제발. 나 정말 죽겠어. 아빠.”

아내가 뭔 소리를 하는 것인지 화가 났다. 그는 천천히 일어나 창밖을 바라보았다. 벌써 어둠이 덮은 창 너머 먼 곳의 도로가 붉게 꿈틀거렸다. 그 붉은 빛은 일정한 방향으로 흐르다가 완만한 곡선을 그리기도 하고 리본을 그리듯 몇 줄기가 한곳에 모이기도 했다. 꼬일 듯 모였던 빛들이 제각각 휘돌아 나와 질주하는 모습이 이어졌다.

‘저 많은 자동차가 어디에서 오는 걸까. 저녁마다 몰고 오는 빛은 아침이면 사라지고 사람들은 또 밤마다 빛을 몰고 오겠지. 자꾸만 몰고 오는 빛을 사람들은 어디에 두는 걸까. 빛나는 기억을 데려와 쌓은 아내의 창고에 미순은 어디에 있는 거지?’

촘촘한 불빛이 박힌 먼 곳에서 가느다란 앰뷸런스 소리가 들려왔다. 소리는 점점 커지더니 머릿속을 울렸다. 머릿속을 헤집는 소리는 계속되었다. 끊어질 듯 이어지는 소리는 어두운 터널을 들락거리다 차츰 잦아들었다. 어느새 그의 볼이 젖어 있었다. 이어 낮으면서도 힘 있는 목소리가 그녀를 덮었다.

여보, 이러면 안 돼. 우린 너무 오래 떨어져 있었어. 우리에겐 제대로 된 가정이 필요해. 이제 다 그만 둬. 앞으로 내가 다 알아서 할 테니까 어디 가지 말고 여기 있어."

일순간 아내의 얼굴이 굳어지며 뒷걸음을 쳤다.

"아빠."

그는 아내 손에서 사진을 빼앗아 반으로 찢었다. 그의 손에 아내의 동그란 눈이 꽂혔다. 더 이상 찢을 수 없을 만큼 잘게 찢고 두 손을 들어 허공에 뿌리자 불규칙적인 조각이 제각각 포물선을 그리며 떨어졌다. 바닥으로 아무렇게나 흩어진 것들의 절반은 뒷면이고 나머지는 앞면이겠지만 서로 붙이기에 조각들은 너무나 작았다.

아내의 비명이 짧게 지나갔다. 그는 모든 걸 다시 시작하기로 했다. 자신 있었다. 아내는 주저앉아 반쯤 입을 벌린 채 조각들을 하나씩 집었다가 내려놓았다. 그는 초상화를 보며 이를 물었다. 지금 막 울음을 터트리는 아내도 앞으로 여기서 함께 지내면 예전처럼 행복해할 것이 분명하다. 아내와 처음 만난 그때처럼, 남들이 다 부러워하던 신혼 시절의 그때처럼. 아내는 곧 다정한 미소로 그를 바라보게 될 것이다.

그 여름, 강아지 왈츠에 빠지다

그 여름, 강아지 왈츠에 빠지다

바람 한 점 불지 않는 여름 한복판. 소정은 사무실에 들어서자마자 리모컨을 들고 팔을 쭉 뻗었다. 하지만 전원 버튼 위의 손가락은 아무것도 누르지 못한 채 팔을 내려야 했다. 리모컨으로 강력한 뭔가를 쏘아댄다 해도 저쪽에서는 어떠한 반응도 보이지 않을 게 뻔했기 때문이었다.

어제처럼 강시가 생각났다. 리모컨의 신호가 닿아야 할 그곳에는 고딕체로 쓴 빨간 글자 두개가 붙어 있었고 아래에 뱀의 혓바닥 같은 게 두어 개 늘어져 있었다. 얼마 전 총무부에서 에어컨 가동여부를 확인한다며 송풍구에 붙여 놓은 종이였다. 절전이란 빨간 글자를 보는 것이 어제 오늘이 아님에도 소정은 아랫입술을 삐죽였다. 군데군데 사무실의 하얀 벽에는 에어컨은 27도 이상일 때에만 가동이라 쓰여 있었다. 흠, 27도. 소정은 중얼거리며 안면근육을 심하게 씰룩거렸다.

더워도 너무 더웠다. 며칠째 계속되는 더위는 좀처럼 꺾이지 않았다. 밤새 고여 있던 눅눅한 공기라도 몰아내려 창문을 열었다. 후욱, 엷은 바람이 불었지만 에어컨 실외기에서 뿜어져 나오는 것과 같은 열기가 얼굴을 덮쳐왔다. 예보처럼 오늘도 만만치 않았다. 그래도 청소할 때는 창문을 여는 것이 그녀의 습관이었으므로 잠시 열어두기로 했다.

커다란 사무실엔 청소 아주머니가 벌써 다녀갔는지 쓰레기통과 바닥이 깨끗했다. 사무실의 청소는 용역회사에 맡겼지만 책상만큼은 여직원이 닦았다. 대외비와 같은 기밀서류는 캐비닛에 넣어 두지만, 행여 관리소홀로 발생할 수 있는 사고를 미연에 방지하고자 함이었다. 여직원이 없는 기술부나 품질관리부는 제일 늦게 입사한 여직원이 닦았다.

마른 걸레를 빨아 든 소정은 자신이 맡은 십여 개의 책상 사이를 오갔다. 책상위의 전화기를 먼저 닦았다. 주근깨 같이 구멍 난 송화구에는 전날 여러 직원들이 뿜어낸 말 찌꺼기가 들러붙어 있었는데 그 구멍에 얼마나 많은 말을 쏟아부었는지 날마다 끈적거렸다. 책상은 가끔 있는 지우개 찌꺼기만 빼면 대부분 팔꿈치가 닳도록 닦여 있어 그다지 닦을 것도 없었다.

청소를 마치고 자리에 앉아 핸드크림을 막 짜낼 무렵 사무실 문이 벌컥 열렸다. 옆 부서의 이 대리였다. 일찍 출근한 몇 안 되는 직원들이 일제히 그를 바라보았다.

“아이구 죽겠데이. 누가 날 좀 죽여 주라.”

딱히 누구를 정해놓고 하는 말이 아니었으며 혼잣말이자 모두가 들으라는 말이었다. 그는 책상 서랍에서 담배를 꺼내 밖으로 나갔다. 그의 하얀 피부는 오늘따라 더 창백해 보였고, 곱슬머리는 아무렇게

나 헝클어져 이마를 반쯤 덥고 있었다. 입고 있는 연하늘색 티셔츠에는 군데군데 검은 얼룩이 묻어 있었는데 이제 막 출근해서 업무를 시작하려던 사람들은 아무 말도 하지 않았다.

그는 최근 신제품으로 양산에 들어가게 될 부서의 담당자였다. 그가 맡은 일은 어떻게 되어 가는지 다른 부서 사람들도 어느 정도는 알고 있었는데 그만큼 그의 일은 중요했다. 그의 손에 회사의 사활이 걸렸다는 사장은 자주 그를 불렀고 가끔은 사무실과 현장에 불쑥 찾아오기도 했다. 그럴 때면 총무부장이 달려 나와 옷을 여미고 뒤를 따라다녔다. 자주 있는 일은 아니었지만 그런 일이 생기면 직원들은 일하다 말고 모두 벌서듯 일어나야 했다. 게다가 아무에게나 하는 느닷없는 질문에도 대답을 해야 하므로 직원들에겐 여간 불편한 일이 아니었다. 그런 일이 발생하지 않기를 바라는 직원들의 얼굴이 굳어졌다. 그가 다시 들어왔다. 제자리에 앉는 그에게 옆의 동료가 물었다.

"이번엔 또 무슨 일이야?"

그는 옆 동료가 묻기를 기다리기라도 한 것처럼 말을 토해냈다. 최근 독일에서 들여온 기계가 야간작업 중에 고장이 났으며, 새벽부터 불려나와 이제껏 기계와 씨름을 했다는 것이다. 모두가 들으라는 듯 큰 소리로 말하는 그는 벌써 이 짓을 삼일 째 반복하고 있는 중이라며 죽을 지경이라고 했다.

간간이 들려오던 직원들의 말소리가 끊겼다. 힘내라거나 수고했다는 말로는 도움이 되지 않는다는 건 모두가 알고 있었다. 푸른 설계도를 펼쳐놓고 중얼거리는 소리와 무거운 한숨으로 사무실 분위기는 점점 가라앉았다.

그와 가까이 앉은 소정에게 그의 한숨소리는 더 길었다. 안됐지만 어쩌랴. 그의 일은 아무나 도울 수 있는 일이 아니었다. 수시로 설계 도를 보며 독일어로 통화해야 하는 일을 누가 도와준단 말인가. 독일 어를 잘한다고 해도 기계를 알 수 없고, 기계를 안다 해도 독일어 또한 잘하는 직원이 없었다. 오십 명이 넘는 직원 중에 그를 도울 사람이 없다는 게 소정은 안타깝기만 했다.

*

그가 불렀다. 회사 밖에서 점심을 같이 먹자는 말을 들은 소정은 가슴이 뛰었다. 점심시간이 되려면 한 시간도 더 남았다. 소정은 몇 년째 다니는 이 회사에서 구내식당 말고는 밖에서 점심을 먹어본 적이 없었다. 그가 웃으며 말하는 모습이 개구쟁이 같아 농담일까 싶었다. 반신반의하며 유니폼을 입은 채 그를 따라갔다. 정문 앞에는 사장의 운전기사가 검은 승용차를 대기하고 있었는데 그는 소정에게 앞문을 열어 주고 바로 뒷자리에 올라탔다. 혹시나 사장이 함께하는 자리가 아닌지 궁금했지만, 뒷자리에는 이미 다른 사람들이 타고 있었다. 두 명의 덩치 큰 외국인이었다.

도착한 곳은 비싸기로 소문난 한정식 식당이었다. 말로만 듣던 곳이었는데 입구와 들어가는 통로는 멋진 돌과 야생화가 있었고, 토피어리가 여러 점 있는 것으로 보아 정원에 많은 공을 들인다는 걸 알 수 있었다.

그는 며칠째 속을 썩이던 기계를 고치려고 독일의 엔지니어를 초빙했으며 한식을 대접하려 한다고 했다. 하긴 외국인이 구내식당에서 식판 들고 줄을 서 있는 모습은 소정이 생각해도 영 아니었다. 소정은 가만가만 고개를 끄덕이다 '근데 나는 왜?' 하는 생각에 그를 바라보았지만 벙긋거리는 그의 얼굴을 보자 이내 잊어버렸다.

커다란 교자상에 두 명씩 마주앉았다. 죽으로 시작해 한 가지씩 차례로 음식이 나왔는데 그때마다 맞은편의 엔지니어들이 신기한 듯 바라봤다. 소정도 처음 보는 음식이 많았는데 알고 하는 말인지 그는 열심히 설명하는 것 같았다. 식사 중에 세 남자는 끊임없이 말을 나눴는데 음식에 대한 것인지 말썽 많은 기계에 대한 것인지 소정은 도무지 알아들을 수가 없었다. 소정은 개량한복을 입은 식당종업원이 수시로 음식을 내오느라 열고 닫는 미닫이문을 가만히 바라보았다.

꽃무늬가 있는 미닫이문은 창호지로 곱게 발라져 있었는데, 보통은 이중이지만 특이하게 이곳은 삼중문이었다. 문이 닫혀 있을 때는 코스모스로 보였다가 모두 열어 세 겹으로 겹치면 다알리아 꽃으로 보였다. 문이 포개질 때마다 감탄하면서도 소정은 다른 생각으로 분주했다. '이 대리는 어떤 생각으로 나를 이 자리에 오라고 한 것일까. 별명이 촉새인 사장의 기사가 가만히 있지는 않을 텐데.' 전에도 사내 교제가 알려져 난감해하던 구매부 여직원이 생각났다.

"뭐해? 얼른 먹지 않고. 문 보고 감동했어?"

"네. 여긴 정말 미닫이문마저도 예술이네요."

"잘해. 나만 따라오면 자다가도 떡이 생겨."

소정보다 두 살 위인 그는 마치 동생을 많이 둔 열 살 많은 오빠처럼 살뜰했다. 업무상 관계없는 소정이 동행한 이유를 묻는다면 뭐라 할 것인가. 외국인에게 한국의 음식문화를 소개하는 데에는 여자가 더 나을 것이고, 어차피 4인이 한 상인데 한 사람이 부족했으며, 그래도 묻는다면 책상이 서로 가까이 있었을 뿐이라고 할까? 슬며시 웃음이 나왔지만 소정은 자신이 여기에 있어도 되는지 부담스러웠다. 출장을 가면 몇천 원의 버스비와 식대까지 자세히 보고하는 지출결의서에 그는 과연 뭐라고 적을 것인가.

툭, 갑자기 그의 팔꿈치가 나를 건드렸다. 그가 건배를 외치며 잔을 들자 앞의 두 남자도 어눌하게 건배를 발음했다. 술자리에서 건배하는 것은 세계 공통인가 보았다. 덩치 큰 아기 곰들이 그를 따라 하는 것을 보자 소정은 웃음이 터졌다. 풋, 하지만 그와 이렇게 즐거이 건배하며 웃는 일은 소정의 일생에 다시 오지 않았다.

*

기계를 확실히 정상으로 돌려놓았는지 독일인들은 더 이상 보이지 않았다. 이 대리도 자주 보이지 않았다. 그는 출근시간이 훨씬 지나 열시가 넘거나 점심때가 다 되어서 출근하기도 했다. 하지만 그에게 뭐라 하는 사람은 없었다.

궁금했다. 그가 어디가 아픈 것인지 걱정이 되었지만 말쑥한 모습으로 나타나는 그를 보면 걱정에서 화로 변해가던 소정의 마음은 금세 풀어졌다. 무슨 일이 있었느냐는 눈빛으로 그를 봐도 그는 좀처럼 아는 체를 하지 않았다. 그저 해맑은 모습으로 옷걸이에 걸린 근무복으로 갈아입고 현장으로 유유히 사라질 뿐이었다.

그의 표정이 밝아졌다. 그 말썽 많던 기계가 정상으로 돌아와서 그럴 것이다. 편안해 보이는 그의 모습에 소정은 제발 기계가 더 이상 고장 나지 않기를 기도했다. 소정을 본 채 만 채 하던 그가 어느 날 회의가 있으니 회의실에 차를 준비해 달라고 했다. 소정이 대답도 하기전 나지막이 고맙다는 그의 말에 가슴이 두근거렸다. 그는 소정의 존재를 잊지 않고 있었던 것이다. 그가 고마워할 일은 아니었다. 이런 일이라면 소정은 언제라도 해 줄 수 있었다.

아차, 몇 명인지도 물어봐야 하는데 머뭇거리다 말을 못했다. 고개를 들자 그는 벌써 회의실로 가 있었다. 사무실 바로 옆의 그 회의실은 소형회의실 중 하나로 주로 외부 손님보다는 직원들의 업무회의실로 쓰이는 곳이었다. 그는 유리창 너머로 이쪽을 바라보고 있었다. 소정과 눈이 마주치자 그가 오른손을 펴서 유리창에 갖다 댔다. 소정도 오른손을 쫙 펴고 손바닥을 들어 보이자 그가 손으로 동그라미를 만들었다. 잘 통하는 피쳐와 캐쳐 라는 생각을 하며 소정은 정성을 다해 차를 준비했다.

회의실로 들어가자 그들은 커다란 설계도 위에 맞대고 있던 머리를 들었다. 그가 미소를 지으며 소정을 쳐다보았다. 눈길이 한없이 부드러웠다. 아, 그의 꽃이 되고 싶다. 시인 김춘수의 꽃처럼. 미소 짓는 저 표정. 하얀 얼굴에 통통한 볼. 작지만 귀여운 저 눈이 무어라 말을 했다. 고마워. 사랑해, 그런 말은 꼭 소리로 듣지 않아도 알 수 있었

다. 형광등 아래여서 그런지 오늘따라 더 하얀 그의 볼에 붉은 낙관
처럼 입을 맞추고 싶다.

*

7월 말에서 8월 초까지 사무실 직원들의 여름휴가는 해마다 같았
다. 당직으로 한 사람의 남자 직원만 남기고 모두 4일간의 여름휴가
를 갖는다. 생산현장과 같은 울타리에 있는 사무실은 휴가 때만이
아닌 공휴일에도 당직을 세우는데 연초에 총무부에서 당직 계획표를
만들고 각 부서로 협조문을 보낸다.

당직수당이 있기는 하지만 직원들은 자신들의 스케줄에 맞추어 당
직을 서로 바꾸거나 웃돈을 얹어 대리 근무자를 세우기도 했다. 주로
가족행사가 많은 유부남들이 총각 직원과 당직을 바꾸곤 했는데 간
혹, 할 일이 없는 총각들은 은근히 눈치였다. 직원 대부분이 외지인
이어서 수당도 생기고 점심까지 해결되면 그것 또한 괜찮은 것이었다.
이번 휴가의 마지막 날은 이대리가 당직을 서는 날이었다. 언제나 복
도 게시판 한견에 붙어 있는 공고문을 보고 소정은 잘 기억해 두었다.

올해 서른하나인 이 대리는 남들보다 하루 일찍 휴가를 갔다. 그
는 사무실의 공식적인 인사 외에 소정에게는 별다른 말도 없이 떠나
버렸다. 참 멋없는 게 경상도 남자라는 걸 증명하고 있었지만 어쩌랴.
태생이 그런 걸. 여러 부서가 함께 근무하는 커다란 사무실에서 가슴
께로 오는 서류함으로 벽을 삼아 부서를 나누었지만, 조금이라도 특
별하게 소정을 대하면 사방의 눈들이 가만있지는 않을 것이다. 몇 미

211

리의 오차도 허용하지 않는 공학도 출신이라 그런지 이 대리는 세심하기 그지없었다.

소정은 고향집에서 휴가를 보냈다. 늘 힘들어 하던 엄마는 그동안 동네 아주머니들과 함께 일을 하러 다녔는데, 대부분이 노인뿐인 동네에서도 움직일 수 있는 사람은 모두가 일을 한다고 했다. 그렇게 시원치 않은 사람의 손이라도 빌려야 겨우 농사를 짓는다며, 그 덕에 먹고 살 수 있으니 고마운 일이라고 했다.

그렇게 힘없이 이야기를 하던 엄마의 말소리가 갑자기 힘이 붙었다. 옆 동네 누구네는 엊그제 휴가를 나온 사윗감이 내려와 들일을 했는데 싹싹하고 일도 잘하는 게 여간 부럽지 않더란다. 그리고 언제나 정해져 있는 엄마의 말끝은 이번에도 같았다.

"너는 언제 데려올 거냐? 나이를 생각해야지."

하지만 전과 달리 밝은 표정의 소정은 뭐라도 말하고 싶었다. 엄마와 지내는 동안 잠시 접어 두었던 이 대리의 얼굴이 선명하게 떠올랐다. 소정은 부끄러운 듯 콧잔등을 찡긋해 보였다.

"걱정 마. 조만간 같이 올게."

"너. 있었구나. 그럼 그렇지. 이렇게 착한 너를 누가 안 좋아하겠어. 얼른 보고 싶다. 어떻게 생겼어?"

소정은 휴대폰을 열어 작년 가을 체육대회에서 찍었던 사진을 보여주었다. 둘이하나 게임에서 짝이 된 이 대리와 발 하나씩 같이 묶고 뛰었던 사진이었다. 그해 사보에도 나왔었다. 그때 사보가 나오자마자 한데 모여 들여다봤던 직원들은 너무 잘 어울린다, 잘 해봐라 했고 얼굴이 빨개진 소정 대신 이 대리는 큰소리로 이참에 결혼 가자, 했던 것이다.

엄마는 부쩍 작아진 어깨를 뒤로 젖히며 좋아했다.

"세상에, 진즉 말하지. 너무 잘 어울린다. 내가 말을 안 해서 그렇지. 나는 네가 서른이 되도록 남자 하나 없어서 얼마나 속이 상했는지 모른다. 낮에 죽게 일하고 밤에 자리에 누워서도 잠 안 오더라. 나 닮아서 네가 남자 복 없는 줄 알고. 사진 보니 참하게 생겼네. 이거 나한테도 한 장 보내라. 쉴 때 보게."

엄마의 휴대폰 바탕화면에 그 사진을 깔게 하고도 엄마는 화면을 키웠다 줄여가며 사진을 보고 또 보았다. 웃으면서 눈물을 글썽거리는 엄마를 안고 소정은 생각했다. 간밤 소정이 붙여준 진한 파스냄새를 맡으며, 앞으로는 진심으로 엄마가 행복하기를.

휴가가 끝나고 돌아갈 때마다 매번 보따리를 손에 들려주는 엄마에게 이번엔 뭘 이리 많이 주냐는 말은 하지 않았다. 양념과 밑반찬을 주며 도착하자마자 꼭 냉장고에 넣으라는 말에 걱정 말라며 고개를 끄덕였고, 무거우니 조심하라는 말에도 무겁지 않다며 가뿐하게 번쩍 들어 보였다. 소정은 기차 대합실까지 따라 나온 엄마의 손을 잡아 봉투를 쥐어 주었다. 회사에서 받은 휴가 보너스 전부를 넣은 봉투였다. 엄마는 앙상한 손으로 봉투를 밀어냈다.

"이렇게 다 주면 혼수는 뭘로 하냐. 잘 모아 둬. 담에는 꼭 그 사람하고 같이 와."

"알았어. 내가 누구 딸인데. 걱정 마."

소정의 환한 미소에 모녀는 계약이 성립된 듯 잠시 서로를 부둥켜 안았다.

*

기차가 푸른 들판을 가르며 나아갔다. 시원한 기차 안에서 뜨거운 바깥을 보는 재미가 좋았다. 창밖으로 스치는 논에서 벼가 영글기까지 아직은 한참 더 햇살이 필요해 보였다. 간간이 일하는 사람이 보였다. 논농사, 밭농사, 자식농사에 바쁜 저들과 달리, 가진 논밭 한 뙈기도 없는 엄마는 소정에게 모든 걸 쏟았다. 날마다 일을 했고 소정은 어릴 적부터 엄마 등에 파스를 붙였다. 소정은 지금도 파스냄새를 맡으면 엄마가 생각났다.

아버지는 소정이 아기였을 때 딴살림을 차렸다고 했다. 중학교 들어갈 무렵에 엄마가 해준 그 말은 지금도 어제 일처럼 생생하다. 얼굴도 기억나지 않는 아버지는 농번기에도 일을 하지 않았고 한여름에도 빳빳하게 다림질한 모시옷을 입고 다녔다. 읍내 다방에 자주 들락거렸던 아버지는 결국 다시는 돌아오지 않았다. 나중에 찾아간 엄마에게 아버지는 함께 살던 여자를 시켜 다시는 찾아오지 말라는 말만 전한 채 내다보지 않았다고 했다.

다리미 보는 것도 지긋지긋했다는 엄마는 중학교에 들어가는 소정의 교복을 다리며 아버지에 대해 처음으로 말을 했다. 담담하게 남 말하듯 하는 엄마를 보며 소정은 플리츠스커트의 주름이 펴지면 어쩌나 걱정이었는데, 이제와 생각하니 엄마는 그때 교복치마의 주름

214

을 세우며 당신 가슴의 오래된 주름을 하나하나 다렸다는 생각이 들었다.

레일을 구르는 바퀴소리를 들으며 눈을 감았다. 묵직한 진동이 등으로 전해왔다. 맑게 흐르는 클래식 선율에 손가락을 움찔거리며 이대리를 생각했다. 도면을 들고 뛰어다니거나 밤샘을 한 뒤의 초췌한 모습. 함께 점심을 먹던 모습과 부드럽게 웃는 그의 얼굴이 떠올랐다. 말로만 들었던 아버지의 모습과는 전혀 다른 모습이었다.

엄마가 그를 본다면 얼마나 좋아할까. 지아비 복은 없어도 사위 복이 있어서 정말 다행이라며, 엄마를 아는 사람들이 한마디씩 할 것 같았다. 잘난 사위 봤다는 소문의 진원지가 엄마라도 상관없다. 소정은 어서 내일이 오기만을 바랐다.

그는 원룸에서 자취를 한다고 알고 있지만 그다지 뭘 해먹는 것 같지는 않았다. 보나마나 라면이나 인스턴트 음식을 먹을 게 뻔했다. 보따리 속에 참기름도 두 병이나 되고 밑반찬도 많으니 내일 출근할 때 가져가기로 했다. 가까운 미래에 '장모님의 반찬 솜씨는 그때 이미 알아봤습니다.' 하고 말할 먹거리를 얼른 전해주고만 싶었다.

도심으로 점점 가까이 갈수록 저마다의 모양과 색깔을 보이던 사물들은 서서히 선과 면을 허물며 거대한 무채색으로 변해 갔다. 그리고 하나둘 불이 켜졌다. 모든 것을 감추고 이제부터 보고 싶은 것만 보려는 등불이 여기저기 반짝였다. 변해가는 바깥 풍경에 심취해 있던 소정은 문득 경쾌한 기분을 느꼈다. 어느새 실내는 쇼팽의 강아지 왈츠 곡으로 바뀌어 있었다.

창밖을 보며 생각에 잠기거나 눈을 감았던 사람들이 몸을 움직였다. 음악 하나로 사람들이 달라졌다. 시들어 늘어진 식물에 물을 주면 잎사귀를 쳐드는 것처럼 승객들은 목을 돌리거나 기지개를 폈고 자리를 고쳐 앉았다.

폴짝폴짝 뛰고도 싶은 이 곡은 강아지가 제 꼬리를 잡으려 맴도는 모습을 보고 쇼팽이 작곡한 왈츠곡이라고 했다. 오래전 누군가에게서 들은 설명이었지만 소정은 이 음악을 들을 때면 언제나 까만 턱시도를 입은 남자를 가운데 두고, 일정 거리를 둔 채 주변을 빙빙 돌며 춤을 추는 무희가 생각났다. 몇 겹인지 셀 수 없을 풍성한 드레스를 입고 무한 반복하며 동그라미를 그리는.

*

기차가 역에 도착하자 밖은 완전히 어두워져 있었다. 끈을 늘여 핸드백을 앞으로 돌려 매고 양손에 짐을 들었다. 광장을 지나자 이제 막 기차에서 내린 사람들 사이로 여자들이 다가왔다. 그들은 팔짱을 낀 채 어슬렁거리다 갑자기 남자들에게 다가갔다. 자맥질 하는 가마우지 같았다.

직행버스 정류장으로 가기 위해 대각으로 광장을 가로질렀다. 횡단보도를 건너 백 미터는 더 가야 했다. 들고 가는 짐이 무거웠지만 이대리를 생각하니 그다지 힘들지 않았다. 정류장으로 가는 길목에도 여자들이 있었다. 그들은 아무 남자에게나 다가가 팔을 잡았는데 이곳에 오면 종종 보는 일이었다. 남자가 지나가면 자석처럼 달라붙는

216

그들을 지나자 택시가 줄지어 있었다.

"안산!"

"놀다 가세요."

"수원!"

총알택시 기사들의 굵은 외침과 여자들의 가는 목소리가 새끼줄처럼 꼬였다. 이승과 저승에 발 하나씩 걸치고, 줄을 늘였다 조이는 사람들 같았다. 꼭 저렇게 살아야 하나, 잠시 그들을 바라보다 다시 인파 속으로 들어갔다. 공단 내 회사들의 여름휴가가 비슷하게 겹쳐 있어서 정류장은 그곳을 이용하려는 사람들로 넘쳐났다.

톡톡 슥삭슥삭, 어깨와 어깨, 짐과 짐이 스치는 소리는 소음 속에 묻혔다. 저만치 버스 정류장의 표지판이 보였다. 그때 갑자기 옆 골목에서 누군가 튀어나오며 소정을 세차게 밀쳤다. 학생처럼 백팩을 맨 사내였는데 그는 자신이 밀쳐 넘어지려는 소정에게 미안하단 말도 않고 달아났다. 어찌나 빨리 뛰어가는지 소정이 미쳐 따져 물을 수도 없었다.

멍하니 노려본 사내의 등에는 동그란 지퍼 고리가 달랑거렸고 이내 인파 속으로 사라져 버렸다. 핸드백과 짐이 무사한 것으로 보아 소매치기는 아니었다. 안도의 한숨을 내쉬며 사내가 나온 골목을 무심히 바라보았다. 골목에는 작은 가로등이 있었고 그 아래에 담배를 물고 있는 여자와 덩치 큰 남자가 이쪽을 보고 있었다. 못 본 척 고개를 돌려 정류장으로 다가갔다. 공단 쪽으로 가는 사람이 많은지 줄이 길게 이어져 있었다. 끝을 찾아 줄을 따라가는 소정의 눈에 한 사내가 들어왔다. 백팩을 맨 좀 전의 그 자였다. 그는 긴 줄의 뒤쪽에 있었는데 목석처럼 꿈쩍 않고 휴대폰만 들여다보고 있었다.

낯이 익었다. 일순간 소정은 몸에서 힘이 쫙 빠져나가는 것을 느꼈다. 굳이 번쩍거리는 자동차의 라이트가 아니더라도 훤히 알 수 있었다. 이 대리였다. 회사 전체 휴가는 오늘까지였지만 그의 휴가는 어제로 끝이었다. 골목 안의 풍경이 되살아났다. 낮에 당직이었던 그가 늦은 밤 그 골목에서 나온 것이다. 소정은 맨바닥에라도 주저앉고 싶었다.

멀찍이 떨어져 그를 보았다. 어떻게 아무렇지도 않게 다른 사람들의 대열에 끼어 있을까. 소정의 눈에도 익숙한 지퍼 고리를 달랑거리며 그가 버스에 올랐지만 소정은 자리에서 움직이지 않았다. 혼란스러웠다. 그와 같은 차에 타지 말아야 한다는 것 외에 다른 생각은 나지 않았다. 정류장의 붙박이 표지판처럼 꿈쩍 않던 소정이 멍하니 서 있는 동안 버스 몇 대가 지나갔다. 하마터면 소정은 막차마저 놓칠 뻔했다.

*

출근한 직원들은 아직 휴가의 여운이 가시지 않은 듯 삼삼오오 모여 이야기를 나누고 있었다. 하지만 이 대리는 바삐 움직였다. 맡고 있는 부서의 제품이 본격적인 양산에 들어가게 된 터라 제품의 납기를 맞추려면 정신을 똑바로 차려도 부족할 것이었다.

기계가 다시 고장 나서 납기에 물량을 맞추지 못하면 벌과금으로 따라오는 금액이 상당했다. 혹시라도, 발주처의 생산라인을 세우게 되면 회사에서는 분 단위로 계산한 손해액을 납품금액에서 공제하게 되어 있다. 그뿐 아니라 사유서와 대책 안을 제출해야 하고 신뢰도는 급격히 떨어진다. 때문에 이런저런 사정으로 공급이 원활하지 못하면 다른 종류를 공급하는 타 회사의 책임으로 생산라인이 서기를 바라기도 한다. 실제로도 가끔 있는 일이어서 그때마다 안도의 숨을 몰아쉬며 대신 생산 라인을 세워준 그 회사에 감사했다.

온 회사의 시선이 그에게 꽂혀 있다. 회사 내에 그만이 그 기계를 만질 수 있고 문제가 있어 해결하는 것도 그였다. 이상하게도 일어와 영어에 능통한 직원은 많아도 독일어를 하는 이는 오직 그뿐이었다.

그는 그동안 쌓인 스트레스를 그렇게 풀었을까. 아무리 고개를 흔들어도 더욱 또렷해지는 그 일은 생각할수록 이해할 수 없었다. 소정은 시골에서 엄마가 싸준 그 어느 것도 그에게 주지 않았다. 그는 엄마를 평생 고생의 구렁텅이로 몰아넣은 아버지와 다르지 않았다. 그 몸에는 아직도 뒷골목 여자의 지문이 구석구석 찍혀 있을 것이었다.

*

휴가기간 중에도 생산현장은 2교대로 일을 했다. 따라서 제품이 창고를 거쳐 거래처로 나간 명세표를 전산에 입력하던 사무실 직원들은 휴가 기간 동안 밀린 일을 처리하느라 평소보다 더 많은 일을 해야 했다. 소정은 직원들이 입력하는 자료를 취합하고 보고서를 완성해야 했다. 보고서를 마무리해야 할 날이 얼마 남지 않았다.

전월의 실적을 집계하고 당초의 계획과 비교해 달성율을 보고하는데, 상무의 전결이 대부분인 그 보고가 끝나기까지는 채 몇 시간도 걸리지 않는다. 조금이라도 보고가 늦어지면, 상무는 부장, 부장은 과장, 과장은 소정을 부르는데, 어떨 땐 불독처럼 생긴 상무가 소정의 부서로 직접 찾아오기도 한다. 전 직원이 다 보는 사무실 한가운데에서 호된 야단을 맞는 일은 일단 피해야 했으므로 소정은 다시 일에 집중했다.

휴가로 밀렸던 일을 마치고 입력한 자료를 출력해 확인하자 휴가 전 이미 출고했던 제품 한 가지가 재고와 맞지 않았다. 서류는 이미 서고에 들어가 있었으므로 소정은 총무부에서 서고 열쇠를 받아 여직원 휴게실 옆에 있는 서고로 들어갔다. 많은 서류가 들어 있는 상자들이 쌓여 있었다. 각 부서의 자리가 정해져 있기는 했지만, 보관할 것이 많은 부서의 서류들은 타부서의 자리까지 넘나들고 있었다. 소정이 원하는 서류를 찾아내기는 좀처럼 쉽지 않았다.

박스를 열고 전표를 하나하나 찾아보았다. 한참을 서류 속에 파묻혀 있을 때 누군가의 인기척이 들렸다. 다른 직원도 올 수 있으므로 소정은 돌아보지 않았다. 한참이 지나 소정은 문제의 그 서류를 찾아들고 고개를 들었다. 구겨진 몸을 천천히 일으키려 기지개를 펴던 소정은 깜짝 놀라 외마디 소리를 질렀다. 헉, 언제부터 그러고 있었는지 이 대리가 서 있었다. 천진한 미소를 지으며. 소정은 생각했다. 간밤, 나의 꽃은 죽었다. 화사하고 음흉한 독버섯 같으니라고.

"너무 열심이라 내가 소리 내면 놀랄까봐…."

소정이 정작 놀란 것은 이게 아니라며, 둘만 있는 이곳에서 따져 보고 싶었지만 그만두기로 했다. 그런 말을 알아들을 사람이면 그 짓도 하지도 않았을 것이다. 부글거리는 감정을 누르며 침착한 목소리로 말했다.

"저 나가야 돼요. 서고문 잠그고 열쇠를 총무부에 반납해야 하는데요."

"그럼 잠그든지."

"진짜죠?"

"진짜로."

세상에는 진짜가 붙으면 진짜가 아닌 게 더 많다. 문은 잠글 수 없었다. 잠금 장치는 언제나 밖에서만 열 수 있는 곳이었는데 이대로 그를 내버려 두기에는 좀 억울했다. 소정은 밖의 문고리에 채우지 않은 자물통을 살짝 걸쳐 놓았다. 안에서는 열리지 않을 것이고 밖에서는 열쇠가 없어도 열 수 있다. 오 분. 고작 오 분이면 충분할 것이다. 얼른 이것만 처리하고 돌아와 서류가 들어 있던 박스에 다시 넣기로 했다. 그 오 분 동안 서고에 갇혀 있을 이 대리를 생각하니 가슴이 조금 후련해졌다.

자리에 돌아가 문제의 서류를 대조하고 전산 오류를 수정했다. 다시 서고로 가려할 때 영업부 직원이 다른 제품의 입출고 내역을 급히 알아봐 달라고 했다. 다시 자리에 앉았다. 그가 들고 온 서류와 컴퓨터에 저장된 자료를 일일이 대조하느라 책상 속 자료까지 모두 뒤져야 했다. 책상위에 서류를 수북하게 꺼내놓고 영업부 직원과 확인하고 있을 때 누군가의 소리가 들려왔다. 익숙한 목소리였지만 늘 듣던 이소정 씨는 아니었다.

"야, 너, 밖으로 나와."

"……."

"죽을래?"

빨개진 얼굴의 그가 소정을 향해 거친 숨을 내쉬고 있었다. 소정의 가슴이 철렁 내려앉았다. 허리에 손을 얹고 앞에 선 그를 보자 그를 쳐다볼 수도 보지 않을 수도 없었다. 소정도 이 대리만큼이나 얼굴이 달아올랐다. 허둥대는 그녀의 눈에 동그란 벽시계가 들어왔다. 서고에 다녀온 지 벌써 한 시간이 넘어 있었다. 빠르게 뛰는 심장소리가 그에게도 들릴 것만 같았고 두 다리가 후들거렸다, 의자에 앉고 싶었지만 몸이 움직이지 않았다.

영문도 모르고 바라보던 영업부 직원은 놀라서 한동안 둘의 얼굴을 번갈아 보았다. 누가 봐도 죄인은 소정이었다. 상황을 파악했는지 영업부 직원이 그를 끌고 사라졌다. 멀지도 않은 소정의 뒤쪽에서 거칠게 의자 끄는 소리와 풀썩 앉는 소리가 들려왔다. 자신의 등에 눈총을 쏘고 있을 그를 떠올리며, 소정은 바람 빠진 길가의 풍선기둥처럼 허우적거렸다. 잠시 후 그가 옆을 지나 밖으로 나갔다. 그러는 사이 영업부 직원은 서류를 찾아 소정에게 확인 후 돌아갔지만 소정은 방금 자신이 본 것이 무엇인지 기억할 수 없었다.

이후 둘은 서로 투명인간처럼 대했다. 봐도 못 본 척했으며 말도 하지 않았다. 서고에서의 일은 미안했다. 하지만 미안하다는 말조차 꺼낼 수 없었고, 한 시간이나 갇혀 있던 그에게 어떻게 나왔는지 물을 수도 없었다. 다만, 다른 여직원이 휴게소에 갔을 때 안에서 문 두드리는 소리를 듣고 열어주지 않았을까 하는 짐작뿐이었다.

*

그가 과장으로 승진을 했다. 입사 동기 중 제일 먼저 승진한 그를 두고 동기들조차도 당연하다는 눈치였다. 회사에서도 그가 올리는 품의서는 대부분 통과되었고 보고서나 제안서 하나라도 다시 올리라는 말은 없었다.

최근 전에 없이 그의 퇴근이 빨라졌다. 출장은 아니었다. 그의 상사들은 퇴근시간이 넘도록 미적거리고 있었다. 다른 직원들은 약속이 있어도 상사가 퇴근하기 전에는 먼저 퇴근하겠다고 말도 잘 하지 못한다. 그는 탁월한 능력자였다. 어쩌면 일이 안정이 된 지금, 전에 즐겨 가던 영등포의 그 뒷골목을 찾아가는 것은 아닐까. 지극히 개인적인 그 일은 수많은 직원 중 소정 말고는 아무도 모를 것이다. 혹시라도 다음에 또다시 그곳에서 그를 본다면 얼굴에 침을 뱉어 주리라.

며칠 후 사내 게시판에 그의 결혼 공고가 붙었다. 울산이 고향인 그의 결혼식에 회사의 통근 버스를 운행할 예정이며, 당일 아침 시내의 모 백화점 앞에서 버스가 출발한다고 했다. 소정은 놀랐다. 신부 측 혼주가 바로 회사의 업무이사였던 것이다. 대부분의 직원들이 예식장에 갔다. 바로 옆 부서에서 가지 않는다는 것도 이상하고 더구나 업무이사와 겹친 큰 행사이고 보니 소정이 마땅히 둘러댈 변명도 없었다.

223

그야말로 회사의 축제였으니 함께 가는 게 누가 봐도 자연스러웠다.

예식장에 가는 버스에서는 내내 신부의 이야기가 끊이지 않았다. 업무이사의 딸은 명문대를 졸업하고 예쁘기까지 하니 이 과장과 잘 어울린다는 칭찬일색이었다. 마냥 즐겁지만은 않은 모처럼의 나들이에 소정은 안산과 울산 사이의 모든 풍경을 두 눈에 빨아들일 듯 창밖을 보았다. 길가의 간판이란 간판은 모조리 훑었으며 도시의 경계가 시작되는 안내판과 도로위의 이정표까지 꼼꼼하게 살폈다. 헛웃음이 났다. 세상에 그저 말도 안 되는 일 한 가지가 추가되고 있었지만 수정 외에 아무도 모르고 있었다.

*

9월이 채 가기 전에 벌써 10월의 사보가 나왔다. 사보에는 승진한 지 얼마 되지 않은 이 과장의 결혼식 사진과 신부의 독사진도 있었다. 신부는 앳돼 보였는데 예쁘고 곱게 자란 티가 났다. 그녀가 불쌍한 생각이 들었지만 모르는 게 약이 될 것이다. 사진 아래에는 그가 쓴 글이 있었다. 사진만 훑어보고 덮으려다 읽어 보기로 했다. 띵동, 읽기 시작하자마자 책상서랍에서 문자 알림 소리가 들렸다. 읽던 것을 마저 읽어 내려갔다.

『우선 먼 곳임에도 불구하고 제 결혼식에 함께 해주신 임직원 여러분들께 감사드립니다. 요즘 결혼 적령기를 넘긴 사람들이 아주 많습니다. 저희 회사도 예외가 아니지요. 결혼에 대해 한 말씀 해 달라는 사보기자의 요청에 부족하지만 이렇게 펜을 들었습니다.

혹시 그린라이트를 아시는지요? 미혼인 여러분들이 특별히 신경 써야 할 단어입니다. 그것은 보려는 사람만 볼 수 있습니다. 아무리 신호를 보내도 상대방이 보지 못하면 보내지 않은 것과 같습니다. 그렇다면 어떻게 할까요? 볼 때까지 계속 보내야 할까요? 물론 그럴 수도 있겠지만 상대를 바꿀 수도 있습니다.

미혼이신 여러분께서는 조금만 더 예민한 축으로 다듬길 권해 드립니다. 빛은 터럭 하나라도 있으면 굴절되고 맙니다. 터럭을 보려 하면 터럭이 보일 것이고 빛을 보려 하면 빛이 보일 것입니다. 나에게 누가 신호를 보내는지 부디 잘 살펴보시기 바랍니다.

이곳 안산으로 오는 길에 위험한 사람들이 많이 있더군요. 저는 얼마 전 영등포역 부근에서 큰 봉변을 당할 뻔했습니다. 혼자 다니는 후배님들 조심하십시오. 그곳에서 모르는 여자가 다가오면 무조건 피하십시오. 여자 둘이 양쪽에서 팔짱을 끼면 남자라도 좀처럼 빠져 나오기 어렵습니다. 그대로 잡힌 채 골목으로 들어가면 힘 좋은 남자들에게 다시 인계되는데 그러기 전에 꼭 도망쳐야 합니다.

이 공단에는 외지인이 많다보니 피해를 입는 것 같습니다. 저는 다행히 도망쳐 나왔습니다만 그때를 생각하면 지금도 아찔합니다. 결혼할 사람이면 무엇보다 자신의 몸도 소중하게 다뤄야겠지요. 부디 서로 배려하는 좋은 반쪽을 만나 튼실한 알곡으로 거듭나시기 바랍니다. 끝으로 저의 결혼을 축복해 주신 여러분들께 거듭 감사드립니다.』

뒤통수를 세게 맞은 것 같았다. 띵동, 다시 문자가 왔다. 엄마였다. 평소 남자 보는 눈이 없다던 엄마는 이달 마지막 주말에 외갓집 어른들과 그를 만나기로 했으니 꼭 함께 오라고 했다.

세상 끝으로

세상 끝으로

찬바람이 불었다. 바람소리가 날 때마다 나뭇가지는 서걱서걱 텐트를 긁었다. 어깨를 들어올려 훅, 입김을 뱉다가 천천히 깊은 숨을 내보냈다. 입김이 오므린 입을 나와 잠시 어른거렸지만 천장에 닿기 전 사라져 버렸다. 일종의 잠투정이랄까. 침낭에서 거북이처럼 목을 내밀고 잠이 오지 않을 때 하는 놀이였다. 바람의 세기에 따라 따뜻한 바람이 나오거나 찬바람이 나오게도 하는 입. 게다가 입과 혀의 위치에 따라 얼마나 많은 말을 내뱉을 수 있는지 나는 이미 알고 있었다. 그럼에도 수없이 들었던 말보다 내가 했던 말의 대부분은 세상의 조음법에 위배되었고 듣는 이들에게 제대로 가 닿지도 않았다. 그래도 상관없다. 들은 말과 뱉은 말의 차이를 빼서 무얼 한단 말인가. 모든 일을 묻어두기로 한 지금, 나의 입은 그저 아래턱이 뻐근하도록 나무뿌리를 씹든가, 뼈다귀에서 떨어지지 않는 고기를 물어뜯는 데 전력을 쏟기로 한 것을.

*

"먹는 것도 참 복스럽네요."

228

맞은편의 여자가 앞에 놓인 스테이크 접시보다 나를 더 자주 쳐다보며 한 말이었다. 네모나게 썬 스테이크 한 점을 씹는 나와 눈빛이 마주친 그녀는 천천히 칼질을 했다. 좀 전에 요리를 주문하며 그녀는 레어라 했고 옆의 여자는 미디움이라고 했다.

앞의 여자가 스테이크에 슬쩍 칼질을 하자 하얀 접시가 빨개졌다. 핏물을 터트린 살점을 입에 넣고 고개를 끄덕이기까지 했다. 오랜만에 보는 짐승의 붉은 피였다. 여자가 천천히 음식을 들인 입을 우아하게 오물거리며 나를 쳐다보았다. 이따금 냅킨을 입에 가져가는 여자의 기다란 손가락에 은행알만 한 하얀 보석이 머리 위의 샹들리에처럼 반짝였다. 처음 오는 5성급 호텔 레스토랑에서 중년의 두 여인과 함께 식사하는 자리였다.

"그래, 어머님은 돌아가시고 아버님만 시골에서 사신다구요? 음, 강여사한테 들었겠지만 우리 집은 손이 좀 귀해요. 결혼하면 들어와 살아야 하는 것도 들었지요? 대신 아버님한테는 섭섭지 않게 해드릴 테니 걱정 말아요. 자, 어서 들어요."

"네네, 사모님 말씀하신 거 다 전했습니다. 이보다 더 좋은 사윗감 없습니다. 저만 믿으세요. 지금 사법연수원에서도 성적이 제일 좋답니다. 지금 여기저기서 들어오는 콜이 한둘이 아니랍니다. p그룹 사모님은 따님이 아직 학생인데도 어찌나 전화를 주시는지…, 이 마스크 좀 보세요. 금상첨화가 따로 없다니까요."

"알았어요. 수고했어요. 계속하세요."

내가 따로 할 말은 없었다. 나를 앉혀놓고 먹이고 심사하고 저울질을 하던 그들은 둘 다 흡족한 미소를 지었다. 그동안 개고생했던 인생의 대가치곤 지금의 결실은 당연한 것이다. 강 여사는 두 장의 사진을 주고 또 연락하겠다고 했다.

돌아오는 버스에 앉아 여인에게서 받은 사진을 꺼냈다. 물론 뽀샵한 사진이겠지만, 언뜻 보기에도 요즘 핫하다는 연예인처럼 생겼다. 우리나라에서 몇째 안 가는 재력가이고 거기에 딸만 하나 있는 집안이다. 장차 모든 것이 내 것이 될 것이라는 생각에 가슴이 벅차올랐다. 방송에서 들먹거리는 그 어마어마한 것이 얼마 있으면 내 것이 될거라니! 로또복권에 맞은 기분도 별반 다르지 않을 것 같았다. 드라마에서나 보던 일이 내게도 일어나고 있다는 생각에 가만히 있기 어려웠지만 차창으로 스치는 간판을 읽으며 가슴을 진정시켰다. 노곤해진 내가 도로의 요철에 몸을 맡기며 눈을 감자 요람 같은 버스가 흔들흔들 일정한 움직임으로 타임머신처럼 날아갔다.

*

아버지는 개장수였다. 아니, 개고기 장사꾼이라고 해야 하나. 아버지는 개 상자들을 싣고 트럭을 몰고 시골을 돌았다. 마을이 보이면 스피커를 켜고, '개 삽니다'가 녹음된 테이프를 반복해서 틀었다. 띄엄띄엄 있는 집들 사이로 천천히 지나가다가 사람들이 모여 있는 둥구나무나 마을회관이 보이면 차에서 내렸고 나는 조수석에 앉아 과자를 먹으며 구경했다. 대부분 할아버지인 그들에게 아버지는 성큼성큼 다가가 말을 걸었다.

"먹고 살기도 힘든 세상에 개밥 주기도 힘들지요? 물가는 하늘 높은 줄 모르고 사료는 좀 비싸야 말이요. 더운데 집에 있으면 털 날리고 비라도 한번 오면 크, 그 냄새 어디 갑니까. 장난 아니지요. 안 그래요. 어르신?"

그들은 하나같이 고개를 끄덕였고 그 중 한둘은 자기 집에 함께 가자고 했다. 그렇게 하나둘 잡혀온 개들이 차곡차곡 트럭에 실렸다. 어느 때는 너무 많이 실어서 몸통이 쌀자루처럼 서로 포개지고 개장 밖으로 다리가 빠져나왔다. 조수석에서도 낑낑거리는 소리가 들렸지만, 어느 놈도 감히 아버지 앞에서만큼은 컹컹 짖지 않았다.

한번은 가만히 차에 앉아 아버지를 기다리는 것이 지루해진 나는 몰래 아버지 뒤를 따라간 적이 있었다. 개는 주인이 다가가자 꼬리를 흔들며 빙빙 돌더니 헐렁한 주인의 바지에 발 도장을 찍어댔다. 그러다 아버지가 개 있는 쪽으로 다가가자 이상한 일이 일어났다. 개는 갑자기 가랑이 사이로 꼬리를 말아 넣고 뒷걸음을 치더니 제 집으로 들어갔고 철장 속에서도 아버지를 힐끔거리며 오금을 제대로 펴지 못했다. 주저앉는 것도 아니고 똑바로 서지도 못했다. 하다못해 짖는 게 일이던 개는 입도 뻥긋 못하고 낑낑거리다 결국 아버지가 이끄는 목줄에 이끌려 나오고 말았다. 개는 그 집을 나오며 마른 흙 마당에 오줌을 질질 흘렸다. 유언 같았다. 나를 본 아버지는 차에 그냥 있지 왜 내려왔느냐고 나무랐다. 그렇지만 나는 돈을 헤아리며 웃는 개 주인의 얼굴에 차곡차곡 물결 같은 주름이 더해지는 것을 보느라 자세히 알아듣지 못했다.

돌아오는 길에 아버지는 그랬다. 후각이 발달된 개들은 아버지의 냄새를 알아보는 거라고. 아무리 발버둥 쳐봐야 소용없다는 것을 안다고. 나는 사람 다음으로 똑똑하다는 개들이 죽어야 하는 게 불쌍했다. 아버지의 냄새. 개들이 다 기억한다는 그 아버지의 냄새는 어떤 것일까. 아버지에게서는 술 냄새와 담배 냄새가 났으며 대부분은 시큼한 땀 냄새만 지독했다.

일곱 살 된 나를 두고 집을 나간 엄마는 아직껏 소식도 없다. 오줌을 질금거리며 질질 끌려오던 개가 생각날 때마다 왜 불현듯 엄마가 떠오를까. 엄마가 집을 나간 얼마 후 우리는 이사를 했다. 도시에서 좀 떨어진 그곳은 집이라기보다는 농장이었다. 초등학교에 들어가야 하는 나를 두고 멀리 가지 못하는 아버지의 새 직장이었다. 개를 사육하는 농장. 아는 사람이 하던 것을 인수한 거라는 아버지는 이미 여러 번 와 본 것 같았다.

그렇게 다니던 초등학교의 하교 길에 어느 날 스쿨버스기사가 내게 한마디 던졌다.

"너도 개를 죽이냐?"

뒤통수에 총을 맞은 것 같았다. 친구들이 다 내린 다음이라 다행히 기사와 나 말고는 아무도 없었다. 하늘은 세상을 태워버릴 듯이 불볕을 쏟아내던 날이었다.

집으로 향하며 길 위의 자갈을 발끝으로 걷어찼다. 작은 것은 멀리 날아가고 좀 큰 것은 얼마 날지 못했다. 큰 것을 냅다 걷어 차차 발톱이 빠질 듯 아파왔다. 엄마가 집에 있으면 좋겠다. 어서 와라 공부하느라 수고했어. 시원한 물 한 잔 먹어라. 그렇게 말하는 엄마가 있으면 얼마나 좋을까. 아버지가 친구들 아버지처럼 회사를 다니거나 슈퍼마켓을 하면 좋을 텐데. 언젠가 아버지는 자기는 개 다루는 일을 제일 잘한다고 말했다. 눈을 한 번 마주친 개가 납작 엎드리게 하는 일은 아무나 하는 게 아니라고 했다.

컹컹. 집에 도착하자 갑자기 가까운 곳에서 개 짖는 소리가 들렸다. 책가방을 벗어 놓고 얼른 뛰어 나가자 커다란 개가 후다닥 내 앞을 지나가고 아버지가 앞치마를 입은 채 쫓아가고 있었다. 개는 진한 갈색 털이 있고 덩치가 컸다. 나도 모르게 그 뒤를 쫓아가자 개는 큰길 쪽으로 내달리고 있었다. 시골이라 차도 별로 없는 길에는 좀 전에 내가 타고 왔던 스쿨버스가 저만치 오고 있었다. 늘 그랬듯 마지막으로 나를 내려주고 차를 돌려 나가는 길이었다.

개는 결국 버스에 부딪혔다. 퉁, 둔탁하게 부딪는 소리가 내게도 뚜렷하게 들렸다. 아버지는 버스기사와 몇 마디 나누더니 피 묻은 앞치마를 벗어 개를 말아 어깨에 둘러맸다. 비닐로 된 하얀 앞치마는 아버지의 작업복이었지만 웬만해선 내게 보이려 하지 않는 것이었다. 뚝뚝, 아버지의 장화와 진입로에 깔아 놓은 매끈한 자갈 위로 선홍색 피가 떨어졌다. 말없이 농장으로 향하는 아버지를 보다가 나도 핏자국을 비켜서 발을 뗐다. 두어 걸음 가다 돌아보니 버스기사는 여전히 이쪽을 보고 있었다. 허수아비같이 서 있는 그에게 있는 힘을 모아 눈총을 쏘며, 가지 않고 뭘 보고 있냐고 구경거리 생겼냐고 말하고 싶었지만 나는 어른에게 버릇없이 구는 아이가 아니었으므로 꾸

벅 고개만 숙였다.

그날 저녁 밥상을 마주하고 있던 아버지가 그랬다.

"아주 가끔 죽기 직전에 도망가는 애들이 있어. 살려는 의지가 아주 강한 놈들이야. 이제 그런 놈들은 살려 줄까 했는데 그것도 내 맘대로 안 되네. 내가 많이 배웠더라면 이런 일은 안 해도 될 텐데… 너는 공부에만 신경 써. 열심히 해야 한다. 조금만 더 하다가 이사 가자 아주 먼 데로."

아버지는 피곤해 보였다. 수시로 살아 있는 개들이 고기가 되어 나갔다. 개고기였다. 나는 늘 피곤해하는 아버지 대신 살아 있는 개들에게 밥을 주기로 했다. 개집에 있는 살아 있는 개들은 냉장고도 필요 없는 싱싱한 고기였다. 살아 있는 고기에게는 밥을 많이 주지 않았다. 아침 일찍 한 끼만 주었기 때문에 개밥을 주고 학교에 가는 일은 그리 어려운 일이 아니었다. 한 끼밖에 안 주는 사료도 녀석들은 잘 먹지 않았다. 조만간 죽을 개들은 느낌으로 충분히 알고 있는 것 같았다. 아버지는 나름 규칙이 있었다. 금방 죽을 녀석들이라도 살아 있는 녀석이 보는 곳에서 개를 죽이지는 않았다. 친구의 죽음을 보이지 않는 것은 최소한의 배려라고 했다.

*

사람들의 꼴이 보기 싫어 나는 아무도 없는 곳을 찾아 헤맸다. 숨어들어 가기 위해 더욱 좁은 길로 갔으며 우거진 숲으로 들어갔다. 평지의 겨울과 산속의 겨울은 달랐다. 더 추웠고 더 길었다. 그렇다고 내려가고 싶지 않았다. 이상한 건 산짐승들도 내게는 쉽게 다가오지 않았다. 어쩌다 사냥을 나가서도 녀석들의 눈을 뚫어져라 쳐다보면 대부분 맥을 못 추었다.

어느 날인가 그날도 사냥을 나간 때였다. 아래쪽에서 인기척이 있어 내려다보니 앙상한 나무 사이로 두 사람이 급히 뛰어 가는 게 보였다. 놀라웠다. 이 깊은 산속에 약초꾼이 왔단 말인가. 자세히 보니 그들은 뭔가에 쫓기는 것 같았다. 툭툭 나뭇가지 부러지는 소리와 함께 그들을 쫓아오는 그것은 멧돼지 같아 보였다. 저러다간 금방이라도 뭔 일이 날 거란 생각을 하다가 나도 몸을 날렸다. 근데 왜 그랬을까. 머리는 그들 모두로부터 멀리 달아나야 하는 것인데 몸은 어느새 그 가운데로 와 있었다. 쫓고 쫓기는 그 사이로. 뒤도 보지 않고 사라진 사람들의 바삭거리는 소리가 다소 멀어져 간다고 느껴질 때 내 앞에는 화살이 꽂힌 커다란 멧돼지가 서 있었다. 씩씩거리는 멧돼지와 나는 잠시 서로를 보고 서 있었다. 가만있어, 움직이지 마. 헤치지 않을게. 나는 속으로 말하며 두 눈에 더욱 힘을 주었다. 멧돼지의 거친 숨소리가 조금 누그러지자 나는 천천히 발을 떼었다. 멧돼지는 여전히 가만히 있었고 나는 다가가 등에 보이는 화살을 뽑아 주었다. 사람들이 쏘았을 화살은 살짝 꽂혀 있어 깊은 상처는 아니었지만 날카로운 녀석의 성깔을 한껏 돋운 것 같았다. 잠시 후 멧돼지가 숲으로 들어갔다. 화살을 실제로 보는 것은 처음이지만 조잡한 게 한눈에 봐도 수작업으로 만든 것 같았다. 근방에 사람이 있다는 것이 맘에 걸렸다.

돌아와 텐트를 걷고 더 깊은 곳으로 들어갔다. 한 겨울을 날 만한 자리를 찾느라 한나절을 헤맸지만 겨우 작은 동굴을 찾았다. 알고 보니 동굴은 아니고 움푹 들어간 곳에 넓은 바위가 지붕처럼 얹혀 있었다. 바닥을 고르고 텐트를 쳤다. 웬만한 눈은 바위가 막아줄 것이고 앞은 트여 있어 따듯한 햇살도 종일 받을 수 있는 곳이었다.

다음날 주변을 살피러 좀 먼 곳까지 간 나는 놀라지 않을 수 없었다. 조그만 분지처럼 평평한 곳에 움막이 있었던 것이다. 산을 더 올라가 내려다본 그 곳엔 움막이 몇 개 더 있었다. 언뜻 커다란 바위인 듯 덤불인 듯 보였지만 그건 분명 사람의 손이 만든 움막이었다. 이런 오지에 사람이 있다니, 이상했지만 내 거처를 그대로 유지하기로 했다. 사람이 있는 곳을 알았으니 내가 피해서 다니면 될 일이었다.

도대체 누굴까, 궁금하긴 했다. 천천히 흔적을 남기지 않고 나뭇가지도 꺾이지 않도록 조심하며 가보기로 했다. 절반쯤 갔을까. 외마디 비명이 산을 울렸다. 하지만 급히 달려간 그곳엔 아무 일도 없었다. 너무 긴장한 나머지 짐승의 소리를 잘못 들은 것 같았다. 최근 사람을 너무 가까이 했음을 후회하며 돌아서려 하자 벼랑에서 인기척이 들렸다. 내려다본 낭떠러지 중간쯤 누군가가 삐져나온 나무뿌리에 매달려 있었다. 저렇게 필사적으로 살려는 생명은 살려야 돼, 누군가 나에게 속삭였다.

서둘러 주변의 칡넝쿨을 모았다. 몇 가닥 겹쳐서 내려줬지만 넝쿨을 잡은 사람은 쉽게 올라오지 못했다. 땀 흘리며 간신히 끌어올린 사람은 나이가 많아 보이는 노인이었다. 다리를 다친 노인은 제대로 걷지 못했고 할 수 없이 노인을 업고 그의 움막으로 갔다. 살려는 의지가 강한 생명은 살려야 했다.

그의 행색이나 거처는 옛날 사람 같았지만 그렇지는 않았다. 몇 권의 책과 펜이 탁자위에 있었고 움막도 사람의 손때가 많이 탄 것으로 보아 금방 지은 것 같지 않았으며 노인 또한 그 모습의 일부처럼 잘 어울렸다. 노인은 이곳에 온 지 오래 되었고, 벌써 이 세상 사람이 아니라고 했다. 섬뜩했다. 하지만 그가 이내 미소를 지어 보여 좀 안심이 되었다. 내가 그를 궁금해 하는 것 이상으로 그도 내가 궁금한지 거듭 물었다. 어찌 이런 오지에 있는지. 어차피 세상과 뚝 떨어진 여기선 내가 어떤 말을 해도 상관없을 것 같았지만 구태여 길게 말하고 싶지는 않았다. 세상이 싫다고 했다.

그는 집요하게 내게 물었다. 왜? 싫으냐고. 어쩌면 도망친 범죄자로 보는 건 아닐까. 아, 그렇지 난 중죄를 저지른 죄인이지. 천천히 노인의 눈을 바라보자 속을 들여다보듯 그도 내 눈을 응시했다. 그런데 어찌 된 일인지 여차하면 달아나리라 생각하며 날을 세웠던 신경세포가 점점 무디어지는가 싶더니 좀처럼 움직일 수 없었다. 노인의 눈빛은 특별한 뭔가가 있는 듯했다. 한참 후 내가 눈을 깔았다. 잠시 침묵이 흐르고 노인이 입을 떼었다. 자신의 이름은 K라고. 그는 내가 잘 알아듣지 못하자 탁자 밑에서 책 한 권을 꺼내 이 쪽으로 밀었다. 묵직한 책 표지를 열자 반명함판 사진과 함께 K의 이름이 있었다. 여백이 별로 없는 본문은 빼곡한 글자와 이따금 도형처럼 그려진 그림이 보였으며 두께가 두꺼운 것이 내가 늘 보던 법률 관련 서적과 비슷해 보이기도 했다. 하지만 내용은 달랐다. 에너지와 파장과 광년과 태양계, 블랙홀 등등 언뜻 본 글귀로 보아 우주에 관한 방대한 내용 같았다. 그 분야로 나는 거의 문외한이었다. 사진 아래 저자 프로필을 보다가 그를 다시 쳐다보았다. 이상했다. 책에는 저자인 K가 태어난 때와 사망한 때가 표기되어 있었다. 그는 내 맘을 읽었는지 미소를 보였다.

"나는 이 세상 사람이 아니야. 아까 자네 눈이 예사롭지 않던데 여기로 오게. 혼자는 힘들어. 다 내 경험이라네. 여긴 세상의 끝이자 시작이라고 볼 수 있지. 아마 지금 바깥세상에서 일어나는 일이 이 책에도 있을걸."

그는 좀 전의 책을 턱으로 가리켰다.

"나 같은 사람이 이 근처에 더 있다네. 그들도 역시 살아 있다고 볼 수 없지. 세상에서는 죽었으니. 지금은 이해가 잘 안 될 것이야. 여긴 젊은이 같은 사람이 필요하다네."

나는 생각해 본다는 말을 남기고 움막을 나왔다. 그는 앉은 채 나를 배웅하며 딱 한 달만 생각해 보라고 했다.

그것이 벌써 한 달 전이었다. 노인이 내 머리에 머문 지 한 달이나 지났지만 여전히 어떤 결론을 내릴 수 없었다. 다만, 끊임없이 궁금해지는 것은 그 책이었다. 세상에서 일어나는 일이 거기에 있다니. 그 속에 무엇이 쓰여 있을까. 예언서이든 별 이야기이든 노인의 그 책이 더욱 보고 싶어졌다. 정확히 알 수는 없었다. 내가 활자에 중독되다시피 했던 책을 끊었던 금단증상 같기도 했다. 나는 그 노인을 잘 알지 못한다. 어쩌면 그는 다른 사람일지 모른다. K의 이야기는 어릴 적 들은 기억이 있었다. 유명한 젊은 천재 학자가 돌연사했다는 뉴스는 온 나라를 시끄럽게 했었다. 수없이 많은 그의 이론과 논문이 한국의 위상을 높이 올려놓았다는 이야기. 국제 사회를 일순간 애도의 물결로 휩쓸고 말았다는 뉴스. 그런 것은 이미 보도된 것이니 다른 사람이 그라고 한다 해도 나는 알지 못할 것이다. 책에서 봤던 사진은 빛바랜 젊은 사람의 것이고 노인은 너무 늙었다. 예전의 유명했던 K가 어찌 생겼었는지 관심도 없었고 알았다 한들 시간이 너무 흘렀다. 구태여 나를 속여 그가 얻을 게 무어란 말인가. 그러다 점점 다른 움막 사람들도 궁금해졌다. 그들은 어떤 사람들일까. 아무도 믿지 않기로 한 내 마음이 점점 흔들렸다. 노인과 약속한 한 달이 끝나고 이틀이 더 지났다.

*

개장사! 점심때 같은 반의 한 녀석이 내게 다가와 코를 벌름거리며 이상한 냄새가 난다고 소리를 질렀다. 내가 아무 냄새도 나지 않는다고 하자 목소리가 컸던 녀석은 다른 애들을 시켜 자꾸 내게서 냄새를 맡아보라고 했다. 공부도 못하고 힘만 센 녀석의 성화에 냄새를 맡은 친구가 나는 것도 같고 안 나는 것도 같다고 하자, 다시 잘 맡아보라며 자꾸만 내 쪽으로 머리를 밀었다. 더 이상 참을 수 없었다. 6교시 수업이 끝나고 운동장 구석의 쓰레기장 옆에서 녀석과 만나기로 했다.

수업이 모두 끝나고 그 녀석과 한판 뜨기로 했다는 소문이 퍼졌는지 옆 반에서도 구경을 왔다. 애들이 빙 둘러 섰다. 녀석은 실전에 앞서 말로 먼저 제압하려는 듯 큰소리로 말을 했다.

"쟤 아버지는 개장사야. 개를 잡아다 죽인대. 민수야, 저번에 니네 개 없어졌잖아. 분명히 쟤 아버지가 잡아갔을 거야. 빤하잖아. 안 그래?"

휙 돌아보며 나를 쳐다보는 눈길이 전에 개를 치여 죽인 스쿨버스 기사와 비슷했다. 개백정의 아들을 바라보는 눈빛.

"얘들아, 울 아버지가 그러는데 도살자하고 같이 놀면 죽은 개의 혼이 몸에 들어온데. 얘하고 같이 놀지마. 알았지?"

둘러싼 애들이 히히거리며 수군거렸다. 퍽, 순간 선방을 날렸다. 내 맘보다 주먹이 먼저 나갔다. 덩치가 큰 녀석이라도 코를 맞으면 코피가 나게 되어있는 것이다. 게임 끝이다. 생각대로 녀석의 코에서 빨간 두 줄이 흘러내렸다. 누군가 피난다 하고 외치자 조금 전까지 의기양양 했던 녀석이 금세 눈물을 흘렸다.

그렇게 한방이면 끝나는 녀석과 맞장을 뜨고 집으로 돌아오던 날, 몇 명의 아이들이 내 뒤를 따라왔다. 통쾌했지만 아직도 속이 끓었다. 모처럼 따라오는 애들에게 하드를 사주려 문구점에 갔다 온 틈에 개 두 마리가 아이들 무리에 섞여 놀고 있었다. 집집마다 키우던 개들이 목줄도 없이 어슬렁거리던 때였다. 그런데 이상했다. 애들이 하드를 받아 봉지를 뜯자 입맛을 다시며 다가가던 개들이 정작 내가 가자 슬슬 피하는 것 같았다. 꼬리를 가랑이 사이로 말아 넣으며 어쩔 줄 몰라 하는 개의 모습은 아버지를 따라 갔던 어느 시골집에서 보았던 그 개들과 어쩐지 비슷해 보였다. 나는 하드를 빨며 가만히 있었지만 좋아라 하는 아이들 틈에서 개들은 어느새 사라져 버렸다.

아버지의 직업은 다시 한 번 바뀌었다. 멀지 않은 읍내에 정육점을 인수한 아버지는 예전보다는 덜 피곤한 것 같았다. 가게 안채에 집이 있어서 아버지가 때를 거르지 않을 수 있어서 좋았고 개를 사러 멀리 다니지 않아서 좋았다. 공부해서 출세해야 한다는 게 아버지의 생각이었으므로 나는 거의 모든 시간을 공부에만 쏟았다. 전교에서 1등을 도맡아 했다. 친구 엄마들이 고기를 사러 오면 아버지에게 공부의 비결이 뭐냐고 묻는다고 했다. 학원도 다니지 않으면서도 공부를 잘하는 내가 부럽긴 하겠지만, 나의 환경을 그대로 닮기는 싫었을 텐데 말이다.

아버지는 정육점을 하면서도 전에 하던 개 농장의 일을 도왔다. 이제 그만 해도 되지 않느냐는 내게 요즘 젊은 것들은 일이 서툴러서 개도 힘들게 잡고 작업하는 사람까지 힘이 든다고 했다. 해마다 삼복이 임박할 무렵이면 아버지는 바빠졌다. 저녁이면 이따금 개를 가득 실은 트럭이 아버지를 태우러 왔다. 짐칸의 그것들은 두 눈에 초록빛 혹은 푸른빛을 뿜고 있었지만 날이 밝기 전 모두 꺼질 빛이란 걸 나는 이미 알고 있었다.

말복이 끝날 때까지 낮에는 종종 동네 사람들이 아버지를 찾았다. 그들은 키우던 개의 목줄을 잡고 동네를 가로지르는 다리로 갔다. 땡볕에 털가죽을 쓰고도 개들은 꼬리를 세차게 흔들며 껑충거렸고 주인은 다리 난간에 줄을 묶고 개를 느닷없이 다리 밑으로 밀었다. 개는 앞발로 얼마간 다리를 잡고 있다가 그것마저도 주인의 발에 밀려 아래로 떨어지는데 둥둥 허공에 매달려 버둥거리는 움직임이 멈추면 그 아래에서는 불이 피어올랐다. 그 다음이 아버지 차례였다. 검게 그을린 개를 눕히고 아버지의 뾰족한 칼이 현란한 춤을 추고 나면 내장과 뼈와 살이 금세 정리가 되었다. 사람들은 어느 누구도 그 손을 따라갈 수 없다며 아버지를 예술가라고 했다.

아버지의 벌이는 그런대로 괜찮은 것 같았다. 그저 딴 일에는 신경을 쓰지 말고 공부만 하라는 아버지는 내가 법조인이 되기를 바랐다. 죄진 인간에게 벌을 주고 옳고 그른 것을 가려주는 일이 얼마나 멋진 일인지 그건 신을 대신하는 일이라 했다.

*

같은 호텔의 레스토랑에서 두 명의 여인과 다시 만났다. 맞은편에는 우아한 중년의 여자대신 사진 속의 여자가 앉았고 나머지는 같은 자리였다. 강 여사는 요리를 주문하지 않았다. 서로를 간단히 소개하고 재미있게 지내라며 비싼 주스를 절반이나 남기고 나갔다.

젊으나 그다지 끌리지 않은 여자. 장차 나와 한 이불을 덮을지 모르는 그 여자의 이름은 혜미였다. 사진과는 많이 달랐다. 뽀샵도 정도껏 해야지 하는 생각이 잠깐 지나갔지만 별로 개의치 않았다. 못 봐줄 정도만 아니면 되지만 혜미는 나름 매력이 있었다. 너무 마른 게 흠이지만 마름과 날씬의 차이도 해석하기 나름이니까. 화장을 싹 지운 맨얼굴이 좀 상상이 가지 않았다.

혜미가 스테이크를 먹는 모습도 제 엄마와 똑 같았다. 핏물이 뚝뚝

242

떨어지는 한우를 씹으며 오물거리는 입은 피가 묻어도 모를 만치 붉었다. 붉은 살점을 한 조각씩 입에 넣는 손은 손가락마다 이상하게 긴 손톱을 하고 있었다. 갖가지 무늬가 그려있는 손톱은 보석 같은 것이 붙어 있어 빛에 반짝이고 있었다.

저 손으로 무얼 할 수 있을까. 나의 시선을 느꼈는지 그녀는 요즘 유행하는 네일아트라며 예쁘지 않으냐는 듯이 손을 쫙 펴 보였다. 예쁘다고 말하며 손가락을 벽에 걸어 놓고 싶다는 말을 하려다 참았다. 혜미는 어떤 일도 하지 못할 것 같은 손과 얼굴과 비싼 옷의 옷걸이를 갖고 있었다.

빌어먹게 생겼네. 언젠가 읍내를 지나가던 멋쟁이 아가씨를 보고 아버지가 했던 말이 생각났다. 혜미와 결혼하면 어차피 살림은 다른 사람이 할 테니 일을 잘할 필요는 없다. 집에서 일하는 객식구만 몇 된다고 하니, 혜미는 아마 제 속옷조차도 빨지 않을 것이다. 그냥 내 몸만 그 집에 들어가면 되는 거니까. 우리는 그저 사이좋게 놀기만 하면 되고 어른들 눈에만 잘 들면 되는 것이었다.

혜미의 페라리승용차를 타고 강변을 돌고 처음 보는 곳에서 음악을 들으며 차도 마셨다. 이러기를 바란 것은 아니지만 하늘이 주는 기회였고 보상이었다.

며칠 후 혜미의 집. 장차 내가 살 그 집에 초대되었다. 혜미의 차를 타고 들어간 집은 역시 영화에나 나올 법한 그런 집이었다. 차고는 저절로 열렸고 잔디밭엔 이상하게 휘어진 소나무가 몇 그루나 있었다. 왕왕, 갑자기 묵직한 소리를 내며 커다랗고 시커먼 개 두 마리가 짖으

며 잔디밭을 가로질러 달려왔다. 반지르르한 짧은 털 아래로 근육이
꽤나 발달해 있었다. 순간 나는 주춤 뒤로 물러섰다. 사냥개처럼 보
였다. 혜미는 녀석들의 머리를 쓰다듬으며 잘 훈련된 애들이라 물지
않는다고 했다. 가까이 갔다. 꼬리를 세우고 사정없이 흔들어대던 녀
석들은 내가 다가가자 꼬리를 내리더니 쩔쩔 매었다. 혜미는 제법이라
며 내게 엄지를 치켜세웠다.

멀리 떨어진 잔디밭 위 빨간 파라솔 아래 원탁과 의자가 놓여 있었
다. 거기 앉아 차를 마시며 책을 읽으면 좋겠다는 생각이 들었다. 속
으로 멀리 산꼭대기가 보이는 자리를 찜해 두었다. 현관에 도착하기
도 전에 현관문이 열렸다. 앞에 서 있는 사람은 일하는 아주머니인
듯했지만 기품이 있어 보였다. 그 뒤에 중년의 여인, 전에 호텔에서 본
혜미 엄마는 가슴에 주먹만 한 하얀 털복숭이 개를 안은 채 과장된
몸짓으로 반겨 주었다.

"김 서방, 어서 오게."

허리를 숙이며 생각했다. 김 서방이라니? 나는 저들을 뭐라고 불러
야 하지. 골몰한 생각에 잠긴 눈에 잠깐 강아지가 눈에 들어왔다. 눈
동자가 옆의 흰자위를 금방이라도 잠식해 버릴 것만 같은 그 까만 눈
을 들여다보았다. 개는 혜미 엄마 품에 얼굴을 묻더니 꼼짝을 하지
않았다. 북실거리는 하얀 털이 파르르 떨렸다. 그러자 혜미 엄마는 갑
자기 아이 뜨거 하며 개를 내려놓았다. 입은 원피스 가슴팍이 젖어
있었고 개는 집안으로 사라져 보이지 않았다.

실내는 현대적이면서도 고전미가 물씬 묻어나는 분위기였다. 이어

혜미의 아버지가 돌아오고 함께 식사를 했다. 한정식 집에서 잘 차려
낸 음식 같았다.

"김 서방 온다고 신경 좀 썼네. 많이 들게."

감사합니다 하는 내게, 혜미 아버지가 한마디 했다.

"아버님은 시골에서 혼자 조그만 가게를 하신다고? 건강하신가?"

"네. 건강하십니다."

"다행이군. 나이가 들면 아들이 잘 나가도 아버진 소일거리가 있으
면 좋지."

식사를 마치고 아까 보아둔 정원의 파라솔 밑에 앉았다. 내오는 차
와 과일을 먹으며 혜미도 나를 아주 맘에 들어하는 것 같았다.

"오빠, 여기 좋지. 이 자리에 앉으면 저기 산도 보여."

혜미는 먼 데 손가락질을 하며 아까 내가 찜해둔 자리로 옮겨 앉
으라 했다. 정말 하늘을 이고 있는 뭉툭한 산이 보였다. 앞으로 내가
들어가 함께 살 혜미의 방도 잠깐 구경했다. 정말 넓었다. 주방만 없
는 웬만한 아파트 크기였고 인테리어도 잘 되어 있었다. 시간이 늦어
져 돌아가는 내게 혜미의 엄마가 열쇠를 내밀었다.

"운전은 할 줄 알지, 김 서방? 앞으로 품위 유지를 잘 하도록 하게.
대문 앞에 차 한 대 있으니 그거 타고 다니게. 혹시 누군가 인터뷰한
다고 물어보는 말에는 함부로 말하면 안 되네. 당분간 이 결혼 진행
은 비밀로 유지해야 해. 알겠나?"

그렇겠지! 큰 그룹의 결혼에는 이런저런 루머가 따라다니고 경영에
도 어떤 일이 미칠지 모를 일이지. 정중히 인사를 하고 차의 시동을

걸었다. 사법연수원 기숙사에 있는 동기생들도 여럿 차가 있었다. 까만 고급차를 타고나니 이제야 내 자리를 찾은 듯했다.

*

순조롭게 진행되던 일에 뭔가 이상한 느낌이 든 것은 얼마 후였다. 그건 아무런 일도 일어나지 않는 것이었다. 혜미에게서 아무런 연락이 없었다. 그녀가 보고 싶다거나 좋은 환경에서 빨리 함께 살고 싶은 것도 아니었다. 그러다가도 이건 좀 아니라는 생각이 들었다. 재벌그룹의 혼사는 비밀유지를 위해 이렇게 하는 건가.

혜미는 전화를 받지 않았다. 중매쟁이 강 여사로부터 전화를 받은 건 그로부터 얼마 지나지 않아서였는데 젊은이들이 주로 가는 번화가 카페에서 만났다. 조금 늦게 온 강 여사는 내 앞에 앉자마자 손바닥을 내밀었다. 나를 향해 내민 두툼한 손바닥이 유난히 크고 하얗게 보였다.

"일단, 사모님이 주신 차 키부터 내놔!"

반말부터 하는 강 여사가 이상했지만, 나는 별 생각 없이 차 열쇠를 그 손바닥에 올려놓았다.

"내 차 열쇠로 뭐하려고요?"

"이게, 왜? 네 차야. 웃기는 소리 하고 있네. 지금 너 땜에 내가 어떻게 된 줄 알아? 그 집안이 어떤 집안이라고 네가 넘봐. 왜정 때에도 왜놈들이 털끝하나 건들지 못하고 작위까지 내렸던 집안이라고. 지금도 마찬가지야. 아무도 못 건드려."

“무슨 일 있어요?”

“니 아부지가 시골에서 조그만 가게를 해? 식품가게를 한다고? 지랄하지 마! 개백정인 거 다 알아.”

“…그게 어때서요?”

“아직도 이게 정신을 못 차렸네. 백정은 어딜 가도 백정이야. 조상이 백정이면 자손도 백정인 거야. 그런 건 법전에 안 나오지? 세상 공부 좀 다시 해. 다시는 우리 눈에 띄면 여사님께서 특단의 조치가 있을 테니, 잘 알아서 꺼지라구.”

강 여사는 턱이 조금 들린 채 가늘게 내리깐 눈초리를 거두었다. 북적거렸지만 비교적 조용한 카페의 사람들이 흘끔거리는 눈길을 헤치고 그녀가 또각또각 걸어 나갔다. 이런, 개 같은. 갑자기 멍해졌다. 어디로 가야 할지 몰랐지만 거기에 계속 앉아 있을 수는 없었다. 요즘 세상에 저렇게 새파란 녀석이 백정이라니, 사방에서 놀라는 눈총을 쏘아댔다.

한참을 걸으며 생각했다. 나도 아버지처럼 개백정이었다. 세상이 다 아는 사실을 아버지와 나만 몰랐던 것이다. 울컥한 기분을 억누르며 아버지와 통화를 했다. 요즘 어떻게 지내냐는 내 말에 아버지는 예전보다 장사도 잘되고 살 만하다고 했다. 얼마 전에는 고급 승용차를 타고 온 귀부인이 최고급 소고기를 아주 많이 사갔다며 아마도 고기가 좋다고 멀리까지 소문이 난 모양이라고 했다. 애비는 걱정 말고 결혼준비 잘 하고, 사돈될 양반들 말씀 잘 들으라고 했다.

밤이 되어 나는 개 농장으로 들어갔다. 불빛은 보이지 않았고 문은 자물쇠로 단단히 잠겨 있었다. 건물 뒤로 돌아갔다. 예전에 뒷문을 어떻게 잠그는지 잘 아는 나는 아직도 그대로인지 확인했다. 그대로였다. 앞에는 완벽한 자물통을 채우고 뒤를 어찌 그리 허술하게 해놓은 것인지 세상의 모든 이치가 그런 것만 같았다.

렌턴을 들고 안으로 들어가자 하루 이틀이면 죽어나갈 예비 주검들이 꿈틀거렸다. 녀석들은 한 놈도 짖지 않았다. 한 바퀴 둘러보는 렌턴에 그래도 반응을 하는 개들은 안광을 뿜어댔다. 보안을 위한 것인지 예전과 다른 게 있다면 도축 장소에 살아 있는 개의 철장이 있는 것이었다. 친구가 사지를 비틀며 죽어가는 모습을 모두 보았을 녀석들은 가늘게 낑낑거렸다. 어쩌면 진짜로 병에 걸렸는지도 몰랐다.

뒷문을 활짝 열고 개가 있는 철장을 하나씩 열었다. 문을 모두 열어 놓았는데도 개들이 꿈쩍도 하지 않아 몇 놈을 끌어내 밖으로 몰아냈다. 그러자 다른 녀석들도 하나둘 몸을 일으켜 철장을 나와 뒷문으로 나가기 시작했다. 녀석들은 꼬리를 잔뜩 내려트린 채 어둠속으로 사라졌다.

한쪽에 감전사시키는 전기봉이 놓여 있었다. 예전부터 아버지는 급소를 단박에 찔러 개를 잡았지만, 이곳에서는 전기로 도살을 하고 있었다. 감전사는 극심한 고통을 수반한다며 아버지는 한 번도 그렇게 하지 않았었다. 아버지만 한 실력자가 없다는 말이 괜한 말은 아니었던 것이다. 갇혀 있던 수십 마리의 개를 내보낸 후 전기스위치를 올렸다. 여기저기 걸려 있는 작업복과 누런 수건을 군데군데 흐트려 놓고 마지막으로 전기봉을 움켜쥔 손을 수건에 갖다 대었다.

고향을 떠난 다음날 기차역 대합실 TV뉴스에서는 경기도의 어느 개 농장에 불이나 전소되었다고 했다. 불의 원인은 누전인 것 같지만 방화 여부도 배제하지 않고 철저히 조사할 예정이라고 했다. 혐오시설이라며 누차 철거를 요구한 주민들과 동물 애호가들도 용의선상에 올랐으며 갇혀 있던 개들은 한 마리도 없었다고. 하지만 그 옆에 딸린 쪽방에서는 두 구의 시신이 나왔다고 했다. 인근 주민인 목격자는 농장의 전 주인과 현 주인이 전날 함께 만나는 것을 봤다고 했고, 자세한 것은 검사를 더 해봐야 한다고 했다.

나는 대합실에 선 채 움직일 수 없었다. 이럴 수가. 아, 아버지! 뉴스를 함께 보던 사람 중 하나가 통개구이네, 하는 소릴 하자 몇 명이 소리 내어 웃었다. 이제는 어떻게 해야 한단 말인가. 사법연수원도 법조인도 내 길은 아니었다.

나는 무작정 걸었다. 사람들이 세워 둔 이정표 같은 것은 쳐다보지 않았다. 길의 끝까지 갔다가 돌아오고 다른 길의 끝까지 갔다가 올 뿐이었다. 그래서 나는 길이 아닌 곳에 가기로 했다. 길이 있다는 건 언제든 사람이 올 수 있다는 것이기 때문이다. 사람이 싫어졌다. 피가 뚝뚝 떨어지는 고기를 맛나게 먹으며 가문을 말하고, 백정을 말하는 사람들. 개같이 저울에 올라가 고개를 늘여야 하나. 사람과 개가 무엇이 다른가.

＊

사흘째 되던 날이었다. 손톱만큼 남은 달이 산속으로 막 가라앉을 때쯤 숲 근처에서 서성거리던 산 사람들이 몰려왔다. 내가 텐트를 비집고 나왔을 때, 키 작은 여자 하나가 등잔을 들고 다가왔다. 방금 심지를 돋아 올린 듯 불꽃이 하르르, 눈앞에서 흔들렸다. 여자의 눈은 잘 보이지 않았으나 털모자 밖으로 내민 코와 광대뼈가 불빛에 번들거리는 것이 보였다. 여자는 들고 온 등잔을 눈밭에 내려놓았다. 그러자 위태롭던 불빛은 시름시름 꺼졌고, 사위에는 더 큰 정적과 어둠이 찾아 들었다.

이전에 나는 아무것도 할 수 없었다. 세상을 피해 오지의 설산으로 달아난 자가 무엇을 할 수 있었을까? 그러나 이제는 아니다. 삶의 끝자락을 주머니에 넣고 다니는 중이었으니 그 무엇도 두렵지 않았다. 극한의 순간까지 미련 없이 다가갈 수도 있었다.

여자는 두르고 있던 설표 털로 된 외피를 벗어 두 손으로 받쳐 들고 있었다. 그 경건한 몸짓의 선물을 받아 챙긴 뒤, 나는 실루엣으로 우두커니 서 있는 여자를 한동안 바라보았다. 그리고 용기를 내어 주춤주춤 어둠 속으로 다가가 두 팔로 그녀의 상체를 안았다. 잠시 후 여자를 좁은 텐트 안으로 들여보내고 무릎걸음으로 그녀를 따라 들어갔다.

| 해설 |

불온한 세상에 맞서기

불온한 세상에 맞서기

연용흠(소설가)

1.

공룡과 도마뱀은 종이 같은 파충류다. 모양도 비슷하다. 다만 크기다 다를 뿐이다. 크기가 다르다는 것은 근본적으로 많은 차이를 만든다. 하나는 힘의 중심에 있고 하나는 변두리에 선다. 힘이 있는 것이 길을 만들고 법을 만든다. 생뚱맞은 말이지만 소설은 생명을 가진 유기체와 똑같다. 같은 소설이면서 분량의 차이를 갖는 게 그런 결과를 낳는다. 장편소설은 문학판 화제의 중심에 서고 단편소설은 뒤로 밀린다. 그래서 소설을 쓰기 시작한 작가가 본격적으로 소설을 쓰겠다고 하면 장편소설을 염두에 두고 말하는 것이다.

장편과 단편은 비슷한 듯하면서도 많이 다르다. 질량이 형질을 바꾼 것이라고 할까. 그 차이가 시와 소설만큼은 아니라도 적진 않다. 장편소설하고는 다르게 단편소설은 때로 시 같고 때로 수필 같고 또한 그 이상을 넘나들며 비정형성을 보여서 문학적 형상화를 얻어내는 데에 있어서 유리한 변화를 만들 수 있다. 그래서 문학의 여러 장르 가운데 가장 미학적 효율성이 높은 장르로 꼽힌다. 쉽게 말하면 예술적인 면에서 미학적 성과를 내기에 가장 좋은 문학 장르로 평가받고 있는 것이다.

공룡만큼 덩치가 못되고 작은 종자라도 희귀종이라면 주목을 끈다. 예술판에서는 더욱 그렇다. 가치의 변별이 분명한 것일 때 언제든지 매김한 자리의 위치가 바뀔 수 있다. 예를 들어, 김승옥의 「무진기행」은 발표한 지 반백 년이 지났고 길지 않은 소설이지만 한국 현대소설을 거론하는 자리의 맨 앞자리에 있다. 아직도 옛것이라는 느낌이 전혀 안 든다. 그렇게 세월의 흐름에 제약받지 않는 소설이 드물다.

시간이 지나도 맛이 변하지 않는 소설, 생명력을 길게 가지는 소설에는 공통점이 있다. 감각적으로 정교한 문장을 사용한다는 것. 동일한 내용의 영화라도 미장센이 뛰어난 감독의 손에 들어갔다 나오면 명화가 되는 것을 이해하는 사람이면 그 핵심이 무엇인지 간파할 수 있을 것이다. 소설은 화자가 만드는 예술이다. 화자의 문학이라고 정의해도 좋을 듯하다. 화자가 어떤 것을 보고, 듣고, 전하고 싶은가에 따라 그 문장의 질이 달라진다고 보면 된다.

류이경의 소설집에 수록된 여러 단편을 읽다 보면 삶이 고단한 사막의 모래 언덕 위에서 고개를 바짝 치켜든 한 마리의 도마뱀이 연상된다. 그것은 보호받을 곳도 없고 힘도 없지만 작은 몸뚱이에 박힌 본능으로 도도하게 세상에 맞선다. 소설집 『붉은 나무의 언어』에 등장하는 여러 인물은 주로 가족애에 주려 있거나 가족을 방관하는 가장에 커다란 실망감을 안고 있는 사람들이다. 주인공의 아버지는 가난한 소시민으로 물꼬를 보러 다니는 농민이거나 도시의 빈민 노동자로 나타난다. 그렇다 보니 자녀 역시 하류 계층의 사람이고, 기껏 사무원이 되거나 현장에서 날품을 파는 노동자인 것이다. 「세상 끝으로」에 나오는 주인공만 특별하게 사법고시를 패스한 사법연수생으로 나오는데, 그는 세상 끝으로 도피함으로써 강자가 될 법한 현실과의 인연을 끝내버린다. 그렇다고 해서 나머지 주인공들이 무력하게 세상과 등을 돌리고 있진 않다. 오히려 더 열심히 살면서 사사로운 것으로라도 시민 사회의 책무를 실천해야 한다고 여긴다.

모 단체가 성금모금 차원에서 판매하고 있었다. 수경은 노란 접이식 우산을 하나 더 사고 진실을 끌어 올리라는 서명란에 사인을 했다. 각 분야에서 저마다 자기의 색을 내는 그들이 존경스러웠다.(「노란 당신」 중에서)

소설가는 항상 고민에 빠진다. 아무개를 중심으로 길게 독특한 삶의 파란만장을 이야기해볼까. 아니면 짧게 말하고 싶은 주제를 과녁 삼아 예리한 작가 정신을 쏘아 날려볼까. 지금 하는 이 방식으로 문학성이 살아날까. 여기서 가장 효율적인 것은 무엇일까. 이런 고민은 사실 당연할지 모르겠다. 항상 자신이 창작 과정을 통해 다뤄야 할 숙제니까. 하지만 고민하기 이전에 하나는 분명하다. '소설의 유일한 존재 이유는 인생을 재현하려 하는 것'이라는 것. 그렇게 처음 말한 사람은 핸리 제임스이지만 많은 사람도 여기에 동조한다. 인생의 성패를 알고 사는 사람이 있을까. 마찬가지로 현실을 재현하려는 소설가 역시 자신의 작품에 대해 성패를 장담할 길이 없다. 문학적 성과를 인정받건 받지 않았건 모순투성이 현실을 기만하지 않고 진지하게 모방하는 것으로 작가로서의 삶은 충분한 가치가 있다. 현실에서는 크게 호응이 없다가 먼 훗날 빛을 내는 작품이 있는가 하면 유별나지도 않으면서 관심을 끄는 작품도 있다. 그것을 따지지 않는 작가가 진정한 작가다.

소설가 류이경은 강력한 주제를 장착하고 독자와 의미 있는 소통을 하려고 애쓰는 작가이다. 그가 애써 재현해 낸 인생의 굴곡 앞에 공룡은 아니더라도 그와 비슷한 도마뱀이 눈부신 생명력을 탑재한 채 고개를 반짝 치켜들고 살아 움직이고 있다는 사실이다. 작가가 인생을 재현하기 위해서 소설이라는 서사체를 선택했다면 두 가지 요소가 꼭 들어 있어야 한다. 하나는 이야기(스토리) 그 자체이고, 다른 하나는 이야기를 하는 사람이다. 같은 소재로 요리를 해도 요리사에 따라 전혀 다른 맛을 낼 수 있는 것처럼 이야기하는 사람이 다르면 전혀 다른 느낌의 글이 될 수 있다. 우선 이야기라는 서사 요소는 자연과 같은 것으로 세상에 이미 존재한다. 그것을 찾아내어 화자가 어떻게 이야기하는가에 따라 느낌과 가치가 달라지는 것인데, 그런 점에서 류이경의 서사적 화법은 미학적으로 매우 탁월하다.

문학적 텍스트든 아니든 서사 텍스트에 가장 중요하면서 침투력이 강하고 미묘한 조작 수단이 있다면 그것은 초점화에 대한 것이다. 류이경의 소설은 서사적 관점을 방향 짓는 시점을 지닌 인물은 누구인가, 그리고 서술자는 누구인가를 판단하기가 수월하다. 누가 보는 가와 누가 말하는가의 기준이 혼란스럽지 않아 서사의 프레임 안에서 선명한 화면을 만들 수가 있다. 어떤 작가는 동상상이 많은 서사에 매달리고 어떤 작가는 상태상이 많은 서정에 매달린다. 서사가 충만하건 서정이 충만하건 정신과 표현이 살아 있어야 한다. 여기 소설집 『붉은 나무의 언어』로 나타난 소설적 경지에는 여러 가지 장점이 있지만, 이미 오랫동안 시인으로서 활동한 경력자의 면모를 드러내려고 하지 않고 과묵한 소설가의 서사 방식으로 작품을 꾸려가고 있다는 점이 돋보인다. 시적 관심을 장점으로 착각했다면 그의 소설은 경박했을 수도 있다. 하지만 소설가로서의 그는 여러 현상 앞에서 침착하고 담담하게 미적거리를 조율함으로써 예사롭지 않게 정확하고 탄탄한 문장으로 서사적 담화를 만들어낸다.

문학인으로서의 류이경이 자신을 드러낼 수 있는 생애 첫 작품집으로 시가 아닌 소설이라는 장르를 택했다는 사실은 소설 활동이 미미한 지역의 문학적 수준을 높이려는 애정의 뜻으로 읽힌다. 신인이면서도 그는 이름 있는 소설가로서 이미 여러 문학지에 왕성하게 작품을 발표하고 있다.

전혀 다른 두 개의 장르를 넘나드는 창작 활동의 어려움이 무색할 정도로 류이경의 재능과 열정은 차고 넘친다. 항상 조용하고 침착하다. 문맥을 보면 겉멋을 내려고 괜한 서정을 끌어다 붙이거나 서둘러 주제를 앞세우는 기색이 없다. 날카롭고 섬세한 시적 표현에 쏠려가지 않고 단아하고 정확하게 문장으로 시대정신을 가다듬어 서사를 녹여낸다. 그런 의미에서 소설집 『붉은 나무의 언어』는 분명히 단편소설의 정수를 보여주는 표본 가운데 하나로 문단에 오래 기억될 것이다.

2.

소설의 핵심은 누가 뭐래도 사건과 인물의 조합이다. 여기에 시간을 얹어 놓고 주제의 방향에 맞게 효율적으로 움직이도록 흩어 놓으면 플롯이 짜진다. 하지만 이 시대에 유행하는 단편소설은 플롯 자체가 눈에 띄지 않거나 주제가 거의 노출되지 않는 경우도 많은데, 그것이 다소 독특한 서사 형태가 될망정 정형은 될 수 없는 것들이다. 류이경은 굳이 괴팍스런 서술 특징을 보여주는 방식을 채택하진 않는다. 어쩌면 그런 시도가 젊은 사람다운 패기인 것처럼 미완의 공功으로 보여 못마땅하게 여기는 듯하다. 그만큼 서사를 다루는 그의 태도는 진지하고 주제를 향해 꼼꼼하고 정확한 발걸음으로만 일관한다.

미리 말해둔 바대로 류이경이 소설에 등장시키는 인물들은 주로 소시민인데, 가난을 경험한 아들딸이거나 부당한 현실 앞에 주저앉은 사람들이다. 그들이 만들어가는 꿈이나 사건은 격렬하거나 유별나지도 않다. 하지만 그의 소설을 읽다 보면 이 평범한 인물들이 땅을 밟고 서서 불온한 세상 것들에 대해 저항한다는 것을 알게 된다. 속시원하게 대놓고 투쟁하는 스타일이 아니라서 그에 대한 카타르시스는 없다. 하지만 그들이 도시와 농촌의 한구석 외진 곳에서 존재감을 보이며 고개를 치켜들고 꿈틀거리는 모습으로, 혼란투성이의 현실을 재현하는 방식이 좋아 보인다. 미력하여 아무 짓도 못 한 것처럼 보이나 여기서 신기루처럼 나타나는 것이 작가의 저항의식이다.

류이경의 소설에는 애매함이 없다. 뛰어난 영상미를 지닌 영화가 그러하듯이 '미적 거리의 조율'에 남달리 신경을 쓴 까닭이다. 앞에서 말했듯이 등장인물은 주로 일상사를 성공적으로 이끌고 있지 못하는 허술하기 짝이 없는 사람들이다. 그들의 힘겨운 세상살이에 작가의 시선이 늘 연민과 사랑을 품고 진득하니 머물러 있다는 것이 잘 느껴진다. 현실과 타협하지 못하는 이 부조화의 군상들에게 작가는 '힘을 내어 보라'고 손을 내밀어 주는 것이다.

표제작인 「붉은 나무의 언어」에서 40대 젊은 가장이자 시인인 '나'는 가족을 데리고 캠핑을 가서 우연히 한 노인을 만난다. 70여 년 전에 '누군가에 의해서 자행된 그 끔찍한 사건을 어떻게든 추스르지 않으면 안된다'는 것을 작가의 사명감으로 보여주고 있다. 그리하여 현재 진행 중인 제노사이드의 현장으로 '관심 없던' 독자를 이끌어가고, 아직도 그 아픔이 중단되지 않았음을 단편의 한 자락으로 선명하게 고발한다. 오프닝 장면에서 한국전쟁 당시에 자행된 집단학살지 골령골 유해발굴현장으로 안내한 것, 아물지 못한 그 끔찍한 상처를 다시 드러내는 것도 그러한 의도다.

안의면에서 황석산으로 한참 들어간 주인공 일행은 캠핑 중에 한 노인을 만난다. 노인은 자신이 살기 위해 이웃까지 죽여야 했던, 그래서 침묵으로 감췄던, 참상의 빗장을 풀고 참회하는 마음으로 자기가 경험한 일들을 주인공에게 들려준다. 까마득히 잊혀진, 70년이나 지난 끔찍한 일들이 아직 우리 땅 곳곳에 덮여 있다. 동서냉전과 함께 베를린 장벽이 무너졌는데도 우리 앞에 가로막힌 억압의 빗장은 풀리지도 못하고, 사자의 밥상조차 차릴 수 없다. 그 불쌍한 이들이 한풀이조차 하지 못하게 그토록 가로막는 자들은 도대체 누구인가? 피해자의 가족을 현장에 불러들이기가 왜 이토록 시간이 걸리고 어려운가?

- 안됐지만 다 지난 일이여.
- 수습한 유해는 어떻게 하실 겁니까?
- 날이 개면 다시 묻을 거여. 이제 와 세상에 알리는 건 정말 부질없는 짓이라니께. 다 지난 일여. 어쨌든 나 죽을 때까지 이렇게 살라네. 내가 살인자요, 했다가는 내 자식들은 뭐가 되겄어. 또 이름 날리 믄서 잘 나갔던 우리 부대원 허고 그 자손은 뭐가 되고? 다 내로라하는 사람들일 것인디. 어디 나를 가만 두겄어? 나는 시끄러운 건 딱 질색이여.
- 그렇다고 언제까지 이렇게 묻어둘 수는 없잖습니까?(「붉은 나무의 언어」 중에서)

작가 류이경이 제노사이드 현장에 얹고 싶은 것은 진창에 던져진 국화가 아니라 잊혀진 과거의 참상과 아직도 남아 있는 은폐된 진실이다.

3.

이 작품집에서 서사의 구조상 판타지적 요소를 가미한 작품이 둘 있다. 「푸드댐퍼」와 「세상 끝으로」는 시간 혹은 공간을 현실과 다른 세계의 것과 뒤섞어 놓아 그런 느낌을 갖게 한다.

「푸드댐퍼」의 주인공인 나는 대학원생이자 식량문제를 해결하려는 야심찬 프로젝트의 연구원이다. 이 소설은 특히 문장이 짧아 경쾌하고 발상 자체가 유머러스한 면이 있지만, 좀비가 등장하는 듯한 분위기 때문에 그로테스크하다. 식량이 절대적으로 부족했던, 경신년 대기근이 있던 시대와 풍요로운 현대를 넘나드는 판타지 풍의 에피소드가 미래사회에 있을 만한 일과 기묘하게 연결되어 있다.

나는 화면을 돌려 처음을 보여주고 성큼성큼 건너 나도 미처 보지 못한 마지막 장면을 함께 보았다.

- 어때 대단하지. 저건 우리의 과거이자 미래야. 아무리 그래도 그렇지 식인종도 아니고 어떻게 인육까지 먹을 수 있을까?

- 나 죽으면 오빠가 먹어.(「푸드댐퍼」 중에서)

「세상 끝으로」에서는 사법연수생인 주인공이 개장수 아버지를 둔 이유로 좋은 혼처를 놓치고, 아버지가 운영하는 개농장에서 도살당할 운명을 지닌 개들을 풀어주고 그 장소에 불을 지른다. 존엄성으로 치면 사람과 개가 다르지 않다는 생각 때문인 것이다. 그 바람에 실수로 농장에 있던 아버지가 죽게 되어 도망다니다가 이 세상과는 차원이 다른 설산의 오지를 찾게 된다. 거기서 그는 깨닫는다. 삶의

끝자락을 주머니에 넣고 다니므로 두려움이 없다. 극한의 순간까지
미련 없이 다가갈 수도 있다. 이 소설에서 주인공의 미래는 그려있지
않으나 아마도 그는 거기서 만난 이처럼 세상 것 다 버리고 시공을 넘
나드는 초월자가 될 가능성이 있어 보인다.

"나는 이 세상 사람이 아니야. 아까 자네 눈이 예사롭지 않던데 여
기로 오게. 혼자는 힘들어. 다 내 경험이라네. 여긴 세상의 끝이자 시
작이라고 볼 수 있지. 아마 지금 바깥세상에서 일어나는 일이 이 책에
도 있을 걸."(「세상 끝으로」 중에서)

가족을 모르거나 가족을 버리는 사람이 있긴 하겠지만 보통 사람
들은 모두 가족을 소중히 하고 가족과 함께 행복하기를 꿈꾼다. 그
런데 어느 날부터 가족의 행복에 균열이 오기 시작한다면 어떻게 될
까. 신앙의 이름으로 모성을 거부하고 아내의 책무를 망각하게 된다
면 어떤 일이 벌어질까. 어린아이들은 무조건 엄마 품에 있기를 바란
다. 어미가 아이를 품지도 못하게 된 아픈 가족 뒤에 숨어 돈을 벌고
있는 사이비 종교인, 그들에게 놀아나는 사람들에게 작가는 시선을
옮겼다. 류이경 소설에 등장하는 가족은 이미 해체되어 있거나 해체
되어 가는 중으로 나타난다. 「너를 기억해」의 주인공은 그런 가정의
홀로된 가장이며 가난한 버스기사다.

아내는 새벽예배와 철야예배, 거기에 교회의 모든 대소사에도 참여
하고 있었다. 이월이 되면 장을 담가야 했고 시월이면 김장준비를 해

야 했다. 여름성경학교니 뭐니 하며 아이들 간식도 도맡아 했고, 교인
이 단체로 기도원에라도 가는 날이면 이삼일 먹을 밥을 밥솥에 가득
해 놓고 떠나버렸다.(「너를 기억해」 중에서)

아이 양육에 몰두해야 할 사람이 교회에 미쳐 모성애조차 버린다
면 이보다 끔찍한 비극은 없을 것이다. 마침내 주인공은 망망대해 같
은 삶의 현장에 가족을 버린 아내 때문에 분노한다.

이를 악물었다. 두 번의 가출을 할 때만 해도 아이들한테는 엄마
를 데려올 테니 걱정 말라고 했었다. 그렇게 들어왔다가 다시 나가고
결국 두 번째 돌아온 지 얼마 안 되어 또 나가고 보니 보이면 죽여도
시원치 않을 것 같았다.(위와 같은 작품)

가정을 지키려면 사회공동체의 일원으로 일을 해야 한다. 일하는
사람 위에는 그를 관리하는 사람이 있다. 이들이 갈등 없이 한 울타
리 안에서 동공체로 살아가야 행복하다. 그런데 삶의 울타리는 끊임
없이 흔들린다. 신자유주의 시대에 기업을 가진 소유주는 고소득 고
효율을 앞세워 노임의 지출을 줄이려고 한다. 인건비를 줄이고 이윤
을 많이 챙기는 사람이 세상의 부와 권력을 차지한다. 「노란 당신」에
서는 파업 중인 노동자 대신 작업장에 투입되는 여사무원이 등장한
다. 아이러니하게도 그녀의 감정은 노동자 편에 서고 있지만, 현실은
그에 대립각을 세워야 하는 형국에 놓여 있다.

수경이 무엇을 해야 할지 서성이는 사이 커다란 음악소리와 함께

함성이 들려왔다. 근처에 있는 공단 운동장에서 공연이 시작된 것 같았다. 뒤이어 들리는 노래가 익숙했다. 호소력 짙은 목소리로 미간을 모으는 그의 얼굴이 그려졌다.(「노란 당신」 중에서)

이 소설의 플롯에는 두 개의 스토리 라인이 들어 있다. 하나는 노래를 좋아하는 평범한 여사무원이 모처럼 공연 현장을 찾아가 행복해하는 이야기이고, 다른 하나는 노사 간의 생존 싸움에서 어느 편 한쪽에 서 있어야 하는 곤란한 처지의 이야기다. 주인공은 그 사이에서 갈등에 빠질 수밖에 없다. 마음은 노勞이고 몸은 사使쪽인 까닭이다. 과연 당신이라면 그 난관을 어떻게 해결하겠는가. 이 소설에서는 답이 없다. 당연하다. 누구든 먹고 살기 위해 어제와 같은 방향으로 손발을 움직일 뿐이다. 정의와 상관없이 그냥 밥그릇이 움직이는 방향이다.

류이경의 소설에서 가장家長은 매우 의미 있는 인물로 등장한다. 가장으로서의 책임이 있다는 것을 망각하는 순간 그의 가족 앞에는 불행이 찾아올 수밖에 없다는 사실을 작가는 특히 강조하고 있는 듯하다. 「눈사람은 녹지 않았다」에서는 술에 젖어 사는 불량 남편을 둔 여자로서 힘들게 혼자 육아를 하면서 일상을 견디는 수정의 이야기가 나온다. 겉으로는 일밖에 모르는 성실한 남편이지만 본질적으로 자기의 처지가 파악 안 되는 인물이다. 남편이라는 존재, 가장이라는 존재는 일하고 돈만 벌어다 주면 되는 사람이 아니다. 그에게는 아버지로서 남편으로서 책무가 있고 그 책무를 성실히 지켜 가족의 행복하게 할 의무가 있다. 그런데 일과 술밖에 모른다면 문제가 많은 것이다.

　'좋은 놈. 나쁜 놈. 이상한 놈'이란 영화처럼 진상은 남편으로서 좋기도 하고 나쁘기도 하고 이상하기도 했다. 하지만 오늘은 확실히 나쁜 놈이다. 해를 더할수록 그런 날은 많아졌다. 어쩌면 원래부터 나쁜 놈이었는지 모르겠다. 영화에서처럼 벌판에 세워두고 총으로 갈기고 싶지만 도무지 찾을 수가 없다.(「눈사람은 녹지 않았다」 중에서)

　수정은 그렇게 남편을 기다리며 겨우내 눈길을 걸어 다니느라 동상에 걸린다. 결국 발가락 하나를 끊어내지 않을 수 없는 지경에 이르게 된다. 이 소설의 마지막에 술에 취한 채 눈밭에 앉아있는 남편을 흔들어 깨우지 않는 행위는 미필적 고의로 살인을 하는 것 같이 보이지만, 죽이고 싶을 정도로 미운 배우자에 대한 처사가 잔인하면서도 당연해 보인다.

　주방과 거실 바닥에도 토사물이 여러 곳 보였다. 수정이 나간 뒤 엄마를 찾으며 울다 지쳐 토했을 것이다. 음식물이 보이는 것들은 처음에 토했을 것이고 묽게 끈적이는 것은 나중의 위액일 것이었다. 현관문도 열지 못하는 쬐끄만 것이 문을 열려고 얼마나 애를 썼을까. 아마도 문을 열 수 있었다면 그대로 밖에 나갔을 것이고 울며 아장아장 눈 속을 걷는 모습이 그려지자 수정은 부르르 몸을 떨었다. 애한테 정말 미안했다. 다행히 아이는 깊은 잠이 들었는지 물수건으로 얼굴을 닦고 잠자리에 눕히는 동안 한 번도 깨지 않았다.(「눈사람은 녹지 않았다」 중에서)

가장이 자신의 책무를 포기함으로써 생기는 모든 갈등을 아내 혼자 감당하기가 너무 힘든 주인공. 위 문장에서 주인공이 얼마나 힘들게 일상을 견뎌야 하는지가 생생하게 느껴진다. 그녀는 마침내 발가락이 썩어 자신의 신체를 절단해야 하는 상황에 빠진다. 그러한 상황과 동시에 비친 눈사람. 그것은 주인공인 나에게 냉담한 남편의 딴 모습이다. 술에 취한 채 눈밭에 잠들어 있는 남편. 눈을 털어내어 현실로 돌아오게 하지 않고 그대로 놔두는 것은 변화의 조짐이다. 절단을 받아들이는 현실을 택하겠다는 뜻과 아울러 남편과 영원한 결별하겠다는 의지를 보이는 것이다. 여기서도 작가는 이 모든 비극이 진정 어디서 출발한 것인지 책임을 묻고 있다.

「8월의 산책」은 명예퇴직을 하고 부모와 함께 바다가 있는 고향으로 찾아든 나의 이야기다. 고향 친구가 외국에 가면서 할아버지 산소를 잘못 이장하는 바람에 갈등이 생긴 것에 대한 풀이라고 하면 적합할 것 같다. 아버지가 할아버지의 산소를 제대로 잡지 못한 일 때문에 생긴 해프닝을 통해서 이야기를 풀어나간다. 소설에서 현실의 부조화는 주로 가정이라는 테두리에서 발현한다. 류이경의 소설에 등장하는 아버지는 죽어라 몸을 부숴가며 가족을 위해 일하는 헌신적인 사람이다.

「억새꽃이 필 때」는 고양이를 기르면서 벌어지는, 공사장 인부인 젊은 청년 나의 이야기다. 농촌에 사는 노인들이 자기 권리를 찾으려고

분투하는 장면이 들어 있다. 나의 아버지는 고향에서 혼자 살지만 병들어 고생한다. 나는 십 수 년간 서울에서 직장생활을 하다가 접고 여자친구에게 고양이를 얻어 고향으로 오게 되는데, 근처의 공사장에 전전하다가 병든 아버지가 돌아가시자 빚만 남고 처지가 곤궁해진다. 반려묘와 지내는 에피소드의 내용에는 완전하지 않지만 행복한 가정의 모습이 얼비치고 있다. 결혼했지만 친구 관계를 유지하는 여자, 두 고양이도 달리 말하자면 가상의 가족이다. 그런데 이 행복에 불안 요소가 끼어들기 시작하는 것이다. 내가 사는 고향 땅에 신도시가 들어온다는 명분으로 힘 있는 자들이 몸에 좋지 않다는 송전탑을 세우려 하는 것이다. 주인공은 이것을 방관하지 않고 동네 사람과 투쟁하기 위해 몸을 움직인다.

「퍼즐 맞추기」는 교통사고로 기억을 잃어버린 아버지와 딸의 이야기고, 「강아지 왈츠에 빠지다」는 회사의 말단 여직원 소정이 사귀던 사람과 오해가 생겨 헤어진 사건의 에피소드를 그려내고 있다. 소정의 아버지는 아버지의 의무를 다하지 못한 사람으로 등장하는데, 이 부분은 「눈사람은 녹지 않았다」에서 만날 수 있는 가장인 '진상'보다 더 무책임한 모습이다. 어렸을 때 딴살림을 차렸고 농번기에도 모시옷을 입고 다니고 일을 안 한 이기적인 인물이다. 그래서 소정은 일을 열심히 하고 가정을 책임질 수 있는 사람을 배필로 찾는다. 하지만 다 찾아놓은 그를 오해 때문에 놓치는 해프닝이 벌어진 것이다. 작가가 바라보는 삶은 이렇듯 아이러니하다.

4.

소설에서 현재의 갈등을 해결하려고 주인공이 어떤 과거를 소환하고 있는가는 매우 중요하다. 그림에 동원된 어둠이 입체감을 돋보이게 하듯이 류이경의 소설에 동원된 아픈 과거의 에피소드는 대체로 농도가 짙은 묵색이다. 물체를 돋보이려는 의도를 가진 화가는 그림자를 짙게 하는 것으로 그 효과를 얻는다. 마찬가지로 서사를 다루는 소설가도 플래시백을 사용하여 그 시간의 기억으로 강력하게 현재의 희비를 조율한다.

다시 한 번 류이경 소설에 등장하는 인물의 주변을 들여다보자면, 주인공은 주로 가족과 직장을 중심으로 사는 평범한 인물이다. 금수저 같은 인물은 전혀 없다. 일해야 사는 사무원이기도 하고 노무자이기도 한 사람, 그러다가 퇴직한 인물도 있다. 그의 가족 중 아버지는 고달프게 일만 하는 사람으로 그려져 있다. 그러다가 병들어 죽거나 혹은 그 반대로 전혀 일하지 않거나 하여 가장의 책임을 방기해 버린 인물이다. 그로 인해 가족의 삶이 위태로워지는 결과를 낳았다. 이렇게 누군가 자신의 삶을 방해하거나 불행하게 조종하고 뒤흔들고 있다면 그냥 놓아둘 수 있을까. 대상을 향해 속시원히 대항할 수 없는 상황이고, 보호받아야 하는 나약한 인물이라고 해서 계속 포기해야만 할까. 그럴 수는 없는 것이다. 류이경의 인물들은 하나같이 현실에 굴복하기를 거부하고 고개를 빳빳하게 치켜세운다. 작가 류이경은 부당한 현실, 불온한 현실 때문에 숨으려 하지 말고 당당히 고개 들어 맞서라고 독자에게 주문하고 있다.

이 시대의 단편 작가로서 류이경은 누구보다도 뛰어난 자질을 보여준 사람이다. 브랜더 매듀스는 '단편소설의 철학'이란 글에서 단편소설의 형식이 가져야 할 필수요건을 말한 적이 있다.

"무엇이 되었든 균형 있게 구성되어 있어야 하며, 위트나 유머 정감이나 시, 특히 명백하고 오해의 여지가 없는 개성의 향기를 지닌다면 더없이 좋다. 그러나 가장 주된 필수요건은 압축미, 독자성과 창의성, 환상의 맛을 더 할 수 있어야 한다."

물론 메듀스가 강조한 단편소설의 요건들을 제대로 다 가질 수는 없다. 하지만 거기에 접근하려고 진지하게 움직인 만큼 단편 문학은 빛이 난다. 류이경은 『붉은 나무의 언어』를 통해 단단한 시대정신과 함께 미학적 서사의 전형이 무엇인지를 보여주었다. 그것이 바로 그의 문학 행보가 크게 기대되는 이유다.

붉은 나무의 언어

펴낸날 2022년 10월 03일

지은이 류이경
펴낸이 이순옥
펴낸곳 도서출판 문화의힘
등록   364-0000117
주소   대전광역시 동구 대전천북로 30-2(1층)
전화   042-633-6537
전송   0505-489-6537

ISBN 979-11-87429-88-3
ⓒ 2022 류이경
저작권자와 협의로 인지는 생략합니다.
잘못된 책은 구입처에서 교환해드립니다.
*이 책은 대전문화재단의 지원을 받아 출간되었습니다.

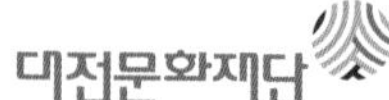

|값 15,000원|